天津市哲学社会科学规划项目成果
（项目编号：TJZWQN18-004）

天津文学的时代观察

艾翔◎著

天津社会科学院出版社

图书在版编目（CIP）数据
天津文学的时代观察 / 艾翔著. -- 天津 : 天津社会科学院出版社, 2025. 7. -- ISBN 978-7-5563-1065-4
Ⅰ. I209.921
中国国家版本馆 CIP 数据核字第 2025PW7555 号

天津文学的时代观察
TIANJIN WENXUE DE SHIDAI GUANCHA
选题策划： 吴　琼
责任编辑： 王　丽
装帧设计： 高馨月
出版发行： 天津社会科学院出版社
地　　址： 天津市南开区迎水道 7 号
邮　　编： 300191
电　　话： （022）23360165
印　　刷： 高教社（天津）印务有限公司
开　　本： 710×1000　1/16
印　　张： 14
字　　数： 205 千字
版　　次： 2025 年 7 月第 1 版　2025 年 7 月第 1 次印刷
定　　价： 78.00 元

目　录

第一章　新中国初期的革命话语建构

第一节　现代性国家想象与城市边缘青年

《红旗谱》问世之后，在一段时间内好评如潮，周扬称之为“全国第一部优秀作品”，数十年后洪子诚则将其作为“对革命‘起源’的叙述”①。小说以宏阔的历史画卷展示了冀中平原上三代农民不屈不挠的反抗斗争，弘扬了鲜明的爱国主义和英雄主义精神。由于主人公以农民为主，故事场景基本发生在锁井镇，情节大多与当地的农民运动相关，审视这一文本的视角也多从农村题材切入。其实，《红旗谱》之所以能成就其史诗品质，同其兼具城乡叙述有一定关系，第二师范学校爆发的学生运动地点恰在河北省重要城市保定，但其城市书写具有鲜明而典型的特色，不能不引起注意。

一、农民青年与“时间”城市

从“城市”这一名称来看，军事因素（“城”）和经济因素（“市”）是这种较大规模人类聚居地形成的关键。从人类发展史来看，从最初的家族

---

① 洪子诚：《中国当代文学史》，北京大学出版社，1999，第110页。

部落慢慢集聚为拥有一定规模的城镇乃至大都市,城市的发展水平一定程度上体现了当地的文明程度。尤其在工业革命后,工业、金融等行业的兴起为城市聚集了人类绝大部分的财富,基于此产生的“城市生活方式”成为普通人普遍的生存目标,城乡关系被打上了“先进/落后”“文明/愚昧”“现代/传统”等观念烙印。地域的分割加入了时间先后的等级秩序,西方批判现实主义文学以及中国1930年代文学、1980年代的农村题材等许多作品都写到农村青年进入并存活于城市的艰辛历程,从乡村到城市的路程成为完成现代化想象的重要途径,但当《红旗谱》所代表的一类文学出现的时候,城乡之间的这种时间性差异被打破。

正如许多研究者都谈到《红旗谱》最开始“朱老巩大闹柳树林”的重要作用,它启动了一台历史叙述的庞大机器。朱老巩与冯兰池斗争的失败,导致其被迫逃离祖祖辈辈生活的农村,为整部小说提供了最初的发展动力。作为刚刚脱离土地的农民,朱老忠与城市建立关系的历程很不顺利:“他一个人悄悄离开锁井镇,上了保定。那时候,这条铁路早就修上,没有钱,坐不上火车,沿着铁路旁的村庄,要着饭,到了北京。在北京,看到了很多拖长辫、戴花翎缨帽、坐着八抬大轿的老爷们。他在那里当了半年小工,又到天津学织毯子。织着织着,爹爹的容貌就出现在他的眼前。一想起爹的死,心上就烦躁不安。他想,这一条线一条线的,织到什么时候是个头儿呀?又背上铺盖卷,提起腿下了关东。”①这说明,此时朱老忠对“现代化”没有任何概念,“城市想象”也无法完全满足其生存需要,甚至作为精神活动的这一想象方式尚不能填满其精神空间。农村和城市被视为有无法跨越的时间鸿沟,青年农民进入城市并不因其身在城市空间而进入城市系统,成了举步维艰的城市边缘人。以边缘人身份实现英雄形象的塑造并推动历史发展,无论从哪个方面看都是绝无可能的。

小说人物谱系中起承上启下关键作用的朱老忠在回到锁井镇后,对后代作出了“一文两武”的规划:严江涛读书,严运涛和朱大贵参军,将身

---

① 梁斌:《梁斌文集·第1卷》,人民文学出版社,2005,第16页。

份从单纯的农民转换成农民知识分子和农民军人。自从运涛、江涛兄弟俩结识了作为“卡里斯马人物”“代父”形象的革命者贾湘农，结合原本的复仇意识生发出了最初的“现代性国家想象”：“他想革命成功了，一家人……不再受人欺侮。在他的思想上，认为那些贪官污吏、土豪劣绅们，都该杀头，关监狱。不，在判罪以前，一定要算清村公所的账目，算清千里堤上多少年的老账。也想到，像贾湘农说的，工人、农民掌握了政权。那他，也许在村公所里走来走去，在区里、在县上做起工作来。他想，那时就要出现‘一片光明’，农民们就可以光明磊落地打赢官司……”[①]接下来就可以看到这种现代性想象是消极的“桃花源”还是积极的“乌托邦”了。如果我们可以认定同样以共产主义指导世界观的运涛、江涛和作家本人具有的国家想象具有一致性，那就可以代换这三者眼中的城乡关系。建立起这样的国家想象后，再面对城市则已波澜不惊：“狭窄的街道上，满铺着石块，街坊上大部分是上世纪留下的木板搭。有大车和帆船把粮食、兽皮、水果，运往京津。再把洋货——工业品运到乡里去。”[②]不是表现出朱老忠当时处处憋闷、困厄不堪或是面对城市现代文明的艳羡炫目的情态，而是冷静地审视这处连接沿海开放城市（及其背后的西方国家）和乡村的“陌生地”。论及出身，严江涛是农民家庭，严萍是城市小资产阶级，张嘉庆和冯登龙都是地主的儿子，但前者面对后三者不但没有仰视，相反作为严萍、张嘉庆的指导者出现，冯登龙更是其反面衬托。因为有不一样的国家想象，一般乡土小说中的城乡关系获得逆转，身份识别的标志不再是地域而是“阶级”，矛盾双方不是城里人和乡下人，而是无产阶级（进步力量）和封资修（保守势力），城乡不再表现为经济和文明发展水平的先进和落后，而仅仅是革命者领导革命的不同“场所”，如此进入城市的农村青年便成功摆脱了“边缘人”的尴尬身份。

---

① 梁斌：《梁斌文集·第1卷》，人民文学出版社，2005，第113页。

② 梁斌：《梁斌文集·第1卷》，人民文学出版社，2005，第304页。

二、农村青年与“空间”城市

当然，运涛、江涛兄弟从贾湘农处学习而得的马克思主义理论不仅仅是为了重建农民和城市之间的关系，而是勾勒出一幅不同以往的现代性国家想象的蓝图并付诸实践，变革城乡关系脉络只是其中的一个方面或基础。

为了与这种国家想象进行区分，小说还设置了另一个热血青年冯登龙，他同时兼具严江涛思想和情感两方面的竞争对手是有意味的，但无论是哪个方面都不能抗衡江涛占据上风。冯登龙也是性格爽直、爱憎分明的人，信奉的是军国民主义，在与严萍的交谈中流露出了个人主义和传统复仇意识的底色，其实这正是当时不少国人参与革命的原始动机。可以说，通过将这一人物与信奉共产主义、意图实现全民解放而非个人复仇成功的严江涛并置，体现出了作者的心思缜密和观察现代中国社会时的全面客观。在对比中可以发现，这种带有个人主义和传统复仇意识的思维模式，并没有现代的国家想象那样要构建出一套新型民主国家体系，而是仅仅为了解决眼下的外敌入侵和生存压力，它不是指向未来而是指向过去：希望回到抗战爆发和被冯阅轩侵害家庭之前的状态，对现代性国家的营造并无思想贡献，仍然停留在过去的思维逻辑中，只是套上了新颖的西方词汇而已。在这种状态下，城乡之间的对立仍然存在，或许为了抵御外侮和反抗复仇，城市和乡村有相似诉求的人会联合起来，但这种联合是脆弱、难以持久的，毕竟每个人都有各自的想法，并且城乡间时间性的鸿沟仍然存在，联合更是一种分割的状态。

相反，严江涛等人运用“阶级”的身份标识击穿了城乡的时间性发展差异，实现了一种更大可能的联合，城市不只作为此一“空间”而是整体“空间”的一个组成部分，联合的目的又是出于新型国家想象，自然焕发出了强大生机。当保定第二师范的学生运动遭到镇压的时候，平汉铁路的工人们跃跃欲试要串联罢工，工人子弟学校的学生自发投送食物，严萍以及作者都为之激动:“从城市到乡村,正有多少人为二师学潮努力。”[①]由此可见,健康的现代性国家想象和城乡关系概念重构之间的互动会产生巨大的社会历史变革力量。当时的国民政府恰如冯登龙看不到这一点,对军事行为去政治化,令个人与国家相脱离,无法激发出更大的战斗力量,反倒压制这些积极力量。

梁斌在创作《红旗谱》时也注意到了国家想象的重要作用。严萍因为挂念严江涛并憎恶镇压学生运动、包围二师的军警,恳求父亲请“严老尚好友黑旋风”帮忙攻击军警解救被困学生:“这人既无军衔,也无户口,带着几百号人,在津浦路两侧过着自由浪荡的生活。据说他那些人,能蹿房越脊,飞檐走壁,都是一些骨碌刁钻儿家伙。”严萍数次鼓动父亲,声泪俱下地表示“不能再软弱下去”,严知孝虽然支持抗日、同情学生运动,从个人情感来说也很喜欢后辈严江涛,但他却一再表示:“胡说!还不给我闭上嘴……难呀,难呀,真是难呀!我不能走那一条路,我天生软弱无能,没有本事。我敢走这条路的话,也不至于落到这个地步。……不能,孩子,我还不肯走那一条路。咳!卖国贼们需要‘民众’的时候,就把民主当作武器。他们不再革命了,不需要‘民众’了,就翻个过儿,拿起另一个武器来,开始武力镇压了。在保定,我还有点名望,还有点老朋友。我舍出老脸去见他们,要是他们不听我的话,就和他们拼!”[②]抛开知识分子小资产阶级软弱性这个多少带有概念性的历史实情,严知孝/严萍这对父女关系恰似严志和/严江涛这对父子关系,对后代寄予希望是革命乐观主义的直观化表现,严江涛和严萍的相恋也暗示了城乡裂隙的弥合以及无产阶级同知识分子的结合,这都是作家的独运匠心。更重要的是严知孝与冯登龙一起说明了国家想象对行为方式的决定作用,甚至会决定城市个体的实际身份地位。

---

① 梁斌:《梁斌文集·第1卷》,人民文学出版社,2005,第361页。

② 梁斌:《梁斌文集·第1卷》,人民文学出版社,2005,第362页。

三、从地理边缘向历史中心挺进

因为秉持着不同的国家想象及相关实践路径，长远来看严江涛、严萍等人相比严知孝、冯登龙乃至暂时拥有权势的严贵堂之流更占据城市中的主动，手中的资源更丰富并且可持续，另外抗议行为本身对这群青年的现代城市生存能力是极好的政治训练："问题非常明显，过去几次学潮，都是为了反对黑暗教育，驱逐贪污校长。而这次，是为了抗日，要求结束'剿共'，一致对外。要求抗战自由。统治者恼羞成怒，这才解散了学校。我们要坚决护校，统治者又用重兵包围。……包围的目的，我看有三个可能：一、要逮捕报纸上发表的'政治犯'。二、强迫我们离开学校。三、以重兵包围，不了了之。"[①]对老夏"群众情绪必将带来胜利"的乐观情绪，严江涛补充道："不能把敌人看得那样无能，我说应该再添上一个可能。他要逮捕，我们就要抵抗，双方会形成流血斗争。他要派兵包围，断绝粮食柴菜的供给，强迫我们服从他的制裁，也要形成流血！"在形势分析之后护校委员会制定了相应对策："一、普遍开展宣传工作，争取社会同情。二、搞好交通，和外界保持联系。三、开展士兵工作。"最后严江涛再次补充："长期包围，粮食是主要的问题。打不破饥饿政策，斗争只有失败。"从小说提供的严知孝、冯登龙等的典型言行，以及历史常识可以明确民国时期是中国从前现代社会向现代民主国家过渡的阶段，城市居民大多没有实现向资本主义社会"公民"的转变，更不用说广大农村。严江涛这一代农村青年受到新型现代性国家想象的深刻影响，对未来国家的构建和当下斗争方向都有大致规划，在实践中不但改变了城市和社会的存在形式，也内在地完成了自身"人民性"的改造，变成了一个个更彻底的民主体系内的主体。正是国家想象令他们找准了自己在城市中的定位，不再因为是来自农村的闯入者而漂浮不定，另外这些人的"成长"也推动了城

---

① 梁斌：《梁斌文集·第1卷》，人民文学出版社，2005，第331页。

市的现代化进程。

从《红旗谱》不难看到，农村青年正是在共产主义现代性国家想象的指引下，克服了城乡之间的时间性差异，建立了空间性的城乡一体的活动空间，并树立起居于城市的自身主体性。在整个过程中，“这种成长克服了任何的个人局限性而变为历史的成长。……成长的同时伴随着旧人和旧世界的灭亡”。同时，“主人公通常要经历一场精神上的危机，然后长大成人并认识到自己在人世间的位置和作用”①。这表明，“成长”不是表现为空间的转移或时间的发展，更大程度上是对精神层面的表达。

今日之社会，有为数不少的青年从农村、镇县、地级市走向省会城市、区域中心城市乃至国家中心城市，他们大多怀揣着实现自我的梦想，但现实中的就业难、买房压力、买车压力、婚姻压力、工作压力等种种社会问题将这部分人群挤向社会边缘，成为艰难生存的“蚁族”、小白领、小办事员和合同职员、廉价劳动力。不可否认，“返乡”不失为一种人生选择，并且能推动城市，尤其是大城市以外的地域发展，但也应看到这是一种城市困境倒逼下的无奈抉择，城市拥有更大发展空间，在老龄化背景下也迫切需要年轻人的加盟以促进城市自身健康有序地发展。这样一来，一个亟待解决的问题就需要加以重视，即城市中的边缘青年怎样摆脱边缘身份和边缘心理，在无力买房买车、租房结婚和租住地下室的条件下建立起较为全面的城市认同，以实现生存能力的提升。与之相对应的，是文学的边缘身份的破解。无论是革命年代、建设年代还是改革开放时代，文学艺术以其强大的鼓动性、感染力和介入姿态引领了社会思潮的发展，但后来社会的分化、部分群体的边缘化和文学的式微几乎是在同步发生。从这一角度来说，对城市边缘青年的心理疏导和文学的再中心化对彼此都是一个机遇。

王顺珠认为：“经典的文化是一柄双刃剑。一方面，社会的优势群体可以用它来肯定那些维护、巩固现有权力机制的价值观念；另一方面，社

---

① 李杨：《50—70年代中国文学经典再解读》，山东教育出版社，2002，第49、39页

会的边缘群体和被压迫的群体可以用它来批判和颠覆主导价值体制,从而表达他们的声音与经验,肯定他们的身份。"[①]荷兰学者佛克马、蚁布思则声称:"经典的功能之一就是提供解决问题的模式。历史意识的一次变化,比如像18世纪所发生的那样,将引发出新的问题和答案,因而也就会引出新的经典。"[②]如果我们执着于"红色经典"的命名,无疑会过分看重"红色"标示的主流意识形态解说的成分,而忽视小说本身丰富的内涵,并丧失更大意义上的阐释空间。

杨庆祥认为80后一代之所以会产生巨大的社会失败感,同自身的脱历史性相关:"因为无法找到历史与个体生活之间的有效的关联点,所以不能在个人生活中建构起有效的历史维度,另外一方面'暂时性'地参与历史的热情又不能持久和加固,这一切导致了一种普遍的历史虚无主义。这一虚无主义的典型表征就是以一种近乎'油滑'的态度面对生活和他者,我的同龄人,尤其是接受过高等教育的同龄人,他们日常言行的一个非常大的特点就是可以完全无视一个事情的性质和范畴,而用一种完全局外人的身份和语气来对其进行嘲讽和戏谑。这种戏谑与20世纪90年代以来流行的王朔式的调侃完全不一样,在王朔那里,调侃的对象始终有一个指向,那就是僵硬的意识形态,但是,80后的这些调侃是任意性的,并没有什么目的,在这种言行中,生活本身的严肃性被取消了。今天的80后青年人非常善于模仿生活,但是,却不会自己构建一个真正有效的生活。"[③]进入城市的年轻人怎样与所在的城市建立起全面的认同,击穿故乡和所在地的时间性差异,作为"主体"居于整一的空间性中,而不是自甘沦为城市的"他者"以至于滑落在城市的边缘,这无论对于个体或对于所居城市的发展都意义重大。

对此,接纳一种现代性国家想象或许是一个颇有价值的建议,它能令

① 王顺珠:《文学经典与民族身份》,载童庆炳、陶东风主编《文学经典的建构、解构和重构》,北京大学出版社,2007,第208页。

② 佛克马、蚁布思:《文学研究与文化参与》,俞国强译,北京大学出版社1996,第49页。

③ 杨庆祥:《希望我们可以找到那条路》,《天涯》2013年第6期。

个体的自我叙述从传奇故事蜕变为成长小说，在这个意义上年轻人才会真正“成熟”。《红旗谱》对于解释历史十分有效，并具有十足的当下性，严江涛等人的命运轨迹对今天的城市边缘青年仍具有启发性，因此这部当年的“红色经典”的经典性必能延续至今。

第二节　文学平民性的一个隐蔽样本

自 1957 年梁斌的第一部长篇小说《红旗谱》问世后，他就跻身于“十七年”阶段最受瞩目的一线大作家行列，其代表作《红旗谱》被誉为红色经典中里程碑式的作品，也是中国青年出版社“三红一创”的金字招牌之一。后来创作的两部长篇及其他作品在艺术水准和社会影响上均被研究界认为未超越《红旗谱》，加之先后经历广泛批判以及新时期社会思潮转型，梁斌研究热潮未能重现往日辉煌。即使在“地下小说”被越捧越高的时候，其处于类似状态创作的第四部长篇《翻身记事》（写于 1974—1976，1978 年 1 月出版）依然沉睡在历史的黄沙之中。其实，这部作品无论是写作时间还是具体的写作策略，都应该引起足够的重视。

一、缓步徐行的技术探索

梁斌的《红旗谱》，最广受赞誉的莫过于楔子中朱老巩的血性砸钟。然而这种成为标签且操作熟练的暴力美学在经历了更加激烈的政治斗争后的创作中被搁置，代之以截然相反的起笔：“《翻身记事》的开篇沿用中国古典小说传统的静态描写法，采用心理刻画的方式细致交代核心人物县游击大队长周大钟的内心矛盾。”[①]其实不只是静态描写，之中字字都体现出作者更大胆的尝试：“大会开完，人们散尽的时候，县大队队长周

① 王之望、闫立飞主编《天津文学史》（新时期卷），天津人民出版社，2011，第 683 页。

大钟才慢搭搭走出会场。”这是整部小说第一句,时间是“大会开完”,至于大会如何紧张激烈,作者不说;环境是“人们散尽”,至于散会时如何熙熙攘攘错杂交谈,作家也不说。一切热闹过去,人物才若有所思地“慢搭搭”登场。这种设计,难以置信这是20世纪70年代的小说。作者有意避开了开会和散会这种塑造典型人物的典型环境,非常不利于主要英雄人物形象的迅速树立,也与1970年代主流小说开篇上演“动作戏”①的喜好大异其趣。

小说不是没有急性子人物,区委副书记、后来担任官渡口村土改队副队长的李蔚多次嫌弃领导周大钟处事不果决,倒是更接近1970年代小说人物,但他一出场并未心急火燎,只不过周大钟显得更舒缓:“一个字一个字慢慢说着,又低下头擦枪”“周大钟对他慢搭搭地,一个字一个字说着”“别看是个庄家老粗,多咱说起话来总是慢条斯理儿,绝不张开大嘴卷人”“周大钟这时才抬起头来,慢搭搭地说”,可以说周大钟这个典型人物的典型性格就是“慢搭搭”,对此叙述者专门解释说:“周大钟自幼是这个脾气,别看是个庄家(稼)人,一说起话来慢慢悠悠,腼腼腆腆。想干的事情一定干成,不想干的事情,说什么也不干。工作起来总是稳稳当当地向前拱,你甭结记他迈错一只脚。外号叫‘生铁牛’。”②这种稳当性格即使在大讲斗争的时代,面对副手李蔚多次正面言语冲击也依然不为所动,“慢搭搭”地劝说或权衡着稳定局面,这在“一万年太久,只争朝夕”的时代氛围下显得格外引人注目。

有趣的是,真正急躁的李蔚某种意义上反倒是作为小说中的“需要被改造的人物”来处理的。因为担心地主听到土改队进村开展工作的风声破坏生产资料和剥削物证,一心督促周大钟暗中迅速推进,看到后者的

---

① 比如出版于1974年的《较量》,开篇是“主要英雄人物”江海涛将陷入坑中的卡车移出,并解决了生产过程中遇到的钢丝润滑这一难题。鲜明的“动作”场面不但能突出主人公的天生神力,实现英雄人物的神性内质,也是戏剧化“亮相”的直接影响结果,毕竟样板戏的“资历”和政治地位在全部文艺类型中占据统治地位。

② 梁斌:《梁斌文集》(第4卷),人民文学出版社,2005,第27页。以下选文均出于此。

“慢搭搭”自然急火攻心，甚至争吵。因为周大钟牢牢掌握着发动土改的权力，并且最终事实是将地主人赃俱获，于是李蔚成了教条主义的形象化表征，加上出场时自己强调曾经的右派身份，自然坐实了被周大钟改造、争取的对象的位置。虽然小说将阶级矛盾摆在首位，但三个地主的软弱或愚蠢令其不堪一击，真正的冲突还是发生在周大钟和李蔚的路线斗争中，这是当时小说的基本模式。但主要英雄人物和待改造人物性格及行为方式的转换，又令小说迥然于当时的“规范”。

在“主要英雄人物”和“待改造人物”之间的是（非主要）英雄人物或其他正面人物，性格的激烈程度一如当时公开出版小说的梯次排列，并且也是反向设置。周大钟的“慢搭搭”受到李蔚的急躁冲突时，前者的其他“帮手”[①]如土改队的冯文光和贫农团的朱老嗡、王振山，以及待改造的刘登华、刘冬等都先后与人发生过争执，即使是成天笑吟吟的闻小玉，最初见到周大钟的“慢搭搭”也略感不惯地开玩笑。大概只有与周共享“主要英雄人物”[②]的王二合没有投入激烈的争执，但因其直爽性格多次吐露真言，“慢搭搭”便成为周大钟独一无二的身份标签。

“慢搭搭”的不仅是中心主人公的性格，也不仅是“大会开完，人们散尽的时候”这样的叙述语调，更鲜明地体现在小说的叙事节奏上。作为一部土改小说，全书共 37 节，第 1 节周大钟组建土改队下乡，第 19 节才召开贫雇农大会选举出了最高执行机构贫农团主席团，发动土改的准备

① 根据王一川的研究，1970 年代文艺中的主人公与“十七年”文学一个显著的不同是“成长”过程的摒弃和“成长”过程中“代父”角色的消失。见其《中国现代卡里斯马典型——二十世纪小说人物的修辞论阐释》，云南人民出版社，1994，第 158 页。

② 这是《翻身记事》突破 1970 年代文学模式的地方。肖敏通过对《海岛女民兵》的研究指出：“与‘三突出’美学原则相背离的是，作者设置了多个英雄人物。”根据小说改编的电影《海霞》也因类似原因受到批判：“被文化部指责是‘英雄人物陪衬次要人物’。”见其《20 世纪 70 年代小说研究——“文化大革命”后期小说形态及其延伸》，中国社会科学出版社，2012，第 113—114 页。“陪衬”说更多是强调问题严重性以增强批判的理据，确切地说是主要英雄人物的并置或这一“主要”身份的流动性。王二合始终没有抢夺周大钟的核心地位，但后者一直竭力维持前者作为自己合作者的领导者身份。

阶段恰好占据了一半篇幅，此间多次出现蒙太奇闪回，讲述各正面人物的前史（以抗战经历居多）。第21节情节突转，地主刘作谦、李福云暗地里转移财产，但由于是秘密行为未引起土改队和贫农团的警觉，前后叙述仍然波澜不惊。到了第24节由于闻小玉遭遇毫无征兆的夜路飞刀袭击，氛围骤然紧张，领导团体决定对地主实施抓捕。第25节领导团体又决定提前土改日程。第26节搜查砂锅子李保忠，抓捕三地主。刚紧张了3节，接下来又是狂欢式的抄家环节，直至第31节李庆新夜走官渡口村报信重新令气氛紧张起来，经过第32节因春耕问题引发的路线冲突，最后5节的叙述又回归了轻松的步调。诚然，正反双方悬殊的力量对比构成了1970年代小说的一般特征①，但反面人物的负隅顽抗、垂死挣扎和待改造人物无意中的推波助澜、为虎作伥，以及随之带来的一定长度的激烈对峙仍必不可少，如此方能证明当时的主流意识形态"斗争哲学"的合理合法性。《翻身记事》宏观顺应、细处调整的做法，让"慢搭搭"的叙事节奏刷出了"慢搭搭"的周大钟的存在感。虽然作者一如1970年代小说那样从文本中跳出来直接发表议论，但更多是通过这样一种叙事方式和人物塑造的配合，完成对主人公行为方式正确性的论证，从而以别具一格的方式完成"主要英雄人物"的地位确立。可见，作者没有直接反抗以"三突出"为代表的1970年代文艺理论，而是以倒置的技巧构造了顺序的人物结构："慢搭搭"的主要英雄人物、偶或急躁的英雄人物或正面人物、频繁激烈的待改造人物、私下愤怒狠毒却不敢张扬的反面人物，从而实现了彼时特殊文艺框架下的可喜探索。

作者的这种独特安排，一方面与时代环境相关。人们普遍印象中标准的特殊状态只存在于1966—1968两年间，进入1970年代，基本不再有较大规模的政治运动，生活趋于平静。大环境如此，梁斌被下放的汉沽农场小环境同样也是一片空寂。其次，这种慢对应的是深层的自信、淡然的

① 即阶级敌人的"个体性"和"外来性"，用以"衬托主要英雄人物的高大"。见肖敏：《20世纪70年代小说研究——"文化大革命"后期小说形态及其延伸》，中国社会科学出版社，2012，第71页。

革命乐观主义，写于 1928 年的《西江月·井冈山》有“敌军围困万千重，我自岿然不动”之句，1956 年的《水调歌头·游泳》则道“不管风吹浪打，胜似闲庭信步”，可以说《翻身记事》“慢搭搭”的内外构造是在按照革命文学的逻辑进行艺术化的探索。此外，周大钟沉稳、内敛、倔强、坚定的性格正是不听劝告、执意进行突破教条的创作尝试的梁斌本人的写照，小说因而成为作者自况[①]、抒发心声的灵魂之作。同时，也是作家写作趋于成熟之后的自信体现。

二、精英写作的平民性坚持

走过狂热时期，1970 年代的中国从城市到乡村裹挟在一片静默之中，《翻身记事》的“慢搭搭”保存了珍贵的时代氛围标本，作者“心手谐一”的状态表明他与当时的民间气息相合。

梁斌出于农村、心系农民，创作目的指向的是普通劳动者，一切以他们的标准规范创作，他考虑的从来不只是小说内在的技巧：“小说在写作时，每章有一万字至一万七千字。为了便于农民阅读，我把它改成六七千字一章。我感到短小精悍的形式，适合农民群众的要求。”[②]相比长度，对农民阅读来说更重要的应该是语言：“我也曾想避免方言土语，但字行之间缺少了它们，总觉得不够味。”[③]有海外学者研究认为：“随着延安解放区的奠定到中华人民共和国的成立，在毛泽东《在延安文艺座谈会上的讲话》的‘工农兵’方向的引导下，强调文学语言的大众化、口语化，算是

---

① 梁斌曾有丰富的土改经验：“一九四七年，我参加了冀中区博野十二村土改试点，做北淹村的土改队长、支部书记。……一九四八年，我南下新区工作，在襄阳地委做宣传部部长。带土改队下乡，做了刘爷庙土改试点。”见《我的深入生活》，载《梁斌文集》（第 7 卷），人民文学出版社，2005，第 63 页。小说这段情节的时间是 1947（“五四指示”次年）—1948 年，正好也是作家这段经历期间。

② 梁斌：《漫谈〈红旗谱〉的创作》，载《梁斌文集》（第 6 卷），人民文学出版社，2005，第 288 页。

③ 梁斌：《我怎样创作了〈红旗谱〉》，载《梁斌文集》（第 6 卷），人民文学出版社 2005，第 259 页。

给方言留下了一块保留地,也为方言土语在文学中找到了存身的依据。然而,一个更为明显的事实是,'方言土语在中国共产党领导而掌舵的中国现代化过程中,未能占有中心地位。'"[①]国内学界进一步指出:"在'十七年',也不是没有人关注方言问题,像赵树理、周立波、马烽、西戎、刘绍棠等,在创作中还是比较注重方言的使用,方言的使用也越来越普遍,一般的文学作品中都能寻出几个方言词汇来。但是,总的来说,'十七年'作家缺少那种将方言作为重要语言资源的意识,缺乏那种多方面开掘语言资源的动力。"[②]"净化"方言的一个重要原因是推广普通话,在这一总体指示下,"十七年小说"的方言色彩当然不能过于显著,而方言的弱化并不能令其有力地支撑风俗的独特性。这一情况延续到了更加追求洁化叙述的 1970 年代,方言无疑仍然稳定保持着"域外之地"的特质。

作为"十七年"的典范作家,梁斌对这一问题是有自觉意识的,不但在 1958 年有所自省,1979 年致他人的信中也说:"你能用群众的语言写文章,很好。不足之处,用土语时要注意,不要用太狭窄的语言,有的群众(远处)不懂。"[③]这体现出,首先他是一个尊重多元文化的人,由此反观他对 20 世纪六七十年代中某些比较偏颇的方向不满(《壮志未酬老不休》)也是自然流露;其次他对文学是怀有神圣感的,并坚信跨文化区域流传的可能,这是写作精英性的体现;更重要的是对方言使用的约束,而且这种约束除了来自统一规范,也仍有民间传播的考虑。

这种语言态度也反映在《翻身记事》中,一方面方言出现的频率不低,尤其是人物对话,叙述语言中也有些许;另一方面又有所注意,基本不

① 坂井洋史:《致张新颖谈文学语言和现代文学的困境》,转引自董正宇《方言视域中的文学湘军:现代湘籍作家"泛方言写作"现象研究》前言,中国社会科学出版社,2008,第 9 页。

② 坂井洋史:《致张新颖谈文学语言和现代文学的困境》,转引自董正宇《方言视域中的文学湘军:现代湘籍作家"泛方言写作"现象研究》前言,中国社会科学出版社,2008,第 10 页。

③ 梁斌:《要写出社会主义一代新人——给王继民的信》,载《梁斌文集》(第 6 卷),人民文学出版社,2005,第 233 页。

会影响阅读效果，不出现与普通话差异很大的词汇。更有意味的是罗慧，这个北京大学文学系的学生“说话口齿很是伶俐，满口北京官话”，也就是当地人心中的普通话，因为有知识和城市工作经验，也经过了一些历练，不同于那个年代普通知识分子的形象，“并不娇气，显得挺老练”，受到包括周大钟在内的大多数人的尊重和喜欢，也是县里派到官渡口村六人土改队中的一员，足见地位之重，无疑属于正面人物行列，但这唯一一个受过高等教育、有城市经验、说普通话的角色是一位年轻女性，体现出潜意识层面“普通话”的配角属性。

土改队仅有的两名女性的性格同中有异，闻小玉虽然只有中学学历，但出身农村又打过游击，阳光积极又活泼爽朗，罗慧是整部小说中的最高学历者，阳光积极却略显羞涩腼腆。两人一同去村里调查走访，未能及时辨认出伪装后的富农，周大钟得知情况后对罗慧开玩笑：“读书人，一出北京城看见一大片麦苗，就说：‘哟！小韭菜多嫩生呀，包饺子多好吃呢！’咳！光见过猪肉，还没见过猪走哩！同志！秀才造反三年不成呀！……对于富农，你了解富农思想是可以的，你去跟他了解贫农思想，不是对牛弹琴！”类似的玩笑话在小说中很多，令这部诞生于五十年前的作品显得妙趣横生。周大钟没有取笑同去的农村姑娘闻小玉，而是拿城里来的罗慧逗开心，而且模仿时用方言转换普通话表达，不能不说深含关于“语言”等级的潜台词。罗慧对此“满脸绯红”，内心则是服膺与敬意。但此时闻小玉的女汉子性格按捺不住替姐妹辩护，泼辣地反驳自己的直接领导：“那！你何不早说，光来叫我们碰了一鼻子灰。还咬文嚼字，掰瓜搂籽儿说呢！”（第7节）“普通话”无力反驳“方言”，只有“俗谚”才能与“方言”展开对峙，似乎在用民间因素挑战统一化的话语霸权，不过梁斌巧妙拆除了笑中攻击性的色彩，通过周大钟和闻小玉之间又一段不带方言语感的调笑，以及罗慧隐约方言化的私下建议，破解了语言方式与人物形象之间的对应关系。作者努力让方言仅仅作为民间世界的路标，而不携带过多政治含义，这同新时期以来不少作家有显著的不同。

梁斌对艺术的自觉很大一部分精力投射在了语言上，他对古代文学的品评也由此展开："我体会到《水浒传》使用山东话写成，并概括了中国北方的人民的生活风习。《红楼梦》使用北京话写成，并深入写了北京的中国贵族的生活风习。"①语言在梁斌这里既是形式也是内容，必须与讲述的故事和人物有机配合，加上对民间表达的重视，他最看中的是古代文学中的小说、戏曲："在古典戏曲中也有很多好的语言，其中最好的要算《西厢记》中所用的语言。……《西厢记》用的群众语言最多，显得特别美。"②观察作家的阅读资源是个有趣的事，梁斌阅读面很广，从欧洲的批判现实主义、苏联日本的左翼文学到中国现代浪漫派作品，皆有涉猎，但提及最为频繁的还是古代小说、古典戏曲及地方戏，这对其小说创作影响至深。

当然，梁斌小说有很强的时代特色，不然不会成为"十七年"典范性作家，比如为了将朱老忠塑造成为"更完美的英雄形象"，修改时去掉了他的火暴脾气，变得沉稳多谋，但民间精神气质不会就此丧失，张飞式的人物性格出现在了另一个英雄人物张嘉庆身上。到了批判"封资修"、破"四旧"的20世纪六七十年代，《翻身记事》不改底色，组建土改队，周大钟拉来了李蔚、冯文光、李乔、罗慧、闻小玉，正是"五虎将"模式；民兵班各个都有绰号，如"钻天杨"李二虎、"赛关公"王老碜、"爬山虎"李开泰、"出水龙王"刘黑寸、"梦里金刚"王牛牛、"弹打飞鹰"王演中，除了待改造的普通李保忠用的是小名"砂锅子"，其余人的别称都同外貌、绝技相一致。彼时关于"阶级斗争"具有的叙述重要性和紧迫性的需求，在梁斌处也不例外。不过小说的神奇之处在于，抓捕地主的难度不是体现在地主的狡猾与狠毒，而是自幼习武的李福云打赤膊挫败了王演中，接着向李开泰挑战，作者用了相当长的篇幅，以非常地道的语言细致描述了武侠小说中才会出现的场景，于是阶级斗争变成了街头比武，令人拍案称奇。但李开泰也并不能独力克敌，正巧王二合上场，这位与周大钟共享主要英雄

① 梁斌：《漫谈〈红旗谱〉的创作》，载《梁斌文集》（第6卷），人民文学出版社，2005，第283页。

② 梁斌：《谈创作准备》，载《梁斌文集》（第6卷），人民文学出版社，2005，第297页。

人物光环的村支书兼贫农团主席曾与李福云过招，实力远在后者之上，李福云正要运势，受到斜刺里柏老槐两篙连敲，之后在王二合的气势面前败下阵束手就擒。决胜关头王二合与柏老槐共同发力，嘴上说的则是政治话语，到底是民间的好勇斗狠，还是政治的阶级斗争对抓捕起了决定性作用？作者不说，引发读者联想，正是其高明之处。如果说“民间”对于决策者来说是一块不能没有、又需要慎重安置的难题，那么对梁斌来说，这正是其秉性自然，能够很好地同文艺政策相融合。他所做的，不是简单粗暴的“反抗”，而是精心雕琢既有规范的实践活动。

三、主流与民间创作机制的调和者

因为对民间社会的强烈体认，梁斌不但在情感上、更重要的是写作技巧和资源上偏向民间元素，以致影响到其看待历史和现实政治的方式。纵观梁斌的创作，他从来都不只是一个简单的拥护追随者，而是一个矛盾复杂体。一方面他一直倾心创造社、太阳社以降的浪漫主义思潮，充满了斗志和力量，另一方面受传统思维影响，他又是一个崇尚经验和资历的人。《红旗谱》的中心角色不是受到贾湘农指点的“第三代”严运涛、严江涛，而是拥有丰富人生阅历和斗争磨砺的朱老忠，即使是更年轻的严江涛也不是血气方刚、行事冲动的一般意义上的青年形象：“我在《红旗谱》里，写江涛比运涛更为沉默寡言，做事更慎重，这是不难理解的。老奶奶暴死，运涛入狱，许多不幸的事一连串地来了，给了他很大的刺激，花钱读书已经是不容易，家庭经济困难，也对他有影响，逐渐形成他稳练慎重的性格。”[①]《翻身记事》如出一辙，主要英雄人物是中年干部周大钟和王二合，无论在土改队或是贫农团主席团，中年和老年所占比例都超过了革命生力军青年。在青年占主导甚至全部“正面人物”的 1970 年代文学序列中，梁斌的这种创作显得尤为特殊，不但是对“十七年”传统的回收，即使

---

① 梁斌：《漫谈〈红旗谱〉的创作》，载《梁斌文集》（第 6 卷），人民文学出版社，2005，第 280 页。

在“十七年”阶段也可称为一己特色。

梁斌的文学启蒙最重要的部分是现代文学浪漫主义思潮，推尊郭沫若、蒋光慈为代表的作家，崇尚“神会”“自然流露”等理论概括，因此其创作中规约的部分少、自发的成分多。对青年的态度则贯穿着传统思维的红线：“过去的庄稼人有一句老话，叫做‘英雄出在年少’，是青少年能做大事业的意思。比如几出京戏里的周瑜，都没有带（戴）胡子；又如《罗成叫官》里的罗成，也不带（戴）胡子。说明他们是青年，武功都很好。”对青年的推重莫过“五四”时期，从梁启超《少年中国说》到陈独秀《敬告青年》、李大钊《“少年中国”的“少年命运”》、高一涵《共和国家与青年之自觉》等，以及借鉴外国创作的本土浪漫派。但梁斌引征的资源仍然是泥土中散发出来的千年经验，他还说：“青年人生活经验少，只凭走马看花，写出的东西，也许会是单薄的。”①可以很清晰地看到作家更关注的方向。

一如郭沫若，梁斌对早年的创作是不满意的：“我的第一篇小说《夜之交流》是洋味的，连语言都是洋味，因为那时候读的外国文学多。我费了很大的劲，才转到‘土’上来。”②作家对此的解释是当时“还不懂得‘深入生活’”，又受到“五四”新文学和翻译文学的影响，“写出的东西不新鲜、不活泼”③。“五四”对作家不是正面价值，而是阻碍了创作的成熟。这也可以解释梁斌身上很少有精英写作者那种“启蒙”气息，正是思想中强烈的平民性抵制了“五四”知识精英的俯视性，后者对青年的追捧也就随之被压抑。

毫无疑问，梁斌是毛泽东革命实践及其思想体系的拥护者，但他加入共产党的革命阵营，不仅是出于对理论的学习，更不是追随“左翼”的“时尚”浪潮。事实上，在理论方面梁斌并没有他在创作方面那般出色，比如

---

① 梁斌：《祝〈青年文学〉创刊》，载《梁斌文集》（第6卷），人民文学出版社，2005，第246—247页。

② 梁斌：《我的文学观——致友人书》，载《梁斌文集》（第7七卷），人民文学出版社，2005，第70页。

③ 梁斌：《我的深入生活》，载《梁斌文集》（第7卷），北京：人民文学出版社，2005，第63页；《谈创作准备》，载《梁斌文集》（第6卷），人民文学出版社，2005，第296页。

《红旗谱》中冯登龙与严江涛辩论"国家主义"和"共产主义"，明显作者自己并不能将二者细密地做出区分，至于"二师学潮"在后来被批判为"歌颂王明路线"当然是上纲上线的过度阐释，但仔细推敲个中细节也能明白这种附会的缘由。正是由于他是一个对路线不很敏感的纯粹的艺术家，我相信他说"我根本没有想过要从路线斗争的角度去表现和塑造人物"[①]时的真诚，原因就在于他身上根深蒂固的平民性产生了一定程度上对政治精英话语的疏离效应。

通过对平民性和民间资源的深度体认，梁斌已经建立了潜在的主体性，毛泽东的理论则激活、显现并强化了其主体意识："因为中国农民自古以来就有着勤劳、俭朴、勇敢、善良的崇高品质，几千年来，在中国革命的历史上，涌现了许多有勇有谋的农民英雄，我认为对中国农民英雄的典型的塑造，应该越完善越好，越理想越好。中国共产党依靠了伟大的中国农民阶级这个强大的同盟军，……也就能战胜统治阶级和日本帝国主义。"[②]"毛主席叫我们用群众语言来写东西，这是很有道理的。"[③]足见梁斌是在以乡土的平民性去体察精英政治的指导，表面上是在迎合主流政治，其实是在迎合主流政治中契合内心原初思维的部分，简单说是在表达自己，从而强化自身的历史主体身份。

这种在强悍的平民本位心理影响下的革命者身份，往往既是坚定的，也是不坚定的。一旦精英理论偏离内心，便会引起本能的警觉，而不是追随。《翻身记事》作为运用了1970年代小说技巧的小说，必然涉及路线斗争的问题，但作者笔下的路线斗争别有一番风貌："李蔚的基本思想包含两点：第一，他不同意访贫问苦发动群众；第二，他宣传秘密进村，秘密串联。"关键在于李蔚认为公开联合村干部这个"烂摊子"发动群众会被

① 梁斌：《〈播火记〉再版后记》，载《梁斌文集》（第6卷），人民文学出版社，2005，第308页。

② 梁斌：《漫谈〈红旗谱〉的创作》，载《梁斌文集》（第6卷），人民文学出版社，2005，第247页。

③ 梁斌：《生活·写作·语言》，载《梁斌文集》（第6卷），人民文学出版社，2005，第242页。

蒙蔽,周大钟针锋相对地回绝:“我觉得搞群众运动没有什么可神秘的,工作队偷着进村,秘密扎根串联,把干了多年革命的老党员老干部一脚踢开,大家考虑考虑,这么弄法合乎毛泽东思想吗?”①周大钟和李蔚在县委的支持者分别是景士昌和卢政委,斗争的焦点是对群众运动和旧干部的态度,周大钟坚定不移地站在捍卫旧干部革命性的立场上,主张群众运动必须有干部领导,李蔚则坚持群众运动的“纯净化”,认为“旧干部已经和地主阶级有千丝万缕的关系”。小说将周大钟确立为第一主角,并且同“旧干部”村支书王二合分享着“主要英雄人物”的崇高地位,二人不但是亲密无间的工作搭档,还因曾一起做工有深厚的历史渊源。李蔚作为待改造人物,根本无法撼动“周大钟—王二合”组合建立的政治脉络和人物情节结构。尤其考虑到周大钟多少带有作者自况的意味于其中,小说所要表达的思想立场鲜明无疑。

小说在主题上呈现双重性。一方面确认贫雇农是土地改革的基本力量,另一方面鼓励中农参加;一方面各类人物均多次提及主流话语(但不是作为固化的意识形态象征“语录”),另一方面频繁强调党组织的重要作用和拆解既有党政组织的危害性,这是梁斌试图努力弥合“1970 年代”同“十七年”之间裂隙的措施。作家有意识地将“文革”的“路线斗争”剥离出一般意义上的“阶级斗争”,一方面通过将路线斗争中的激进派设置为“问题人物”,而革命干部和革命群众形成牢固的英雄人物联盟,从而弱化“路线斗争”,强调原初意义上的“阶级斗争”;另一方面通过将对立面的地主(剥削)阶级滑稽化,造成反面人物不堪一击的局面,从而既符合 1970 年代小说的定制模式,也在客观上削弱了“阶级敌人”危害的可能性。另外,作者郑重其事地在开篇就介绍了周大钟游击队长的身份。农民军人作为主要英雄人物,也体现出作者对 1970 年代伊始波及军队的斗争的不认可,而对军人的看重一如周大钟的拿耧能手身份所暗示的,仍是因为农民底色的平民立场的坚持:“在党的领导下,伟大的农民阶级,

① 梁斌:《翻身记事》,载《梁斌文集》(第 4 卷),人民文学出版社,2005,第 83 页。

为民族民主革命事业建立了功勋;……我们军队的革命战士大部分来自农民。”[①]从“慢搭搭”的人物性格和叙述节奏来看,处于中后期创作阶段的梁斌,是一个敦厚平和的人,可以说作家本人也是慢节奏、和为贵的乡土民间世界的人格化表征。

梁斌具有强烈的平民身份主体性,当革命主张与步调与此相符,他就会决绝地投身革命;但当政策与之发生分裂甚至抵触,这种主体性会自动带领作家脱轨,以超然和建设的目光打量现实世界,并重构理想世界。一直不变的,是作家浪漫主义的理想情怀和勃勃斗志,正如作家所言:“我的人生观与艺术观,没有所谓‘再觉醒’,我是六十年一贯制。我的思想和艺术观,没有经过所谓‘变法’。”[②]从《翻身记事》的书写策略中可见一斑。抵御外侮时没有放弃马列主义毛泽东思想,路线斗争时也不怀疑党组织的革命性。

梁斌的平民性小说,带有自身特点和20世纪五六十年代、70年代的叙述特征,不同于一般意义上学术界定义的“民间”;梁斌的1970年代小说,兼具20世纪五六十年代、70年代和古典三重技巧模式;梁斌的隐蔽创作,不同于1970年代“地下小说”强烈的精英情调,而是“土得掉渣”。梁斌的“1970年代的隐蔽民间”,具有独一无二的艺术品格。不妨大胆设想,如果梁斌作品一如既往受到深切关注,历史或许会是另一番样貌,大概这也正是《翻身记事》这类独特的1970年代小说的真正价值。

第三节　原笑的重建:小说世界政治空间的乡村狂欢

梁斌的作家待遇和经典作家身份主要归因于其首部长篇小说《红旗谱》。响亮的开篇、紧凑的情节、完满的人物和充沛的情感充分体现了作

① 梁斌:《致武汉读者》,载《梁斌文集》(第6卷),人民文学出版社,2005,第230页。
② 梁斌:《我的深入生活》,载《梁斌文集》(第7卷),人民文学出版社,2005,第67页。

家雄浑阳刚的内心世界,小说内容的重要动力源"二师学潮"中,学生和军警的激烈对抗甚至受到了来自非文学界的批评。可以说,对作家的不公正评判虽然得以豁免,但文学评价一定程度上仍然局限于批评的简单沉淀。造成偏差的原因之一,是对其后期创作,尤其是第四部长篇小说《翻身记事》的遗漏。重新激活这位红色经典作家,就必须关注这部特殊状态下的重要作品。

一、温柔叛逆:笑的平权运动

同一般的1950—1970年代小说有所区别,《翻身记事》虽然也混用这两个年代规约的创作模式,但整体上是一部轻快、欢乐的作品,具有较高的可读性。小说的故事时间是1947—1948年春,此时的解放战争已经从初期的国民党全面进攻、共产党战略防御转变为国民党重点进攻、共产党战略反攻阶段,东北的国民党军被困在沈阳、长春、锦州,刘邓大军千里挺进大别山,陈粟和陈赓大军谢富治与之形成进攻的犄角之势,对国民党政府形成巨大压力,华北的石家庄等地也进入解放军控制范围。与前线战事一同进行的是后方的土地改革,1947年梁斌在冀中区北淹村任土改队长、支部书记,进行土改试点,1948年华北土改基本完成,梁斌随军南下到湖北参加新区土改。此时国内的主要矛盾无疑是军事冲突及其背后的政治矛盾,以及相对应的宣传话语矛盾。1960—1970年代重提"阶级斗争",要求文学也必须以此为中心,关于"笑"的运用也围绕着这个中心展开,即"笑"是一种鲜明的身份标识,什么人能笑,什么人不能笑;什么场合能笑,什么场合不能笑;什么情节能笑,什么情节不能笑,作家心中都有一个基本的标准。通过阅读1970年代小说可以发现,"阶级敌人"是不能笑或不会笑的,笑的能力与人物地位息息相关,"主要英雄人物"能随意发出笑声并且只能收到赞许或敬仰的笑声,但"阶级敌人"并非一直不能笑,当其社会破坏性被拆除,不再具有实际的危害性,那他就会成为一个滑稽人物供革命群众调笑,也就是说"反面人物"通过被"揭发""批斗”便可以进入宣传教育的革命话语系统，为革命“服务”，当然“落后分子”也可以通过“揭发”“批斗”活动摆脱被愚弄的状况而成为笑声的控制者。可以说，很长一段时间内，笑声被赋予了“权力”的内涵，是“人民民主专政”在文艺领域内的生动反映。

《翻身记事》所表现的中华人民共和国成立前夜，虽然国民党部队节节败退，国民政府大厦将倾，但用美式装备对重点城市的固守仍令解放军的推进并非轻而易举，尤其是大范围内开展或即将开展的土地改革任务艰巨，“阶级斗争”仍然被认为是一种切实有效的话语模式。作为实际工作领导者的周大钟尝试了许多方法，确保动员的顺利开展以尽快启动土改工作，其中包括对历史的回忆、对语录的征引、“帮手”的确立与分工、用作战为喻体的宣传方式，更少不了直述土改的必要性，当然最不可忽视的手段是笑意的广泛营造。被定位为改造对象的土改队副队长李蔚是个标准的滑稽角色，小说多次写到他的出丑和被笑。出场不久展示了李蔚与周大钟的意见分歧，很快出现了扫地这种简单劳动都难以完成的场景，考虑到其身份可谓严厉。提议受阻又遭遇冷落后，李蔚缓解尴尬不成，擅作主张进行激进的土改宣传，由于组织不周详现场一片混乱，不但出现了揪打，而且是无差别乱斗，地主、富农、中农分别受到攻击，并且又激发了反击，最终没有达到任何效果草草收场。将李蔚组织能力和认识水平暴露而实现滑稽化的同时，也真实反映出土改初期的激进、急躁与混乱，逼真地还原了历史场景，另外也是此后乡村狂欢的一次预演。梁斌似乎在暗示读者，作为群众运动的土改先天具有盲目性等不可控因素，因此强化周大钟代表的党组织的领导作用，才能使其有效克服，然而小说还远不止如此。不断被滑稽化的李蔚没有表现出过多脆弱，此外原本不具备“被笑的资格”的地主富农始终没有真正成为千夫所指的仇恨情绪的负载者。地主王健仲简单的抓鸡的场景描写长达三页，除了考虑到梁斌忠心于革命，也可视为一次有意识的滑稽场景。《翻身记事》对 1970 年代叙事的脱离是显而易见的，对王健仲的滑稽处理不与情节推进发生任何关联，土改队加快工作进程并同地主群体形成对峙时，王健仲又有哭穷的滑稽表演,后来在亲眼看到工作队对李福云、刘作谦的审查后不再表演,而是委曲求全,形成鲜明反差。同为地主的李福云面对土改队抓捕时负隅顽抗,作者给予其类似《巨人传》中形象的描写,一个霸道而滑稽的形象。

同彼时的文艺作品相仿,周大钟等人组成的土改队占据绝对主动性,但这不意味着梁斌按照惯例进行完美化塑造。闻小玉和罗慧错将经过伪装的富农认成贫农,并对其表示出了亲切,受到周大钟的嘲弄。即使是工作队内部对工作方向也有不了解的地方,反映出工作的复杂程度。在这个场景里,闻小玉和罗慧不是女英雄的形象,而是受气撒娇的小女孩,周大钟的工作节奏一直是有条不紊,因此并没有急躁和责备,而是摆出了围观者姿态顺便进行教育,对笑的运用方式同小说叙事节奏完美贴合。闻小玉和罗慧并没有从始至终按照一般女性主义者期待的那样上演一出标准的"姐妹情谊"戏份,讨论到"路线分歧"的时候,两个不明就里的人反而出现了纷争,因为大学生罗慧本能地按照理论演绎的方式思考,引起了只有生活经验的闻小玉的不快,闹起了小脾气。当然罗慧没有展现笑意,却被闻小玉误解,形成了颇具生活气息的小插曲,通过误解产生的优越感激发了阅读过程中的笑,也真实地反映了当时革命者群体中两个群体的状态。

就连人物关系中最核心的两位——村委会主任王二合与工作队队长周大钟,都无法逃避被嘲弄的命运。李蔚有目的地私访治安员刘登华,后者抱怨王二合专权,颇为夸张地说了很多细枝末节,包括妇会、儿童团乃至村居团具体剧目和女演员的个人生活,同李蔚一唱一和批判"事务主义",通过夸张突显思维逻辑缺陷。基层党支部处理的自然是基层事务,不可能都是所谓的"大事",借此彰显两人的不切实际,但无论如何王二合受到了嘲弄。同样是王二合,在与周大钟、刘老堆谈论工作的时候遇见红缨金缨姐妹进屋,便下意识关心二人的温饱,反被红缨嘲讽只知吃喝不务正业,王二合下意识用教导儿童的语气让姐妹二人去找儿童团或妇女会负责人,又受到红缨奚落其工作嫌麻烦。两次反击干脆利落,直击要害,虽然都是游戏话语,并非真实针锋相对,表现出干部和民众之间的平等，并不因为王二合具备领导与长辈双重身份，就能获得面对红缨姐妹的绝对话语权。

小说前半程有大量插叙用于介绍主要干部的革命前史，用于证明将其排挤出土改实属毫无道理，同时在保证叙事节奏不松垮的前提下也捋清了整部小说的叙事线索。柏老槐回忆过王二合抗战时期筚路蓝缕、坚持斗争，面对日军扫荡无处藏身，无奈之下潜水躲避，但藏起的衣服却被不知情的打草幼童拿走，无耐只能继续裸身躲藏，天黑才敢找柏老槐要衣服。在柏老槐充满笑声的回忆中，王二合出现在一个滑稽的场景中。放回情节链中，柏老槐借此段追忆回击了对革命干部"专权"的指责，通过历史场景的再现生动表明不是王二合家人实施"垄断"，而是在革命最艰难时期无人领头，只有王二合一家义无反顾勇挑重担，从而成了带头人。梁斌立场毋庸置疑，但选择的方式颇为新颖，不是用"痛说革命家史"的方式劝说，而是用调侃的方式温和反驳，用笑声承载正史。

由于小说人物谱系和20世纪六七十年代创作模式的约定，周大钟自然成为最有笑的权利的人，但他的笑不咄咄逼人，并且没有回避而坦然与别人说笑。周大钟不但善于农活和组织工作，也会做饭，并且对此颇为自得："我就是做饭出身嘛，吃吃我做的饭吧！不生，不糊，不咸，不淡，管保你们满意。"①叙述者对此也是信任的口吻，然而偏偏小玉不服，挑衅似地质疑周大钟做饭比战斗还难。在这样游戏式话锋下，后者口风立刻变软，承认不如女性，很符合小说人物性格定位，罗慧则给予维护。但周大钟也并非能够时刻保持沉稳冷静，谈论到人们对土改的误会时，他难以抑制激动与焦急，表示要跟对立面抗争到底，还做出了摔跤的姿势，这样的"超时空情景幻想"受到李蔚的嘲笑："蒋介石没在这儿，地主老财也没在这儿。"虽然在整体上，李蔚的思想观念被作者用来反衬周大钟，然而结合小说的整体风格和后者的基本性格，这种笑反而是正面向的，不仅笑的权利会发生波动，并且笑的性质也不因人物而固化。同王二合一样，周大钟

① 梁斌：《梁斌文集》（第4卷），人民文学出版社，2005，第82页。

的革命史也有轻松的部分。抗战时期作战勇武的周大钟并非一个苦大仇深、极端疾恶如仇的人物,近身格斗战胜日本士兵后穿上了敌人的衣服,面对县长还模仿日本人的蹩脚汉语和滑稽做派。生动的漫画式场景,获得了众人的欢笑,完全是年轻人获得成绩后的真实表现,可见梁斌的创作没有过多来自一体化规训的约束。

《翻身记事》所营造的土改实践,当然会有暴力革命,会有阶级斗争,会有思想交锋,甚至也有等级秩序。但这种等级秩序并非神圣不可动摇,体现在笑的权利赋予上,便是贯穿始终的平权运动:人皆可笑,人皆能笑。这种书写模式明显区别于20世纪50至70年代的社会主义文学范式,无限趋近于巴赫金所概括的狂欢节样态:"与官方节日相对立,狂欢节仿佛是庆贺暂时摆脱统治地位的真理和现有的制度,庆贺暂时取消的一切等级关系、特权、规范和禁令。这是真正的时间节日,不断生成、交替和更新的节日。它与一切永存、完成和终结相敌对。它面向未完成的将来。"游戏精神和彻底的人民性、参与性给人留下了深刻印象:"狂欢式的笑,第一,它是全民的,大家都笑,'大众的笑';第二,它是包罗万象的,它针对一切事物和人(包括狂欢节的参加者),整个世界看起来都是可笑的,都可以从笑的角度,从它可笑的相对性来感受和理解;第三,这种笑是双重性的:它既是欢乐的、兴奋的,同时也是讥笑的、冷嘲热讽的,它既否定又肯定,既埋葬又再生。"①梁斌在这部小说里向读者展示了全方位、多种类的笑,搭建起了一座乡村狂欢的恢宏场景。除了多向度的复杂的笑,小说其他细节也多次流露出狂欢节风格,比如闻小玉和柏老槐的言语咒骂,以及多次表现出对饮食饮酒书写的迷恋②,都是巴赫金理论的绝佳回响。

---

① 巴赫金:《巴赫金全集·第六卷》,钱中文译,河北教育出版社,2009,第11、14页。《翻身记事》的故事时间是在国民政府进行整一划严酷统治的时期,其中的狂欢性贴合解放区的政治理念和文化政策,但其写作时间却落在了70年代,这种无法克服的年代感时间差也是小说长久被埋没的原因之一。

② 在巴赫金看来,骂人脏话与突破宗教禁区紧密关联,饮食则是肉体与世界发生关联的重要途径,见《巴赫金全集·第六卷》,钱中文译,河北教育出版社,2009,第20、320页。

二、侠义与狂欢建构的乡村政治

狂欢与闹剧，有的时候从表面上看就是一线之隔，梁斌在这部小说中呈现的不仅仅是无明确指向的笑。从作家的艺术经验与观念中，不难发现古典文学的长久滋养，儿时就阅读了四哥的《儒林外史》《水浒传》《二十年目睹之怪现状》等书，后来进行创作又将这些阅读经验作为必要的辅助，尤其在语言方面还比较了《红楼梦》《水浒传》《金瓶梅》《西厢记》等作的特点和效果，也特别注意到了民间的笑："要有一个小本子，在日常生活中，在闲谈中，忽然间有个同志说了一句话，很有意思，很俏皮，能代表一个什么意思，赶快把它记下来，或者写个纸条掖在口袋里，回头记在小本子上。"①

梁斌在传统艺术表现的现代转化方面下了很多心思，对语言的重视同语言需要表现的现代生活这一目的之间并不冲突，为了适合当下不惜舍弃部分传统方式，甚至在宏观上也辗转反侧："我没有考虑过用章回体来写，但考虑过中国古典小说里句和段的排法，后来才考虑到毕竟不如现代小说的排法醒目，就写成目前的形式。"②从其小说不难发现内在的古典小说影响，尤其在《红旗谱》中塑造出了豪爽、干练、敢于维权的朱老忠和仗义疏财好结交的严志和等鲜明人物形象，以至于有研究者发现了这部小说传播接受过程中一个十分明显的误区："迄今为止，不论评论家还是普通读者，大多是把《红旗谱》当作传奇类作品来看，突出其中的'水浒气'。北京电影制片厂1960年拍摄的同名电影突出了阶级斗争，天津电视台2004年拍摄的二十八集同名电视剧则完全把它改编成了一个红色

① 梁斌：《我与图书》《生活·写作·语言——在保定地、市文艺界一次会议上的讲话》等，载《梁斌文集》：（第6卷），人民文学出版社，2005，第111、238、240—241页。

② 梁斌：《漫谈〈红旗谱〉的创作》，载《梁斌文集》（第6卷），人民文学出版社，2005，第287页。

武侠传奇。”[①]由此指出《红旗谱》的“日常性”颇具学术眼力,可见在作家创作风格调整之下,观念并未出现根本性转变。不过从另一方面思考,传播走上这样的道路,或许亦非彻底失察。

小说中的周大钟是一个沉稳、冷静、理性、客观的干部形象,然而在抗战时期他也是一个热血青年,作者毫不吝惜笔墨详细描写了在一场战斗中周大钟连续击毙四名日本兵的场面,其中有器械格斗也有徒手肉搏,有单杀也有围攻,既突出了他长工出身的力量,又展示了格斗技巧,节奏紧凑,镜头转换快速,特写切换灵活,完全就是一出现场的动作戏拍摄。政工干部通晓战斗技能,正是对其进行土改时面对各种情况处变不惊的铺垫,令其性格特征更加鲜明,实际也进行了军队文化的宣传。在周大钟打长工艰难养活全家的时候,家中难支,大哥二哥闯关东长年未回,大嫂改嫁,老人过世,留下三个子侄辈小孩外出逃荒寻找叔叔,被偶遇的王二合主动收留,虽然他也是打长工饥饱难料。王二合不但乐善好施讲义气,也是“骨骼惊奇”:身材粗壮、古铜皮肤、紫褐面容、短须宽肩、声音低沉,一副厚重雄武的亮相,颇具侠客猛将风范。柏老槐在渡口撑船出场,朗声大笑,俯仰天地,虽然年至七旬,仍思维敏捷,处事利落,有廉颇黄忠之感。抗战时期,柏老槐摆渡运送八路军被俘,他疾恶如仇,受尽酷刑宁死不屈;土改运动前夕再次展现打抱不平的好汉作风,并且为人直率,刚正不阿,洒脱干脆,惩强扶弱,热情慷慨。遇到反对土改势力贴出的“蒙头贴”后,柏老槐沉不住气,清晨赤膊上街用“沉雷爆响”的嗓音痛斥,十足的鲁智深即视感,甚至声称要用柳篙进行肢体对抗。民兵班则个个身怀绝技,人人有绰号,比如能飞檐走壁的“爬山虎”李开泰、弹弓精准的“弹打飞鹰”王演中、善凫水的“出水龙王”刘黑寸以及“赛关公”“梦里金刚”等,颇似古代侠义小说的设计。

不仅仅是游击队员、土改工作队同样拥有这番景象,即使是地主富农也没有被梁斌漫画化写成外强中干的滑头。李福云“能举八十斤的制

---

① 阎浩岗:《“红色经典”的文学价值》,人民出版社,2009,第74页。

石，拉十二个劲的硬功，凭他的功夫，要想弄死个人，像杀个小鸡子一样”①。他曾作为枪手得过清末武举，并且得寸进尺向对方索取财物，不但骂街，还“来个骑马蹲裆式，瞪眼攥拳头呈出式子要比武。人家不敢惹他，只好给了。每年拉半车东西回来。他还和岗楼上有勾搭，站在十字大街上一骂街没人敢吱声”②。与柏老槐一样，身份地位迥然不同的李福云说话也像“打雷”。如果说刘作谦是因为曾经做过村长，凭借权力余威或象征资本得势，那么李福云则更多出于力量的绝对压迫令村民胆战，抗战伊始只有王二合敢与之发生不甚激烈的碰撞。就是这些生性彪悍的人物，让梁斌小说永远散发着光芒。

由于小玉意外遇袭，工作队决定加快步伐提前日程，实施对地主的抓捕。民兵班在至少有两杆步枪、两把手枪的优势包围下，为了避免违反政策，与李福云形成了对峙，后者赤膊“一筒石碑似的立在院子里”，不过在看到周大钟和王二合后威猛顺转滑稽，试图越墙逃跑，被李开泰飞身拦截在屋顶，开始了一场二十岁对阵七十岁的比武。李福云虽然七十岁，但一身肌肉让李开泰有心无力，却被轻而易举上了房顶的王二合的气势逼迫落地。这时李福云还想一打二，正要起势被柏老槐从身后连敲船篙，王二合趁势令王演中和李开泰捆绑，李福云颓势中依然一抖臂膀将二人甩开，直到王二合厉声呵斥声称严守政策不能致死，才浇灭了李福云的反抗意志。梁斌用津津乐道的笔触详细描绘了一场街头比武式的“非典型”土改抓捕，足见此前设置伏笔的巧妙。

完成对三个地主的抓捕后，工作队紧锣密鼓执行抄家，没收浮财。在刘作谦家中，李固大嫂机敏地发现其妻怀中鼓得异常，于是拉开衣襟果然抽出了包袱，又将荷花的嫂子带进屋，迅速拉扯掉裤子，掏出了私藏的金银首饰，并进行了言语羞辱：“不要脸的东西！裆里藏着硬东西，也不嫌人笑话？”到了地主王健仲的药铺，地主婆受到惊吓被描写成“两只小母

---

① 梁斌：《梁斌文集》（第 4 卷），人民文学出版社，2005，第 403 页。

② 梁斌：《梁斌文集》（第 4 卷），人民文学出版社，2005，第 62—63 页。

狗眼轱辘轱辘地转着”或者“老母猪”,已经被剥夺了人与动物的区隔。众人束手无策,李固大嫂利用女性的身份优势做了其他人不方便出头的行为,首先对地主婆出手威胁,身边男性顺势进行肢体干预甚至殴打,并且胁迫当众进行脱衣表演。粗布外衣遮掩下一件件精心缝制、用料考究的服饰逐渐呈现在众人眼前,人们在观赏地主阶级狡诈、阴险、虚伪和奢侈的同时,其实也是在围观一场带有色情意味的表演。不但衣服被脱下,裤子也不能幸免,在其以羞耻为名哀求时被众人断然拒绝并催促进程。直到接近打底内衣时,表演才被周大钟叫停。整个过程中,收缴财产的群众始终表现出浓厚的兴趣和高涨的热情:“在以往,贫雇农哪里进得去地主家的深宅大院?今天,人们走进这砖堂瓦舍,很觉新鲜。……人们一时高兴,指手画脚地议论纷纷。”面对脱衣表演,就连女性都充满了欢乐:“人们见了哈哈大笑,要多高兴有多高兴。罗慧和杨花儿,伸开手掌,打着哇哇大笑呢,笑得眼泪直流,抬不起腰来。”①分别在阶级和物种(人与动物)两个层次上划分差异,让表演更加趋近观赏性的娱乐,而不携带过多仇恨愤怒等情绪。作家同样没有让这次表演突兀出现,之前就流传过关于守寡的李固大嫂和王二合之间男女关系的谣言,小说呈现出来的不是生硬刻板的政治世界,而是充满各种体味的鲜活灵动的人世间,虽然不可避免是政治化的人世间。

以男性为主的比武表演和以女性为主的脱衣表演,明确无误地指向了“暴力”和“性”两个方面②,加上此前梳理出的关于饮食、咒骂、无差别的发笑机制等内容,可以确认梁斌在《翻身记事》中呈现的,或者说还原的正是带有鲜明民间节日形象的狂欢节。难以否认这一乡村政治运动中的“比武”“吃喝”“身体”、作为言语行为的粗口和嘲笑具有蓬勃的原始生命力和创造力:“在拉伯雷的小说里就是这样,血变成了酒,而残酷的激战跟可怕的死亡变成了欢宴,牺牲者的篝火变成了厨房炉灶。血战、切

① 梁斌:《梁斌文集》(第4卷),人民文学出版社,2005,第304、310页

② 性本能和攻击本能的满足会诱发游戏的乐趣。埃里克·斯马加:《笑》,肖梅译,商务印书馆2016,第55页。

割、焚烧、死亡、杀戮、殴打、诅咒、辱骂,充满了这个'欢乐的时代',这个时代在进行毁灭的同时又生育着,它不让任何旧事物得以永存,并不停地产生着新的年轻的事物。"①表面上看确实生产出了一套唯物史观下的革命话语,然而另一方面也由于民间性的深刻根植,重建了政治空间内不曾有过的"原笑"。这种生成出"原笑"的狂欢节,不但输出着革命话语和民间思维,也夹杂着知识分子意识:抓捕地主和收缴浮财以及附带的女性身体展示,可视为阿 Q 对秀才娘子和宁式床幻想的延伸,因此具有内在的复杂性。当然最重要的意义,是很大程度上将笑从 20 世纪六七十年代文艺的禁锢中解放出来,不再压抑,恢复了笑本身的健康感。

考虑到作家的现实主义追求,不妨将《翻身记事》视为某种人类学民族学田野调查文本,在真实可触的政治话语构筑的空间内,完整保留了政治化的乡村狂欢的生态。鲍德里亚指出美国的笑已经高度礼仪化,简化为"免疫性的微笑"或"广告式的微笑",或者是被制造的电视节目与表演中的导向性笑声②。具有悠久历史的区域,如欧洲、南美和东亚,产生过本民族的狂欢节,在中国则是元宵节和融合寒食节之前的清明节,笑的方式则有很大不同③。梁斌的艺术观全方位服膺民众,令其创作获得了巨大的能量,也最大可能地还原出了民间社会。梁鸿对此看得清楚:"'民间'在许多时候,被知识分子单方面使用,甚至有被阐释过度的嫌疑,我们经常用'藏污纳垢'来叙述民间的意义与局限性,与此同时,却又把它们作为精神最后的阵地,认为自身具备关怀民间、叙述民间的天然情怀。但是,民间也有强大的力量,面对外来的许多东西,能够去伪存真。真正'藏污纳垢'的是我们这些接受了现代文明的知识分子,只不过,我们所

① 巴赫金:《巴赫金全集·第六卷》,钱中文译,河北教育出版社,2009,第 238 页。

② 让·鲍德里亚:《美国》,张生译,南京大学出版社,2011,第 25、56、83 页。

③ 20 世纪 90 年代在文化史上具有转折意义,1993 年英达受美国"情景喜剧"影响创作的《我爱我家》开播,"罐头笑声"逐渐为国人接受。稍早之前的 1991 年,黑豹乐队推出首张专辑,其中《脸谱》直指"佯装笑颜"和"虚伪生活"。两种不同形式的艺术先后出现,有其深藏的社会转型期文化逻辑,也分别发出了历史的先声。

拥有的话语权使我们能够很好地伪饰自己。”[①]《翻身记事》呈现的土改，不仅仅传达了政策指令，完成了宣传任务，更描绘出了一个主动吸纳政治话语，将自己政治化的、同时保持了积极能动性的乡村社会，它将宏大叙事改造成为一个更多层次的文本，人性的超我与自我一起出场。

此外，《翻身记事》还有更大的意义。众所周知，民间性是自新文学运动肇始就被确定的重要特性，并于《在延安文艺座谈会上的讲话》之后被确认为新文艺的主要方向，但另一方面，精英文学又一直企图消解民间性带来的张力，文艺从内容、形式到制度一直包含着对民间性进行规训的内容[②]。到了1974年梁斌开始创作《翻身记事》，虽然农村的管理相较1960年代有所加强，但总体来说激进活动大多被中止，各方面趋于稳定和恢复[③]，相对而言规范对主体性的压迫略有缓解。当此前被制度化的“笑的模式”不再是强制与规训的，加之梁斌处于“潜在写作”状态，笑就渐渐恢复了流动性，自然寻找笑的场域。借此，被批斗者就通过“原笑”的重建发生了微妙的身份转化，即从单一作为政治展演的教育材料增加了“丑角”因素，“将闹剧引入神圣，表演中最庄严的仪式可与嘲弄并存”。小说提供了三种地主：依靠权力（曾任村长）欺压的刘作谦、依靠身体（习武）欺压的李福云以及依靠药房等经营获得资产的王健仲，尤其最后一种的批斗根基相较前两类略弱，由此难免引发自保愿望的防卫焦虑，以及施虐以加强自恋和窥淫等因素，令批斗暗中向狂欢滑动，从而间接起到消解神圣性、仪式日常化的效果。此外，违抗“超我”产生的乐趣，也有助于实现个体主体性的重建[④]，蕴含着时代的伏笔。

巴赫金在论述民间诙谐文化时曾有“怪诞现实主义”提法，梁斌当然

---

① 梁鸿：《知识分子的庙堂之痛与民间之痒——读阎连科〈风雅颂〉》，《文艺争鸣》2008年第10期，第19页。

② 张均：《中国当代文学制度研究（1949－1976）》，北京大学出版社，2011，第154—159页。

③ 莫里斯·迈斯纳：《毛泽东的中国及其后——中华人民共和国史》，杜蒲译，中文大学出版社，2005，第331、345、355页。

④ 埃里克·斯马加：《笑》，肖梅译，商务印书馆，2016，第101、105、108页。

不能称之为“怪诞”，基本仍是延续传统现实主义创作路数，但如果像巴赫金把拉伯雷放回同时代创作序列中去论述则发现其特性那样，《翻身记事》在类似题材或相似年代诸作中加以仔细分辨不难发现差异。按照巴赫金的说法，“怪诞现实主义的主要特点是降格”①，从中世纪逼仄的神性降到物质、身体、大地层面，那么考虑到延安及以后的社会主义文艺本身就不断容纳民间性，梁斌 1970 年代的创作既存在“降格”现象——对曾经作为历史主角的人物、主流价值观念和主流生活范式的“降格”，也呈现出独特的“破格”趋向——对于平凡人物的“高大化”处理、底层意识的神圣化提升，这一“破格”趋势在 20 世纪六七十年代文学“高大全”模式中得到极端化发展。那种符合巴赫金本意的文学狂欢化，要在莫言、阎连科创作中才真正实现。不过即使如此，《翻身记事》也提供了极其丰富的反观现实主义理论和中国社会的视角。

三、主体性对艺术世界的涵化

创作出带有狂欢性质的《翻身记事》，除了时代因素和艺术自律外，与作家本人的性格及创作心态也有很大关联。梁斌对自己的创作有明确的政治要求、理论要求和社会影响要求，加之对《讲话》文艺思想的主动服膺，确保了他在红色经典序列中的正典位置。但政治化的解读却不是梁斌作品的全部，虽然对其进行政治性解读熨帖妥切、绝无冲突之处。在知情人的回忆中，梁斌并非一个高高在上的彻底政治化、整天紧锁眉头的人，相反，是个充满了生活气息的乐观之人。

作为一以贯之的基本性格，梁斌是一个非常随意的人，早在冀中打游击时期，因为通文墨，是少有的戏剧内行，能导、能演、能编剧，也能教授理论，甚至对政治工作、群众工作和对敌斗争方面也颇有经验，因而受到拥戴。不过即使是这样众星捧月的人物群像，完全没有一个“英雄人物”应

① 巴赫金：《巴赫金全集 · 第六卷》，钱中文译，河北教育出版社，2009，第 23 页。

该有的配置,被人们称为“老梁”而非“社长”[①]。从其身上可以看出真正的革命精神,一种对既往社会秩序的彻底性颠覆的新气象。正是这种普遍的平等观,造就了作家笔下“笑”的平权,或者说作家正是用普遍铺开的“笑”赋予每个人均等的社会权利。“笑就是突然的荣耀,它是在与别人的弱点或自己的过去比较时突然意识到自己的优越感而产生。”[②]“笑”的平权,结果就是每个人都具有优越感,于是便取消了优越感,也就取消了等级制。

在冀中打游击、办剧社的时期,不可谓不艰苦,并且还面临着被日军围攻的生命危险。百团大战后因为日军展开秋季大扫荡,剧社随分区部队进行游击战,生存都面临压力的时候,梁斌仍然保持着乐观情绪,这或许同作家早年接触浪漫派作品息息相关,并且后来经历了革命思想的加固,从根本上决定了作家是用“笑”、而不是用“控诉”的姿态与世界发生联系,用笑的方式宽容、消释种种不良的社会状态,终究不过是邪不压正,当然也就不至于引起作家的愤怒。

甚至到了20世纪六七十年代,梁斌爽朗、乐观、爱笑的性格仍然始终如一。在结束一天繁重的劳动之后,大家都在抓紧时间休息,梁斌却爆发出一阵笑声,原因是想起中午两位文联干部一个误将被风吹动的豆叶认成老鼠,另一个纠正他说是麻雀。由此谈起一次批斗会,造反派头目问《红旗谱》是红旗还是黑旗,梁斌满不在乎地表示随他们怎么说,令前者恼羞成怒。回忆完这段往事,当场的一个造反派人物斥责梁斌,众人都为其捏一把汗,晚上果然被宣传队叫去问话,返回后田间、李满天关切询问情况,梁斌笑着用戏腔说:“叫俺小心行事——别误了党员——登啊——记!”引得众人欢笑[③]。

---

① 李万钧:《梁斌社长我的良师》;张文苑:《薪尽火传忆良师》,载宋安娜编《百年梁斌》,百花文艺出版社,2014,第123、103页。

② 霍布斯:《人性论》,转引自埃德蒙·伯格勒《笑与幽默感》,马门俊杰译,中国人民大学出版社,2011,第5页。

③ 刘怀章:《秋天的思念——缅怀梁斌同志》,载宋安娜编《百年梁斌》,百花文艺出版社,2014,第166—169页。

梁斌的笑是一个很复杂的多面体，因此身边人的叙述很容易发现其间的缝隙，即笑的深层结构的单一和多元。在“豆叶”一例中，知识分子的滑稽化是最直观的笑意来源，但是梁斌事后联想发出的笑，则暗含了一种象征意味，即造反派“不分敌友”的强硬审判方式，正对应了干部分不清豆叶和老鼠、麻雀的差异——正因为内在关联性，令众人对其延迟的笑充满不解。需要注意的是，梁斌的态度是嘲弄，而不是控诉。体现在创作中，就是作为1970年代小说的《翻身记事》既不同于1970年代前中期的“地下手抄本”，也不同于1970年代末的伤痕文学。因为狂欢的“笑”的运用，令梁斌小说呈现出独特的美学品质。

即使是笑，梁斌也是将其限制在了最温和的滑稽嘲弄的范围内，对于知识分子干部，这并不难理解，梁斌引为同伴，并不是激进的倒转式的等级观，即无产阶级、小资产阶级、土豪劣绅的绝对金字塔构造——而是与狂欢一致的平等的民主观。但是造反派的出镜是通过知识分子干部滑稽举动的联想实现的，处理这两个对象的笑的方式也就互联互通。能够用这种态度对待20世纪六七十年代中的激进群体，需要涵养、气度和智慧，需要豁达的胸襟、乐观的历史观以及充足的自信，梁斌在生活中的表现如回忆文章所见，在创作中的表现如《翻身记事》所见，不是声嘶力竭的控诉，或是赤膊上阵对抗战斗，而是用笑的方式对待历史，正是其独特之处。

此处想再次强调的是，梁斌的作品虽然充满了政治倾向，并且自觉以政治性标准规范自己的创作技巧，但他本身并非一个单纯的“政治人”，艺术家是其首要身份，无论是生活还是创作中，他的“笑”不是为了实现一个政治目的而运转，首先是为了实现一种艺术氛围的营造，当然这种艺术氛围并不冲突且能配合到政治标准的规约。刘光人回忆梁斌时还说：“对于地主阶级，他了解得很广泛也很深刻。他们梁家庄的地主，都是很有气势的。……梁斌讲起他们的故事，常常是滔滔不绝。说到有趣处，就自己哈哈大笑起来。”[①]从《红旗谱》创作时就已经展现出梁斌的历史观，

---

① 刘光人：《梁斌其人、其事、其文》，载宋安娜编《百年梁斌》，百花文艺出版社，2014，第70页。

他当然认同地主阶级作为历史负面因素的阶级论唯物史观的判断，但他又坚信历史决定论，并不采取激烈的方式，而是用"笑"的手段对之进行惩戒处决，由此呈现出独特的艺术世界，可以说他是一种特殊类型的"古典意义上的作家"。

在《红旗谱》获得轰动效应数年后，梁斌从峰顶直落谷底。1960 年代后半程的政治风波甫一开端，梁斌就因为成名作"为王明树碑立传"而被戴帽游街；1967 年春河北文联要求寓居天津的梁斌返回保定隔离审查，遭受批斗囚禁；1967 年夏被天津的工人作家营救回津，秘密保护。可好景不长，1968 年春河北革委会要求将其押解至石家庄，受到工宣队拷问，甚至焚烧按照作家样貌制作的模拟像；1969 年春到达邢台唐庄农场接受劳动改造；1970 年 1 月，复刊不久的《河北日报》头版批判《红旗谱》和《播火记》，3 个月后据称已收到批判文章 1500 多份，一直持续到 11 月，有学者统计累计达 40 个版面①；1971 年梁斌又被押送至天津汉沽芦台农场继续改造；就在《翻身记事》正式动笔的第二年，再次因为反击右倾翻案风受到冲击。遭遇如此波澜曲折，无论是当时还是到了 1970 年代末，梁斌都基本保持着平和、开朗的状态②。《红旗谱》尚在修改时，所写文章就颇具诙谐之气："所谓'新生力量'，即暗示：这人除有一定思想水平以外，必须有一定资质、能力，或者有比别人突出的成绩，才能成为'力量'。……如果其他不提，光是比'年轻'，……谁也比不了一岁的人，那就只有一岁的人是'新生力量'了。……所谓'老生力量'，他们就必须毫不吝惜地把丰富的'生活经验'和'工作经验'传授给后来者，否则只是比

---

① 王洋、田英宣：《梁斌传》，南开大学出版社，2008，第 315—316 页。

② 写于 1979 年的《〈播火记〉再版后记》是极少的个例，呈现出愤懑不平之气，力陈自己作品的本衷，当然期间的雄浑豪迈仍然与伤痕文学、反思文学画出了鲜明的界限。见梁斌：《梁斌文集》(第 6 卷)，人民文学出版社，2005，第 301、307—309 页。面对过去的历史，梁斌是极有个性的"不反思"作家，不过与张承志差异显著，后者是以过去之"正"对抗今日之"倾"，梁斌则是用"笑"化解过去时代中的偏激，并坚持过去的正道。

老，……那只是‘老生’，而不是‘力量’。要被人说：‘老朽’，骂‘老而不死’。”[①]值得注意的是，这段机智言论的背景除了创作修改《红旗谱》的自信得意，也是作家经历的一段艰难的时期[②]，真正做到了“不以物喜，不以己悲”。甚至晚年在病榻上，都是“爽朗的笑，全无沉疴之态。”[③]

四、笑的艺术观及其文学史意义

人品即文品，梁斌的文学观中也有笑的重要席位：“文学的责任，在于美化生活，给人以力量，给人以知识，提高人的素质。也有娱乐作用，叫人看了文学作品以后，感到是艺术享受，这是最好的娱乐。幽默和趣味，也是群众所需要的。写个故事，叫人看了以后，捧腹大笑，也是好的。但是，在文学中写性欲、性行为，牵着群众的鼻子背离四化建设，背离社会道德。写拙劣的恋爱小说，会导致恋爱至上。但我不反对小说和戏曲中出现恋爱的故事和情节，因为这是人生的一部分。”[④]梁斌的文艺观还是坚定地秉持“十七年”的正统文艺观——小说不但具有审美和娱乐功能，更重要的是携带着对历史与政治的阐释、宣传——但他没有觉察的是，他对民间生活真诚的体认与描摹已经让他出现了充沛的丰富性。体现在“笑”上，便是并未像 1970 年代文学那样精细地布控每一次笑意，相比当

---

① 梁斌：《“新生力量”与“老生力量”》，载《梁斌文集》（第 7 卷），人民文学出版社，2005，第 115～116 页。

② 据作家本人回忆，《红旗谱》出版前，菜肉供给紧张，夫人散帼英体重锐减，自己也出现了心脏早搏症状，并且三姐、四姐也需要照顾资助，生活一时困窘。友人也证实梁斌生活一向简朴，再看这样的苦难记录一定是超出了“简朴”的困顿才会令作家觉得有必要记录在案。这种情况一直到《红旗谱》出版后，有了较高稿费和补贴才结束。作者对时间存在误记，但当时的情景是可信的。见其《我再也不为难了》，载《梁斌文集》（第 7 卷），人民文学出版社，2005，第 5—6 页。

③ 陈建功：《其人已逝其道弥著》，载宋安娜编《百年梁斌》，百花文艺出版社，2014，第 52 页。

④ 梁斌：《我的文学观——致友人书》，载《梁斌文集》（第 7 卷），人民文学出版社，2005，第 67 页。

时公开出版的小说浓烈的精英性,《翻身记事》多少显得粗犷、不修边幅、散漫不经。

如果放宽视野,就会发现"笑"在梁斌半个世纪的创作历程中从来没有缺席,但是操作的方式发生了明显的改变。写于1930年代的《从叫花子说到土匪》《处世谈》是鲜明的杂文风格,锋芒毕露、极尽讥讽,仍是一种单向度的笑,同我们认识的——或者更确切地说是文学史给我们呈现的梁斌迥然两样。在阅读相关材料的时候,发现了另一个转变,即关于笑的来源的更替:"为积累创作素材,梁斌有三个本子:一个记语言,记俚语、歇后语;一个记人物,记英模,记地主、士绅和二流子;一个记民间故事和有趣的情节。"并且鼓励身边人都如此效法[①]。梁斌的"笑"的转向,同其语言转向有深厚的关系,因为选择了民间的语言,其中的狂欢因素渗透进作家思维。对语言的重新认识,则与梁斌自身的经历相关。据梁斌自己说,语言的转向是向政治要求的主动靠拢:"开始长篇创作的时候,我熟读了毛主席的《在延安文艺座谈会上的讲话》,仔细研究了几部中国古典文学,重新读了十月革命后的苏联革命文学。我在想着,怎样才能把那些伟大的典型性格写出来。为此,我想到要写故乡人民的风貌,写故乡的民俗、故乡的地方风光。为了把故乡的人物、性格、风貌、民俗及地方风光再现在纸上,不得不从这一带人民生活中选择、提炼典型性的语言。我也曾想避免方言土语,但字行之间缺少了它们,总觉得不够味。……我是以有文化的农民及干部为对象写的,使有文化的农民看得懂,没文化的农民听得懂。"[②]但如果了解梁斌的身世经历,不难揣测《讲话》或许是其语言转向的重要推力,但并不能完全承担"起源性"的历史叙述。

梁斌的"鲁迅风"杂文阶段终止于1934年。他初春时节参加革命活动后回到北平即被抓捕,拘留整月因无证据获得释放,作为一个"有案

---

① 阿庚:《梁斌的戏剧情缘》,载宋安娜编《百年梁斌》,百花文艺出版社,2014,第236页。

② 梁斌:《我怎样创作了〈红旗谱〉》,载《梁斌文集》(第6卷),人民文学出版社2005,第258—259页。

底”的人，以后的命运该向哪去就成了梁斌面临的一个重要问题。一个偶然的机遇，他看到了报纸上刊登的山东省立剧院的招生广告，便毅然投考，学一年有余，因反对院长王泊生附身国民党而离校回北平编刊。又一年，他回到故乡蠡县养病，随后参与新世纪剧社工作，1938 年担任剧社社长。在现有的文学史叙述中，几乎看不到梁斌的这一段痕迹。的确，同梁斌四部长篇小说相比，在 1938—1942 短短五年创作的五部话剧、一部歌剧和数部短剧显得微不足道。限于文学史体例，作家创作之余对王林、路一、刘光人、远千里、傅铎等人的戏剧进行导演，在文艺训练班的授课，甚至亲上舞台参与演出等类似经历都不可能写入，因此不但作家形象的丰富性大打折扣，历史线索也被切割成段。有人如此评价梁斌主持新世纪剧社时的贡献：“梁王二人主张在家乡演话剧既不用北京音也不用当地土腔土调，而用一种介于两者之间的台词语言。经实验证明，这种‘话剧地方化’的台词易于群众接受，观众反映听得清楚，感觉亲切。”[①]为了让现场观众听懂看懂，民间语言进入话剧，作为创作储备的话剧因素后来融入小说，与此同时民间的狂欢因素以此行迹渗透小说。晚年对笑的认识中民间渠道几乎成了唯一来源：“《红楼梦》终究有（许多）群众的语言，如说谁谁像狗颠着屁股围着谁转，一句话就把这个人写尽了，如果没有这句话，你写两三篇，也还不如这句话俏皮，语言的活力，力量就在于此。”[②]精英化思维中存在大比重的民间思维。正如之前对“豆叶”一事的回忆，其中的笑是多层次的，联想关联和笑的巧妙运用，体现的是其中的知识分子属性，然而最后的唱戏既彰显了恶作剧捣乱般的游戏精神，又体现了充沛的民间属性。

当然，如果再往前追溯，剧社时期梁斌的语言观、文学观和笑的意识的转变，也并非后天习得，乃是回归本心。“马尔克斯有个擅长讲故事的

---

① 阿庚：《梁斌的戏剧情缘》，载宋安娜编《百年梁斌》，百花文艺出版社，2014，第 235 页。

② 梁斌：《生活 · 写作 · 语言》，载《梁斌文集》（第 6 卷），人民文学出版社，2005，第 241 页。

奶奶,莫言则有个神奇的庄稼活能手的爷爷。"[1]劳马也有一个有城市经历、下乡后走街串巷做货郎的爷爷,给童年劳马讲述民间传说和历史演义。梁斌也不例外:"梁斌童年时代喜欢听故事、听民间传说,也喜欢看戏,受到燕赵风骨的熏陶。他的邻居老庞,扛了一辈子长工,庄稼活样样精通,长得高个子,挺拔的腰板,待人善良和气,爱憎分明,很有气魄,常给他讲故事、说笑话。梁斌说:'这是我遇到的最聪明、最睿智的农民。'"[2]描述中的农民形象与"十七年"文学中的农民典型相似度很高,或许是记忆与文学的相互影响,但其中作家童年经历的基本事实大抵不会因此发生偏折,在这个角度属于可信材料。坚定地扎根基于土地,崇尚民间最本真的狂欢式的笑,怀有政治正义却不刻意追求政治正确,心中有的是良心正确、生活真实。因此,《翻身记事》中呈现出的笑声并非仅仅是政治意图落实在文艺层面的操作,而是试图描摹出一副本真状态的乡土民间世界,这种尝试正是以狂欢式原笑的重建而非1970年代的笑的重复为立足点的。

今天回看《翻身记事》这部被湮没的小说,不但需要重视其对历史信息的保存作用,也要重视其隐含的深意。《翻身记事》所记述的土地革命,无疑是人类文明史上的一次大胆尝试,作为"十七年"经典序列作家在1970年代的创作,其中必不可少党员英雄人物的积极动员、各项事务的精心部署和组织内部统一思想,甚至"阶级斗争"手段的采用。因为有作为"革命起源"解说的《红旗谱》在前,《翻身记事》将土改的历史起因简化折叠在了主题情节中,便呈现出党组织自上推进,并动员群众积极配合的故事。因为"狂欢节"在阶级斗争中的实际发生,便形成了表达语系的一致,在推动整个土改的过程中发挥了关键的作用。不过有趣的是,"狂欢节"的发生并不在"主要英雄人物"周大钟的预期范围内;或者说,周大钟进行号召动员的是批斗大会,不过机缘巧合地被民间社会转化成

① 叶开:《莫言评传》,河南文艺出版社,2008,第20页。

② 宋乃谦、宋永红:《人民作家梁斌——纪念梁斌百年诞辰》,载宋安娜编《百年梁斌》,百花文艺出版社,2014,第186页。

了狂欢节，正是这种设计，令读者相信作者所宣扬的关于土改的先进性、必然性和广泛的群众基础，确信这种政治运动能够为普通民众迅速接受，从而避免了简单的“政治洗脑”说和猜测性的“反真实观”创作。

另外一点也不容忽视，即梁斌通过在虚构世界里摒弃1970年代的笑意生成模式，重建带有原初意义的游戏性“纯笑”，实现了对真实的再现，更通过这种还原进一步改变现实。这一意义一方面在于，因为“狂欢节”和“批斗大会”的转化使得一种政治话语被部分接受，从而形成了一种对话交流、互相沟通理解的态势。“笑”的平权实现了更充分的平等，实现了民主化进程的深入，并且这种深入是周大钟预料之外的，是一种同乡土社会融合的自然发展，并非单纯的政治化产物。“狂欢节”和“阶级斗争”的并立，也彰显了政治和社会的并存。

另一方面的重要意义，则是体现出乡土文化中独特的自保自净机制，在遵守政治要求的前提下，通过内涵替换实现对自己的保全和更新。正是这种强大的内生机制，表明1970年代既是统一的，也是分裂的，“狂欢节”和“阶级斗争”之间的语义游移造成了乡土社会对政治精英既服膺又违逆的矛盾局面。从今天乡土文化面临城市咄咄逼人的扩张而展现出的凋敝破败，回看《翻身记事》更显意义非常，即使在强大的政治力量下，仍然拥有过巴赫金意义上尚未被“国家化”或“日常化”的、“不断生长和不断超越自身界限的”[①]、充溢着生命力的民间文化。如果仅就艺术成就而言，《翻身记事》无限趋近的狂欢风格或可充当1980年代《红高粱》酒神精神的直接思想源头，然而由于出版后被冷处理，自身巨大的艺术创新和思想资源被悬置，从而未发生更多历史作用，《翻身记事》成了一部孤立的作品，其积累的现实主义变革尝试的宝贵经验也未能引起足够的重视。

---

① 巴赫金：《巴赫金全集·第六卷》，钱中文译，河北教育出版社，2009，第39、31页。

第四节　革命的同路人与文艺的人民性

在谈论孙犁的时候，张莉说过一句非常在理的话：研究对象会对研究者有所滋养①。这就是说，研究过程不仅仅是一项带有任务性质的工作，更是一次学习、交流的过程。一个优秀的写作者，会突破生命的屏障产生超时空的影响力，同样一个称职的研究者也会保持时刻在场，用自己的生命体验研究对象的生命，借此更深刻地理解对方，并提升自己。是否可以进一步理解为，越是优秀的作家，越能够给不同知识结构、生命体验、性格特征的研究者给予滋养，反过来说越是多样的研究者主动理解某一作家，越能证明这个作家的艺术感染力和思想深度。从这个意义上说，自孙犁晚年，尤其逝世后至今的“重评孙犁”潮流，是有其合理性的，我也能感受到一位内蕴丰富的优秀作家，虽然其中或许带有我作为被滋养者的自身角度的理解。

一、作为革命作家的孙犁

孙犁重新成为阅读和研究热点，是基于“晚年创作”的“重评”。这种“重评”不仅仅是挖掘式的，更带有对“中青年”孙犁的颠覆倾向，也就是说这种断裂论包含着一个有趣的现象，即赞扬孙犁必须以忽视孙犁为基础，当然对早年创作的否定是作为重评晚年的辅助或背景出现的，因此显得不十分突兀。

在那些“多余人”的论述中，看到了研究者令人动容的对文学的真情，但是否有些“情深伤理”。比如将五四运动与左翼运动对立起来，将“革命”与“个人”对立起来，是否真的是一种彻底的历史态度。毕竟按照

① 周明全：《理想的批评环境应众声喧哗——访谈“70 后”著名批评家张莉》，《边疆文学·文艺评论》2015 年第 1 期。

主流的意识形态逻辑,共产党领导的左翼运动正是接续了包括新文化运动在内的五四运动以及辛亥革命的衣钵,是近代救亡图存变革的历史性深入。在今天有不少人探讨这种继承在什么意义上才算成立,但这与孙犁无关,因为孙犁当时接受的正是这种继承论,他对“五四”精神尤其是女性独立精神的讴歌,正符合他“革命作家”的身份,因为他相信左翼运动对这种精神有所承载,如果坚持认为他身上的五四精神会对左翼精神形成抗拒,那正是程光炜教授所说的阅读和研究的“语境化”。

至于孙犁对《红楼梦》的喜爱,固然包含了身为艺术家对人情人性美的眷恋,但并不是什么“冒犯”的举动:毛泽东高度评价《红楼梦》中贾宝玉、林黛玉同贾母、贾政、王熙凤的“路线斗争”,认为贾宝玉“鄙视仕途经济,反抗旧的一套,有叛逆精神,是革命家”,所以孙犁赞赏贾宝玉的个性并非“离经叛道”。至于作家反复强调的从传统艺术吸取经验的创作技巧,也很难看成“大乱离”后的厌倦反身,而是《讲话》早就确定的方向。事实上,早期共产党人大多是以社会学者的身份出现,深切考察中国社会尤其是农村基层社会正是左翼运动的理论主张和实践基础。直到今天主流话语仍坚持论证“经典理论的中国化”,学者也在研究左翼运动领导的“现代化”进程中暗含的传统思想。孙犁固然不是一个教条的唯命是从的写手,但作为一个主张创作个性的艺术家也不能说有多么叛逆。王晴飞在《通讯员制度与工农作家的培养——以孙犁的文学组织活动为中心》一文通过细致扎实的文献梳理让我们看到,孙犁不仅不是一个“多余人”,而且在“革命文学”的序列里发挥了重要的组织、扶持、培养的作用,具有很高的地位,也产生了深远的影响①。至于“多余人”的苦闷和孤寂,恐怕与作家粘液质甚至部分抑郁质的气质类型不无关系,这在其散文中有所表露,人生遭际可能加深了这种倾向。

不过从另一方面说,孙犁确实具有一些革命作家不具备或者不显著的特点。比如他在《书衣文录》中表达对书信间那个“人间鲁迅”更为在

① 王晴飞:《通讯员制度与工农兵作家的培养——以孙犁的文学组织活动为中心》,《文艺争鸣》2012 年第 10 期。

意，比如谈到《子夜》和《红旗谱》时更关注的不是艺术技巧而是文学史价值，比如坚决否定20世纪六七十年代文学的组织形式和艺术水准等。但应该看到，毕竟鲁迅、茅盾、梁斌这些被革命文学奉为经典的作家也同经史子集一样留存于晚年孙犁的视野中。孙犁一直尊重文学组织者，一直保持着对工农的亲近和对抗日文学的虔诚，一直着重强调组织纪律性的“军事情调”等，这些都表明孙犁是一个具有特殊性的革命作家，而不是一个披着革命外衣的特殊作家。周维东在《革命与乡土——晋察冀边区的乡村建设与孙犁的小说创作》中分析了当时边区的经济、社会状况与孙犁小说风貌的内在联系[①]，这种非紧张感、非压迫感、非反抗性的特殊革命文学有其来路，并非“大乱离”的产物；黄德海在《知识结构变更或衰年变法——从这个角度看周作人、孙犁、汪曾祺的“晚期风格”》中结合自身阅读积累的优势对作家晚年的知识结构进行了梳理，清晰地表明孙犁晚年的文风之变与其广泛涉猎史部、集部有密切关系，用读史的方法作散文甚至写小说[②]，然而擅长情态、短于情节的特点又同前期作品相仿，并与作家十四岁就开始“鼓捣旧书残籍”形成了一脉相承的呼应；程光炜在《孙犁“复活”所牵涉的文学史问题——在吉林大学文学院的讲演》中严肃剖析了当下情境对文学史的后置式赋义，认为将孙犁剥离出左翼的话语背景，并不能有效地帮我们认识历史并改变现状，反而可能造成历史叙述的简单化[③]。就我个人来说，喜欢看这种史料厚实、论证严密的研究之作，而不仅仅是情怀的抒情铺陈，虽然我完全不想也不能否认孙犁晚年创作给我带来的艺术感的冲击洗礼，但我无法将革命作家的身份从其身上抛开。

孙犁在1970年代末的散文着实令人惊异，完全不像伤痕文学大行其

① 周维东：《革命与乡土——晋察冀边区的乡村建设与孙犁的小说创作》，《文学评论》2014年第6期。

② 黄德海：《知识结构变更或衰年变法——从这个角度看周作人、孙犁、汪曾祺的“晚期风格”》，《南方文坛》2015年第6期。

③ 程光炜：《孙犁“复活”所牵涉的文学史问题——在吉林大学文学院的讲演》，《文艺争鸣》2008年第7期。

道的时代的产物,行文的流畅与超脱,就是放在今天看也令人心生敬意。他的这些写作让我想到王艮所说“百姓日用即道”,当然我不是说孙犁和王艮有什么思想、精神上的传承,而是说作为革命作家的孙犁,一个重要的意义就在于革命的日常化。王艮重视“百姓日用”,但同时也没有放弃“道”,其理论的革命性意义在于将二者关连,而非只有“百姓日用”或者“道”,一如孙犁的创作。他用温暖、缓慢、细腻的语调回忆艰苦卓绝的革命战争、革命生产与革命生活,试图改变我们对革命的既有印象。我至今印象深刻的是童年看历史普及类图书,关于东北崛起的女真完颜部征讨盛极而衰的北方霸主契丹辽国,有些游击作战的意思,辽军忍饥挨饿、胆战心惊、枕戈待旦,随时提防金兵的偷袭,然而金兵却烤火吃肉、劳逸结合,轻轻松松消灭了不可一世的辽国。革命之所以成“势”,不仅仅在于披荆斩棘、草根树皮、浴血奋战,更重要的一面是苦难背后的舒适、欢乐与希望,如果仅仅是苦难,无论如何都做不到星火燎原。孙犁的意义正在于此,他用足以打动人的艺术修养让大家相信日常革命的存在及其合理性,说革命的穿衣打扮,说革命的架锅吃肉,说革命者之间的深厚情谊,都形成了主流革命历史叙述强有力的支撑。可以说,孙犁所起的作用,有他则让左翼文学挺立,无他则让左翼文学亏缺。

最为难能可贵的是,在一个全民悲痛的阶段,孙犁不但不做浅薄的诉苦文学,而是展示了多样的笑的能力。首先是对“大乱离”中人和事的辛辣的嘲讽,既表明态度,又没有陷入怨妇式的喋喋不休的哭闹;其次是自嘲,对危及自身安危的经历,付之淡淡一笑,或者在转述中“叙述”出了王林“讽刺”自己的故事,表现出同志间浓浓的亲密感;还有对一些守旧人物的嘲弄,借此实现对新思想的倡导;最重要的是对生活经历的诙谐描写,比如穿着女装进司令部,或者关于敌人战力夸张性的谣传,令人啼笑皆非之余,都给人深深的吸引力。即使是感念故友的伤情文章,更多流露出来的也是对往昔岁月的珍视和怀抱美好希望的畅达。孟繁华说阎连科如果没有现实主义的训练很难出现厚重的情节和饱满的人物,在此可以仿效一句:如果没有革命作家的身份和左翼文学的实践,没有昂扬的乐观主义和浪漫主义的浸染，孙犁晚年是否能贡献出如此洒脱大气、慷慨陈词、轻松随意又沉稳厚重的精美小品文，实在难以判断。

可以说，将孙犁剥离出革命作家序列，其实是对作家的一种简化，毕竟风花雪月、花鸟虫鱼既不是孙犁的首创，也不是孙犁引领极致的领域，众多鸳鸯蝴蝶、为艺术而艺术、与抗战无关论以及先锋文学的在前在后，都无法让孙犁在这方面到达“艺术大师”的地位。不可否认，晚年孙犁尝试“变法”，这是每个优秀的作家或流派都要面临的问题，即“传承与创新”。但“传承”与“创新”并非一组对立的行为，也无需刻意强化这种变革。我以为，如果在阅读接受过程中出现了围绕作家关于变革的“震惊”，无论是批评家或普通读者，那问题大多出在接受一方的身上，可能是他们忽视了作家日渐积累和深入的变革，忽视了他们的文学活动，用断裂的阅读线索维系断裂论，才将作家创作理解为“突变”或“天降”，才特别强调某一阶段的创作。这一点，在张承志身上尤为明显，视《心灵史》为“天降异物”而生不可名状之惊惧，正是对此前《黄泥小屋》《黑山羊谣》《海骚》《错开的花》和《西省暗杀考》等作品大面积漠视的必然结果。渐悟生发的渐变，正是“传承与创新”的辩证发展过程，在孙犁身上，以及在作为其学生的贾平凹、铁凝身上，都有体现①，但无论如何变化，总是草蛇灰线有迹可循，并且维持着创作主体的完整统一。只有秉持一种客观的历史观，将孙犁放在左翼文学的发展脉络中，才能真正领略作家不同凡响的重要价值，明白他在革命文学框架内做出的积极尝试，为我们呈现出一种堪称“现实主义”的左翼文学。同时作为能够对研究者产生滋养的源头，孙犁对革命的多意涵拓展也能启示我们打开既有的狭窄思路，在更广阔的领域理解我们经历的历史。

---

① 张莉：《念念不忘，终有回响——孙犁与贾平凹的文学互动》，《文艺争鸣》2015 年第 1 期。

二、根据地的日常书写

重温革命史，决不能仅仅是猎奇和看故事，更不能有完成任务的心态，因为其中包含着许多历史发展脉络的奥秘，也关联着我们当下的生活。革命充满了艰辛与苦楚，甚至流血与牺牲，但革命的目的绝不是痛苦和付出，而是为了更幸福地生活。革命史也不能简化为黑暗中挣扎的历史，其中同样有喜怒哀乐、悲欢离合，因为革命的根本关注点在于人，特别是平凡普通的人。革命丰富的内涵绝不只有正义的暴力，更有脉脉温情，这正是孙犁小说不断吸引我们重温的重要原因。

在编订文集所写的自序中，孙犁说："我的创作，从抗日战争开始，是我个人对这一伟大时代、神圣战争，所作的真实记录。其中也反映了我的思想，我的感情，我的前进脚步，我的悲欢离合。反映这一时代人民精神风貌的作品，在我的创作中，占绝大部分。其次是反映解放战争和土地改革的作品，还有根据地生产运动的作品。"①可以说，通读孙犁小说其实就是阅读一部个人化的革命战争史，在这部个人革命史中我们能看到各种各样的平民英雄，栩栩如生的革命日常，展示出来的"革命风情画"是抵制历史虚无化的最好工具。革命不是你死我活、水深火热。革命话语里的恐怖描述，除去被妖魔化的部分，更多是为了与革命态势本身形成配合。事实上革命话语本身是一种以描绘彼岸蓝图为标志，形成一种面向大众的感召力。在这过程中革命的日常化描述就必不可少，毕竟未知才会恐惧，熟识自然亲近。如果没有孙犁的创作，革命文艺必然是不完整的。

他还说："我最喜爱我写的抗日小说，因为他们是时代、个人的完美真实的结合，我的这一组作品，是对时代和故乡人民的赞歌。我喜欢些欢乐的东西。"②孙犁小说能够成名并吸引、影响众多后辈青年作家，其抗日

---

① 孙犁：《孙犁文集　一》，百花文艺出版社，1981，第 2 页。
② 孙犁：《孙犁文集　一》，百花文艺出版社，1981，第 4 页。

小说厥功至伟。当下一批红色经典长篇小说承担了“革命起源”叙事的作用，孙犁因为大多创作短篇小说，更多提供革命战争的横截面。不过《采蒲台》则略显特殊，虽然背景还是抗战，但作者运用了大量笔墨书写敌后根据地的生活，编苇捕鱼，市集交易。地主豪绅大少垄断了市场，霸道地单方面定价收席，当地人迫于生存压力只能委曲求全，毫无议价空间。同时因为这些地主不仅仅是作为经济层面的市场单一主体出现，更与侵略者有所媾和，蕴含了政治经济双重压榨的深意。在这种情况下，主人公受上级组织委派来此组织斗争。虽然背景已经到了抗战，但由于“地主”问题的延续，以及加入了外来侵略者这个实际上还在“地主”问题之上的因素，“革命”的缘由不仅依然充沛，而且更显急迫和复杂。至于具体的组织过程和斗争开展情况，作家巧妙地折叠在了结尾处的民谣中，既令情节完整，更让首尾短促有力，余音绕梁。同时正是这样的结尾，令小说关于革命斗争起源的释义更具说服力。暴力抗争不是革命的目标，而是迫不得已的手段，是为了维护白洋淀水乡平静，人人平等、有尊严地生活，而非仅仅为了让生活变得激烈化。

同样是一篇节奏舒缓的作品，《邢兰》以一个外来者的陌生化视角，记述了一个普通人的不平凡之处。从中我们可以看到革命时期民众生活的常态，而非激烈的伦理化的暴力革命。被记录的主角邢兰是个直率坦诚且不善言表的人，虽然穷，待人却很诚挚，也无多余的客套。但正是这样一个看起来没有任何明显优势的人，在从事抗日工作的时候反而一丝不苟、积极主动，充满了热情。整篇小说的叙述过程，也是叙事者不断了解对方的过程，一个坚持用同理心体察民众的过程，而不是因为身份颐指气使，或者单纯分派工作的俯视姿态。从这一角度来说，小说是在刻画一个革命群众，同时也塑造出了理想的革命者的形象，或者理想的革命活动的样貌。

孙犁身处根据地，作品以描绘根据地民众生产生活为主，但并不意味着他绝对回避战争场面。《蒿儿梁》完美展示了小说叙事里优美感和紧张感的巧妙辩证，面对侵略者的“扫荡”，医生杨纯带着看护刘兰和伤员转移到了山顶的不足三十户的小村庄蒿儿梁，这里生存条件简陋，却是一片桃花源场景，人们互助协作、彼此关照，作家还特别专注于食物的描写，让残酷的战争背景中充满了温暖的烟火气。为了找到一处妥善安置伤员的隐蔽场所，杨纯与本村人上到一处山顶察看地形。作家对在山顶所见壮阔北国风光的描写，让人感到人的渺小和自然的威严，油然而生一种对祖国土地的热爱，结合反侵略战争的背景，革命者的姿态跃然纸上。当然作者并未放任情感宣泄，很快便发现了敌情。又是在军民互助下，原本以为可能牺牲的伤员，被村民悉数救下。孙犁打破了那种“代父”“英雄”“帮手”那一套固有的革命文学模式，人物群体看似无所突出，略显平面化，却真实反映出了革命过程中不同群体中个体极具差异性的特点。至少在微观层面，没有刻意地“谁带领谁”，而是互相扶持着向前走，由此才能真正体现出中国革命各主体间的“不可分割性”。

三、新女性的形象塑造

除了叙事模式，孙犁笔下的女性形象也冲破了过往的桎梏。与唯美的自然环境相配，小说中的女性大都单纯美好，《芦苇》中少女对战争有本能的恐惧，却并不影响对陌生人的善良，主动将自己轻便的衣服脱下换给叙述者。《女人们》更是如此，主人公个性单纯，性情爽快。《吴召儿》无疑是非常出色的作品，以回忆中几个镜头连缀，节奏活泼跳跃，与人物性格相得益彰。从初次相见，“我”就对这个落落大方、不扭捏造作、积极肯学的女性印象深刻，即使在反“扫荡”的紧张氛围中，仍然保持乐观心态，特别是爱美天性，与男性化的“铁娘子”形象大为不同。在具体的斗争过程中，吴召儿展现出强大的工作能力和生存能力，甚至嘲讽起作为男性的叙事者体力不济，当然也是出于安全的目的进行督促。登山如履平地，却并不似《林海雪原》那样传奇式的写法，而是秉持现实主义，既展现了真实的革命历史，也提供了革命传奇的现实根据，对我们理解历史和文学都大有裨益。能战斗也能生活，直率真实而且勇敢，这便是根据地的女性,是革命化的新女性。生产出独立的历史主体的不是革命文学,而是传播现代思想的革命本身,革命文学只是以可感可信的方式如实记录。直至最后戛然而止的短篇艺术,通篇都凸显着孙犁革命的艺术大师的特质。

女性形象的突破不仅仅是一个艺术问题,还有更深的社会文化层面的内涵。《山地回忆》里女孩的率真爽朗,不扭捏不伪饰,因为生活习惯差异产生的互相不理解,女孩反唇相讥,造成了一种反向的"卫生的现代性",近代以来的城乡等级秩序消失无踪,正是一种更为彻底的"革命的现代性"的必然结果。抗战中的艰苦条件成了一件欢乐的小插曲,体现的是兵民平等和性别平等,人群没有人为的划分,由此我们可以看到"再造主体性"的成功实践。正是因为女性地位的彻底变革,男女情感在"五四"时期后再一次受到推崇,区别在于由于女性政治身份的确立,男女感情也带有了"政治性"色彩,因此感情变得意义重大而不可妄言,往昔的轻佻、亵狎被彻底清除,这在当时不能不说是一种进步。《小胜儿》讲述的是骑兵团士兵小金子和乡民小胜儿的感情,来自部队和上级的纪律同脉脉温情融合在一处,引导小金子珍惜情感,军民情与朦胧的男女情交织在一起,在侵略者扫荡的严酷环境下更显出一抹暖色。《走出以后》回答了"娜拉走后怎样"的问题,革命提供了出走场所,帮助女性上学并加入革命,投身建立新社会的浪潮,从而避免了因为是旧社会附属物而难以走出的困境。《看护》关注的也是左翼文化对女性的解放,女性甚至作为促使叙事者反省自身的启蒙者形象出现。

情感化的女性描写反而更彰显出力量,与硬朗的战争描写一起梳理着革命史的细节脉络。应该说,孙犁施展的是一种很巧妙的力量,而不是一般革命文学那样书写坚硬刚直的男性战斗力。从效果来说,如此操作很好地弥补了主流革命文学的缺失,更具革命的说服力。可以肯定,正是坚持了文艺的人民性,孙犁小说才保持了革命同路人的正色。

四、自然舒展的叙事方式

孙犁小说呈现出轻盈灵动的特点,与其叙事内容相关,与对女性的独特摹写有关,与叙事方式也有密切关联。笑的运用,能让充满紧张感的革命环境放松下来,为日常化的叙事奠定基础。《一天的工作》里的童真,《懒马的故事》里的嘲弄等,都彰显着孙犁短篇艺术中的笑的技巧。到了《铁木前传》,孙犁更加熟稔,信手拈来。因为抗战胜利,傅老刚带着女儿九儿回家乡探望,却因为身处国统区而被困。另一边黎老东在解放区的日子则越来越好,但毕竟是旧时代过来的人,在思想上已经不知不觉落后于努力学习新知识、“每天看书看报上夜校”的儿子四儿了。父子二人合力造马车,父亲以一生的经验形成了对儿子的俯视姿态,挑剔儿子的手艺不精,引起后者不满。父亲因为新生活、新马车带来的愉悦感和指点儿子手艺带来的优越感,得意地说起自己的经历,却遭到儿子两次成功的反驳。父亲先是自矜手艺超越了当时全城内的日本人和“苏联人”,儿子冷言当时“苏联”还是“白俄”,以世界史特别是政治史的内涵暗中嘲讽了父亲。黎老东不服输,又说为卜家银号打造过隔扇,儿子则说卜家被贫农团打倒,父亲有拉拢地主嫌疑,以阶级话语再次挫败了父亲的优越感。同“五四”一样,左翼革命也带有青春期的热血反叛特性。但又与青春期的青涩不同,五四运动和左翼运动更是更深层面的个体觉醒、主体重构以及相应的话语体系带来的成熟,而话语再造意味着整套哲学体系的更新,从而与过去相割离。孙犁通过活泼的生活场景说明了时代变迁的内在逻辑,同时也暗含了对夹在时代变革缝隙中的黎老东一代人矛盾复杂性的理解和同情。

小说另一个亮眼的角色是小满儿,出场不久就迎来了一场乡间闹剧,因为希望围观男青年帮助挑水,引来大壮女人和自己姐姐、黎大傻女人彪悍互骂。闹剧中,两人都变成了丑角;闹剧后,两人又受到了围观男青年的嘲讽。后来面对杨卯儿的威胁,小满儿也露出了剽悍的一面。小满儿还在六儿面前讥讽过九儿的容貌,形成了黑丑与白美、生产与玩闹的对立形象。虽然孙犁肯定的是四儿、九儿所代表的理念、文化和审美,但并未将小满儿脸谱化,为其倾注了一段优美的情景交融的描写,塑造出了能干的多面手、富有上进心、反抗包办婚姻、内心孤独的立体形象。因此孙犁在运用笑意调节气氛的时候从未把任何一个人物滑稽化,在他内心之中每个劳动人民都是真的善的美的,即使有一些小缺点或步调慢。因为对人民寄予深情,成就了孙犁小说艺术上的灵动多姿;也因为对人民饱含挚爱,坚定了孙犁人格思想中的革命同路人姿态。

如杨义所言,孙犁小说“不是和当时流行的作品那样停留在一般的政治经济层面,而是以敏锐的眼光着重观照作为经济浮沉和友情离合之中介环节的心灵层面。它以新颖的艺术视角和艺术方式把握生活,既赋予人际情感以历史的分量,又从社会分化重组的历史进程中提炼出心灵的诗”①。或许从始至终,孙犁都是把自己放置在革命的语境里的,绝非一个“局外人”。事实上,也正是因为他对革命的左翼文化的通透观察和理解,才会有作品中乐观的基调、轻快的节奏、鲜活的底层人物特别是女性形象和舒展的叙事方式。孙犁晚年的冷静反思,也恰恰说明左翼文化完全有可能在内部生成出一股自我革新的力量。孙郁将其“同路人的表达”的特点与鲁迅进行连接:“他对鲁迅的定位,不是知识分子的话题,而是革命的话题。”“以绝望之笔写希望之声”“战士鲁迅与战士孙犁,是在一个逻辑的延伸线上的。”②

因为“同路”,所以能够全面深刻地理解革命和革命的人;同样因为“同路”,能够避免简单图解而创作出真正反映出革命和时代大背景下人们真实的悲喜。熊权的分析同样具有说服力:“孙犁的土改题材正视现实问题,却与所谓‘个性’‘人道’相去甚远。从具体作品看,孙犁不仅不塑造反抗体制的‘个人’,反而寄希望于政府解决问题。”③今天重温孙犁的作品,重新回溯他笔下的革命历史和时代洪流中的鲜活个体,不仅仅是要感受他在艺术上节制又灵动的成就,以改变当下僵化且混杂的文风,更是要感受他“同路人”的特质。在孙犁那里,内容层面、人物形象层面和

---

① 杨义:《中国现代小说史》(第三卷),人民文学出版社,1986,第584页。

② 孙郁:《孙犁的鲁迅遗风》,载《鲁迅遗风录》,江苏凤凰文艺出版社,2016,第189—202页。

③ 熊权:《彷徨“家”“国”:土改与孙犁的“文变”,《文艺理论与批评》2020年第3期。

叙述风格层面都通过对人民性的坚持而获得了完美的统一与协调,并坚持了文艺本该有的真善美,丰富了革命话语的表达形式。我们要认真感受与理解时代,站在我们自己话语内部审视我们的成绩和不足,完善我们的理论话语体系,而不是片面借鉴外部话语。我们要从特定时空背景下全面看待历史与人的发展,将每个值得尊重的鲜活的人放在最高位置,感受他们的体温与心情。由此彻底实现文艺的人民性,让优秀的文艺作品深切感染每个人内心,正如孙犁所做的那样。

第二章　新时期的缘起与脉络

第一节　林希对天津城市发展的描摹

一、独特艺术氛围的营造

阅读经典的惊喜之一，是这些作品能够在众多作品中脱颖而出，一眼便能识别到其独特的艺术魅力。同样，当我们评价一个作家的时候，也会用一个简单的标准，那就是如果隐去作者姓名，作品还能不能迅速吸引读者，并区分出其与众人有显著差异的地方。毫无疑问，林希无疑是能够为我提供这种满足的作家，他的作品深入人心，这都有赖于他营造的独特艺术氛围。

林希曾说，他对于《小哥儿》能获得第一届鲁迅文学奖是颇感意外的，毕竟文学奖项包含的因素非常多，获奖作品固然是好作品，未能获奖未必表明作品的艺术性不足。我们可以将这种感受视为作家的自谦，但也从侧面表明林希有自己的艺术追求，并对这样的追求非常执着坚定。这种独特性最集中地体现在《蛐蛐四爷》里，毫无疑问这是林希的代表作之一，也是影响最广的作品之一，不仅仅是小说，话剧版本无可争议也是构建和研究"津派文学"的标志性作品。两个版本都成了读者心中的经典,这最能说明林希作品的价值,也应当引起更多的关注。

《蛐蛐四爷》与众多优秀的文学作品一样,是难以被概括主要内容的小说,如果三言两语复述它的情节,则完全不能理解其精妙。高门大户里的少爷玩蛐蛐的故事并不罕见,甚至同样在林希的作品《家贼》中,侯九爷的儿子莘之也是一位在玩蛐蛐这件事上花费上万的公子哥,同样打金棺材、做法事。《小哥儿》中侯七爷的儿子侯宝成也是因为精通蛐蛐诸事宜,才结交了曹四公子进而联手办起油行。有趣的是,谈论蛐蛐的时侯宝成提到了蛐蛐四爷余之诚的虫王“常胜大将军”,形成了一波梦幻联动。在作家构造的“老天津宇宙”里,余之诚与侯宝成不但不住在同一户大宅院,而且明显能看出侯宝成玩蛐蛐的实力远在余之诚之下,但明显强于余之忠。林希说书式的写作风格会经常在小说叙述过程中出现插话、闲笔,很多都是在介绍老天津的各种行规与渊源。通过诸如玩蛐蛐、听曲艺等关键词条编织的纵横交错的网络,几乎能够亲眼看到老天津的社会运转。但是与其他玩蛐蛐的小说都不同,《蛐蛐四爷》首先是淡化历史背景的,其次是淡化道德批判的。熟悉林希小说的读者自然清楚,他的众多作品虽然存在历史背景和道德批判,但基本是比较模糊的,即使在这样的创作习惯中,《蛐蛐四爷》也显得格外与众不同。叙述者将全部的精力放在了故事的讲述以及余之诚、常把式和余母吴氏等几个人物的塑造上,情节一波三折,险象环生、出人意料,很好地将日常与传奇融为一体。

林希曾将自己的小说创作定位在通俗文学,但其实他的作品属于很难界定的一类。林希的小说固然有鲜明的通俗文学特征,但并不特意追求新奇险怪的风格,而是用日常的细节仔细梳理人物细腻的情感。当然,《蛐蛐四爷》结尾吴氏剪掉余之诚手指的惨烈,打破了之前的细腻叙述,很有天津人的性格特点。这种讲故事的方法,会让人感到时而熟悉时而陌生,在文学的浪潮里格外醒目。无论蛐蛐是否能通人性,但至少通过蛐蛐让读者看到了传统大家族的真实一面。不过读完又让人不免想到一个问题,那就是余之诚究竟是个英雄呢,还是个普通人,甚或于是个反英雄,当然最有可能的答案是“都不是”。在这部小说里,林希通过对每个角色在各自定位下的细腻体察,设置了许多道德困境,也取消了很多道德困境,他无意于带领大家走向反思与批判,也无意于让大家读完反而充满了困惑。许多预设的话语语境都消失了,只留下一个九曲回肠的故事和一个个难以割舍的人物。解读《蛐蛐四爷》某种程度上就是解读林希的关键。

林希身上有强烈的传统气息和市井质地,这样的人往往会不在意文体的局限,当然也就不存在"恪守—突破"的发展变化。他的很多小说写得闲散、随意,不拘泥于理论的条条框框,带有较为明显的散文风格。不过在我看来,《菊儿姐姐》是个另类,不是小说偏向散文,而是散文偏向小说,作品的叙事已经极尽可能地平缓,情绪的控制和人物的设定都无限趋近于散文。虽然文体不尽相同,但是我还是认为能够将《菊儿姐姐》和《蛐蛐四爷》编订在一起,是编辑的高明之处,并且"自选集"林希本人也没有干预,默许了这样的做法,对我们理解《蛐蛐四爷》和林希都有非常大的帮助。当然《菊儿姐姐》的审美是自足的,在这一点无须他作加持。

《菊儿姐姐》写的也是侯家大院里的故事,讲述了叙述者与并非一母同胞的南院借居过来的菊儿姐姐之间,跨越数十年的深厚情感,其中绝大部分是童年和少年时期的经历,也包含着《蛐蛐四爷》的原型和背景,所以作为研究者很容易不自觉地将这部作品看作《蛐蛐四爷》创作谈性质的作品。第一节开篇不久就有这样一段话:"对于我来说,回忆不是一种折磨,而只是一种享受。在没有温暖、没有欢乐的日子里,只有儿时的回忆还带给我一点点亲切……也许回忆本身也是一种思考,但我并不想获得结论,结论是一种毫无价值的东西,只有爱和纯洁,才最宝贵。"从特殊岁月的不能回忆,到突然而至的松弛感,让林希获得了回忆的可能,通过回忆疗愈和慰藉自己的心灵,这便是 20 世纪八九十年代之交作家放下写诗的笔,拿起写小说的笔的深层原因。因此他的小说本质上不是历史主义的总结经验和洞察教训,而是一次次的精神赋能之旅。这样就能理解那些小说何以如此风轻云淡,毕竟他想获得的就是放松,而非沉重。《蛐蛐四爷》中吸引人的故事,更加强烈的个人风格呈现,也是因为作家在其中最为沉浸、最为享受,这便出现了这一部以及众多特立独行于文学史的作品。

毫无疑问,作家在创作时考虑的都是情节、人物、结构甚至于气息、语调、神态这些部分,读者接受理论和文化研究的那些部分因素至少不是书写当时的首位考虑因素。作家各人的艺术追求也有所不同,文学史呈现出来的形象也就各有差异。单是林希与报纸这一媒介的不解之缘,就足以令他与许多作家区分开来。林希的独特,说到底仍是他的经历和性格的艺术展现。他的艺术创造力和独到贡献,会随着时间的推移越发显著。

二、小人物的观察与关怀

众所周知,林希出生在一个烜赫一时的大家族,天津人民出版社出版的《林希自选集》中有段关于作家的简介:"祖辈在天津办洋务开洋行,父亲在一家外国公司供职,母亲出身于书香门第。"正是这样的上并肩于权贵富贾、下目睹普通民众的特殊家庭,给了作家充沛的创作源泉,这也正是林希创作浩浩长卷《百年天津》的着眼点。在《中华读书报》刊发的访谈中,作家说到:"我的曾祖,是天津第一代开办洋行的买办,家里老人们津津乐道的往昔荣华,听得多了就成了间接的生活感受,那些离我们远去的前两代人,也就回到了我们的'记忆'里。"然而有趣的是,作家对市井百态的兴趣丝毫不弱于甚至更甚于对高门大户的兴趣,在为祝贺新出版的《沽上纪闻》发来的感谢视频中,林希也承认自己一直都在关注小人物的命运,这几乎成了他创作的一个重要标签。

不得不说,编辑在编排时颇用了些心思,将同样写警察的《铁路警察》和《棒槌》以及同样写侯家大院的《小哥儿》《车夫贾二》《天津扁担》编订在一起,方便对照阅读。近代中国最早的警察出现在上海的租界内,随后没几年天津的租界也有了警察。直到 1902 年,天津巡警总局的建立宣告了中国警察制度正式建立,这也是天津成为最早一批近代城市的标志之一。不过虽然形式上实现了近代化,但还保留着许多旧社会的不良习气。《铁路警察》写了一个天性善良又不太明白“潜规则”的警察“常副爷”,从列车“下放”到了路段,并再次被“发配”到了老地道。在铁路警察眼里,列车上还能搜刮到一些额外的不正当收入,路段退而求其次,少一些但也还有,老地道则是人人绕着走的地方,不但萧条,而且混乱,或者说就是因为混乱而萧条。但就是在这么一个人流复杂而人事简单的地方,常副爷找到了自己真正的归属地,从履职尽责疏导交通开始做起。川流不息的人群变得井然有序,小偷下手的机会少了,便有商贩聚集。经济活动多了,彼此之间获得了初步的秩序感,令常副爷心情舒畅不少。

作者在作品中写了一句话:“这世界烂透了,除了被偷被骗的之外,一个好人也没有,凭他一个路警,又能改变什么事呢?拉倒了,由他去吧。”值得玩味的是,这句话并不是卒章显志,而是出现在了第二节前半段,整篇小说是五节加个尾声,也就是说这种情绪强烈充斥着作家的意识,是脱口而出,是自然流露,反正很难受到理性的控制,放在结尾处统摄全局。从这里不难看出,虽然林希的全部创作几乎都是取材于这段历史时期,但他没有丝毫沉迷、丝毫留恋,他是带着后置的、批判性的立场处理这些材料的。当然这与作家本人家道的兴衰有关,作者将个体情绪和时代变革严丝合缝地交融在了一起。作者同常副爷一样,最关心的是两个人,做小偷赡养老母的人六儿和摆摊卖艺的把式。眼看着老地道一天天好起来,人六儿送走了母亲准备把自己卖了,把式站稳了脚跟收入比较稳定,还要同小翠儿组成家庭,然而急转直下,人六儿被大胡子抓回去重操旧业,把式被警察局当作完成黑旗军抓捕任务的棋子入狱,小翠儿也退回底层性工作者的狭窄通道,至于常副爷也被莫须有的罪名革职,老地道重新混乱了起来。林希说他擅长写那个年代小人物的悲剧,这可以说是他的艺术选择,也可以说是他的艺术敏感,毕竟这样的聚焦大概率呈现出的正是悲剧,即使叙事过程中闪烁着天津人特有的幽默,以及作家浓郁的善良,也无法改变这些人物的结局。

《棒槌》里的录事员小田,是年轻版的常副爷,他对人情世故、社会百态一无所知,不是拒斥,而是懵懂,并且有意回避对潜规则的知晓,试图以此保全初心。与《铁路警察》一样,《棒槌》也用了大量闲笔介绍这些“行规”,作为对人物形象塑造的铺垫。局长暗访派出所,所长恰好外出,走在了搜刮油水的第一线,原本是不可挽回的败局,却因为小棒槌躲进所长办公室取暖,披着所长的制服外套抄录,被局长误以为所长兢兢业业,一场灾难瞬间变为喜剧,全所上下获得奖励。大家都对小棒槌更加亲近,带着他去巡街,传授潜规则,并切实拿到了意外之财。但就在一片歌舞升平中,由于小棒槌过于认真,坏了所长的好事,获得许诺的警察编制不翼而飞,同样一切又回到了原点。两则故事异中有同,在一个不好的制度下,善良的人性及其所有努力终究会被辜负,个体的恶是大环境的产物,无论主动或者被动最终都会同流合污,对天性良善的人来说,当然是惨痛又不可避免的苦难,这便是悲剧根源。

《小哥儿》《车夫贾二》和《天津扁担》都是写侯家大院里的故事,如果说警察原本在社会中就天然连接着上层精英和底层民众,那么侯家大院这三篇更能体现作家对小人物的关注,毕竟大户人家无论是如何挥霍纨绔子弟本身就是中上层社会,除非刻意聚焦在下层民众,不然呈现出来的大多是精英社会的灿烂或败落。《车夫贾二》和《天津扁担》仿佛姊妹篇,前者以包月洋车的车夫贾二眼中侯宝成与歌女李莉莉的情感纠葛为线索,后者则讲述水铺挑工秦扁担看到的侯宝成骗卖家财的过程。侯宝成开始对李莉莉还是一片深情,但很快囿于各种社会成见,婚娶眼见不现实,便接受了杨六的安排,在饭店占了李莉莉的便宜后一分两散。在这个过程中杨六拿到了高额好处费,也保住了自己的歌厅“摇钱树”,他的车夫许四也领取了辛苦费,侯宝成虽然未能如愿,但也占到了便宜并获得满足,受害者只有李莉莉,以及同样出身贫贱而同情伤感的贾二。秦扁担则是眼看着侯宝成将家里珍藏的古玩一件件盗取变卖,最后欲壑难填,受清朝赔款割地启发,又算计地产出让,家道就此败落。作家不但选择了小人物贾二、秦扁担作为观察点,也站在了他们的价值立场一边。这两人都是勤勤恳恳、讷于言敏于行,富于共情能力,是当时那个荒唐社会中残存不多的善良的土壤。侯九爷与秦扁担最后的对话凝结成了一句民谚最能说明问题:“府佑大街上什么东西全都是假的,只有秦扁担的那条扁担才是真的。”

在林希这里,小人物是一种人物形象,也是一种观察视角和情感立场,当然也是一种创作方法。说来也是有趣,按说表面上只是无所谓有与无所谓无的群体,进入林希的小说后,却成为描摹时代氛围与渲染悲剧色彩的关键。林希小说的魅力,很大程度来自于他笔下小人物的魅力。认识林希,《林希自选集》是一个非常好的入口。

三、独特历史的魅力发微

近代天津是一个充满魅力的地方,三教九流,古今中外,无所不有。但正因为复杂,讲述天津的难度也就无法回避,很有可能会过于表浅。了解天津,从林希小说入手是个非常好的选择。

《丑末寅初》这个题目就能完全体现出林希的创作特色,那就是用大巧若拙的方式讲述生动的故事。“丑末寅初”是个时间概念,带有鲜明的传统计时特点,这也暗示着林希与传统文学之间密切的关联,这个时间大概是凌晨三点前后,可以是时间点,也可以是时间段。如果从一整天的视角,特别是对有现代气息的都市而言,当然是时间点,并且是非常不起眼的时间点,由于是“黎明前的黑暗”,而更容易为人所忽视。但在林希这里,不起眼的时间点能够被演绎成一波三折的时间段,足见其生活积淀的充实,更显其叙事的从容与自信。

《丑末寅初》将笔墨集中在南市,现在网上热衷于将《潜伏》中的一句台词“天津这个地方太复杂了”做成表情包,用于指称天津别具特色的城市文化。同样可以套用这句台词,变换成“南市这个地方太复杂”了。林希娓娓道来的故事让一个南市都如此复杂,更何况整个天津。小说主角朱七在南市讨生活,其实也没有正经职业,而是通过一些临时性、随机性的帮忙零零星星挣一些生活费。可以说他懒散、身无长物,也可以说他机灵、善于边缘游走,在众多下层民众群像的苦角色与狠角色中,这个人物别具一格,又充满了强烈的真实感。朱七本性善良,没有不良嗜好和品行,但是又有些无关痛痒却无法忽略的小毛病。朱七因为十分偶然的机会要参加寿宴,他为了穿得体面,向胡九爷借了大褂,着实威风了一把,体验到了身份转化(阶层跃升)带来的种种快感。之后是一系列偶然,偶然遇到牛小丑卖烟,偶然去找袁五爷为牛小丑求情,偶然被警察刘尚文拉去东方饭店查房,被设计陷入瞎老范和刘尚文的圈套,偶然撞见关联案件的少女,偶然碰到唱戏的小桂花并带其见袁五爷,慌乱中偶然误入暗娼宅院被抢了大褂,之后再次被设计陷害莫名成为案件主犯。在这个过程中,朱七事事不情愿,且有妻子多次劝阻,但鬼使神差地聚齐了各种偶然,从一个爱占点小便宜、无足轻重的小人物变成了落荒而逃、东躲西藏的案件嫌疑人,不免让人感叹命运无常。更有意味的是,至少在胡九爷的叙述中,这一切都是程议长意图改造南市的借口,更让人感慨城市中传统个体的不确定性。值得玩味的是,作者对朱七的态度,一方面充满了戏谑调侃,另一方面又隐含着怜悯同情,这似乎传神地描摹出了天津这座城市的性格,也就是网上流行的"松弛感"这一概括,无论好坏均不在意,不在乎,不本质化,不概念化,不绝对化,一切都没有严苛的标准与界限,一切都在变动不居中完成。这一切又回到了小说题目,热闹与冷峻,欢乐与肃杀,都在"丑末寅初"这个不引人注意的时间内,城市的光鲜与暗淡,也都在"南市"之中。

《红黑阵》又是另一种写法,同情心弱化,基本是直呈事实,毕竟作为赌博一种的"红黑阵"本就是旧社会的弊病。作者娓娓道来关于"红黑阵"的玩法和场面,将其作为一种风景,但是涉及人的时候,又毫不留情地予以滑稽化进行批评,通过写一种游戏描摹出了旧社会士绅阶层没落的过程,甚至暗示了旧社会的必将瓦解或应当瓦解。当然作家使用的不是革命文学的笔墨,而是带有鲜明的"三言二拍"的传统,写了一出旧社会的"传奇",期间充满着各种巧合。主角侯九爷与故交吴泰之两个人的恩怨纠葛,先是侯九爷接济了潦倒行乞的吴泰之,后来吴泰之又救下意图自尽的侯九爷,这种循环往复似乎象征着旧社会腐朽但却能虚弱地持续的特点。不过最后吴泰之得意洋洋地说出是自己在不知情的情况下出卖了侯学曾,侯九爷惋惜儿子,愤然与吴泰之同归于尽,这则是为旧社会唱了挽歌。

关于天津的历史,有些部分是人们耳熟能详的,天津也因此声名远播。但有些部分则较少被关注,由于天津是了解近代中国的一个重要窗口,缺失了对某一部分天津历史的关注自然就会影响到对整个中国近代历史的认识理解。《三一部队》就是这样一部作品,它将关注点放在了抗战胜利后短暂权力真空、治理无序的失控状态,讲述了一段独特的天津历史。

作者并未正面解释"三一部队"如此命名的缘由,而是专注于作为事件的三一部队的历程描述,《丑末寅初》里摹画的天津人不教条、不拘束的特点似乎在作者身上得到了生动体现,毕竟对普通人来说,叫什么名称远不如做什么事情更有现实意义。日本战败,日军退回军营等待撤离,准备交接的政府代表又不能立刻到达,这时城市里就形成了无政府状态,一时间社会持续混乱,先是部分民众抢夺日本平民后来发展到抢夺同胞财物。三一部队正是在这种状态下应运而生,但毕竟仍是旧社会的产物,时代和社会根基以及民众素质没有发生根本性改变,自然也就不会衍生出真正的治理组织机构。事实上,三一部队的诞生正是部分人为了维护自身利益而成立的组织,即使百废待兴的社会,曾经莺歌燕舞的群体依旧铺张浪费、行贿受贿,民众也依然是愚昧无知,算己私利,充斥着赌徒心态,因此作者冷静地说"乱世出妖孽"。在种种勾心斗角之中,人物活灵活现,作者则又像个说相声的人一样,对这些私心重的人给予了冷嘲热讽。主角侯明志不像他的名字那样正气凛然,个人能力也并非出众,只是在家族有了衰败之相的时候显现了出来。单纯是因为这个又懒又馋、工于算计、游手好闲的人遇到了一系列机缘巧合,莫名其妙成了三一部队总司令,开启了更加荒诞的生活。因此他面对自己手下,河东分队长、青帮成员赵大力徒手拿火炭这样好勇斗狠的角色时,自然会败下阵来。

可以说,侯明志和赵大力是两类极具时代特点的人物类型,朱七和侯九爷也同样耐人琢磨。揣摩这些人,也让林希的小说充满了魅力。透过这些栩栩如生的人物,不难窥见天津特殊的历史景象。

四、近代城市化的艰难历程

林希以津味小说闻名,他笔下有丰富的天津人物和天津民俗,有独特的天津方言,也有天津城市格局。他的笔触纵横于天津的老城、租界和码头,街头巷陌都被一比一复刻在小说中。他没有虚构出一个有自身标识的文学世界,而是兢兢业业构建着虚拟空间中的天津城。当然,天津城从传统到近代化的过程,也被林希笔下的丰富细节保存,在艺术价值之外呈现出卓越的文献价值。

《小哥儿》分为上中下三部分,写了纨绔子弟侯宝成的三个生活断面,设计颇为精巧。上篇写侯宝成的吃喝玩乐,巧妙引出了当时的国内民众不习惯西餐却盲目崇拜西餐的滑稽场景。表面上是接纳了,但还需要一个消化吸收的过程,那个时代的近代化、城市化还处在较为表层的程度,最先向世界敞开的地方并未一味顽固,也是后来引领发展的奥秘。在这种介于接受与抗拒状态之间的,是另一个被过度本土化的或者说传统化的地方。由于西餐是时尚,云集天津的政商两界子弟都流连于此,因此侯宝成将餐厅看成了社交平台。当然,这并不完全是因为主角市侩,毕竟包括歌舞厅、餐厅、公园这些娱乐休闲场所确实也属于近代公共空间构建的一部分。但是侯宝成的目的过于明确,就不得不承认餐厅已经在一定程度上"江湖"化了。他没有等来"大太子"袁克定,却等来了另一位"公子班头"曹四公子,巧妙地引出了中篇。作为整篇小说承上启下的部分,中篇写了一个非常传统的市井故事,侯宝成对斗蛐蛐的精通令曹四公子刮目相看,并主动结交,这便有了下篇曹四支持侯宝成做石油生意,从美孚与德士古的挤兑中冲杀出来,却被军部以占用军费为由抄家最终败北,甚至入狱的故事。作家的设计可谓精妙,从故事层面来说,三个生活断面表现三个阶段,相对独立又彼此连贯,十分具有艺术性。从思想层面来说,用市井的斗蛐蛐连接吃西餐和办洋行,无论是表现当时尚不深入的层累式近代城市化状态,还是传达近代化与城市化都不可避免要深深打上本土的烙印的现实,都是颇具深意的。

洋行与买办是近代天津的重要元素,也是林希创作的重要着眼点,《小哥儿》没有深入的内容在《格涩》中进一步展开。林希的津味写作非常彻底,不过直接用方言做小说题目的不常有。其中《格涩》与那些方言为题的篇目不同之处在于,"格涩"一语双关,既作为方言形容德古士油行经理格赛的性格,又是对英文发音不准的市井生态的善意嘲弄,因此"格涩"这个题目本身就是对20世纪20年代城市近代化的隐喻。小说展示了近代天津的先进,不只是物质层面,还有人的视野。纨绔子弟侯大爷因为常与英国少年一起在英租界玩闹,所以能说一口流利的英语,再加上侯家的门第和影响,他成为了洋行挑选代理人的首选。事实证明侯家的选择是正确的,天津与广州上海的明显不同正在于此。侯家把天津市的达官显贵聚集起来,配合侯大爷即将开展的生意,直接在交通、治安甚至税收等方面给予优惠待遇,令英国人惊喜过望,似乎不是在天津卫看到了西洋景,而是外来者在天津大开了眼界。但是侯老太爷并不知道收手,最后因为赠送珍贵文物进一步扩大了文化差异的影响,直接把格赛经理吓跑,同样是近代化的影射。传统并不那么好丢弃,近代化也不是说有就能有,这便是天津和林希的小说天津的认识论意义。当然,结尾侯老太爷一句"格涩"的抱怨让一切苦难、疑惑和愤懑烟消云散,传神地刻画出了天津人的性格,当然也是天津城市的性格,这大概与流行至今的俗语精神暗合——尽人事,听天命,不强求,一切看淡。

近代化不仅包括经济方面的内容,自然也少不了政治方面的内容,《天津胖子》就展示了北洋政府在特定时期的荒谬行为。林希的小说经常见到荒诞的表达,在《天津胖子》中尤为突出。大沽口海军大学选择王学礼,乃是因为各国海军大臣体态都颇为臃肿,便认为越胖的人越有号召力。这明显是近代化伊始,本土逻辑揣摩不透近代政治运行逻辑,于是仅从表面观察进行臆断的结果。体胖不是选拔标准,而是选拔的结果或者附属物,本末倒置的滑稽效果昭然若揭。王学礼在塘沽所谓的德意志帝国大学完成了所谓的留学后,莫名其妙地被推选为国会议员,又莫名其妙地被选定为反对曹锟的演员。没想到阴差阳错,曹锟不受民众欢迎,王学礼成了民意领袖,又被天津督军王承斌利用,分别作为军界和民众代表,被带到北京。就在王学礼被困在六国饭店的同时,王承斌带领部曲在离津前最后捞了一笔,查抄了不少大户人家,王学礼的母亲王老太太受到惊吓气绝身亡。在这一连串的闹剧中,王学礼虽然参与了近代化的各个过程,却从始至终都处在被动位置,既不明白为什么要这样做,也没有任何可选择的余地。林希在将这幅近代化的漫画绘制出来的同时,还不无戏谑地分析了其成因。科学对于当时的人来说门槛高,倒是民主在他们看来只是换汤不换药的一个概念,并用"变戏法"类比,更具可操作性,加上军阀混战的背景,还容易成为攫取利益的趁手工具,由此就不难理解王学礼上演的滑稽戏和悲剧了。当然林希也同样客观地陈述了近代化和城市化背景下的天津,王学礼同侯大爷一样,虽然不学无术,但近水楼台,外国的语言、习俗、历史和艺术都能说出个一二,租界内的环境虽然并非理想化,但毕竟也好过曾经脏乱差的旧城市。

在近代化和城市化的道路上,天津属于最早的一批探索者,在这个过程中有经验也有教训,有喜剧也有悲剧,有新鲜和便捷,也有苦涩和困顿。林希如实记录下了这段历史,并以艺术的方式重新赋予这段历史中的人物以活力,历史如在目前,读者身临其境,足以获得艺术的熏陶与思想的启迪。

五、谱写大家族的兴衰荣辱

近代中国看天津,天津这个地方,情况太复杂了。有传统中国乡土社会的讲究,有政治家军阀的纵横,也有西方带来的种种新鲜事物。当然这里的大家族不仅仅是财大气粗,社会影响深远,而且还是近代这些各种复杂因素的交叠之处。可以说,了解了近代天津的大家族,就能对近代天津的复杂状况有一个较为宏观的认知。在这方面,林希可谓有得天独厚的优势,他正是在这样的环境中成长起来的,并且也有书写这些大家族的辉煌与落寞的强烈意愿。

在小说里,林希经常使用第一人称叙事,这个叙事人“我”在故事里是侯家三爷的孙子,属于侯家正房,是整个侯家大院的掌门人。但有趣的是,他更喜欢写偏房侯七爷南院里面的事,这便有了一个“正院视角”下的偏房故事,这种叙事姿态是很值得玩味的,里面是否暗含了作家的某种态度,因为这些偏房故事大多荒诞不经。比如《糊涂老太》就是写南院主事的侯七老太,因为年老,记忆力和判断力都有较为显著的衰退,连吃四十八顿面条之类的事情都显得不奇怪。侯七老太在子女管教方面一样有戏剧性,长子侯天成迷恋戏曲,不但写鼓词,在戏院挥霍无度,还娶了梅花大鼓女艺人,气得侯三爷将其驱离侯家大院。南院为侯天成买下一座公馆,但家里的曲听腻了,又继续到戏院听京韵大鼓,花费更甚。次子侯宝成则是被叙述者用吃喝嫖赌概括了行径,并且也在外面毫无理由地买了公馆。只有最小的儿子侯玉成踏实读书,考上了高等工科学校,这却令父母摇头,因为他脱离了大户子弟惯常的轨迹。然而就是这个“非主流”的儿子,最终不但不会霍钱财,而且有了稳定的收入和家庭。

写大家族,没有百科全书式的储备是不敢想象的。关于曲艺,林希自然是非常熟悉的,《糊涂老太》并未完全展现,《五先生》就更为充分一些。“五先生”正是“糊涂老太”的长子侯天成,堪称纨绔子弟的一个样板,虽然不务正业吃喝玩乐,却精通甚广,除了说戏、画戏剧人物和花样子、吹箫以及养花养鸟养蛐蛐,还能给报纸做写手。侯天成品性善良,有较高的艺术修养,并且尤其喜爱梅花大鼓,他不但能听出杨彩月唱腔的独到之处,还能不计回报,为其量身打造新的唱段,帮助其达到与自身水平相匹配的位置。在这个过程中甚至还有一股积极力量,杨彩月老父杨十八认为能去更大舞台演出的人都是靠不光彩的手段,侯天成予以了反驳,并留下新作《黛玉葬花》的鼓词,帮助杨彩月通过提升硬实力的方式成为名角。这里就可见纨绔子弟中,除了为非作歹者,也有这样身怀特长之人,只是不愿走读书考试的常规路径。为了谋求更大的影响,杨彩云转而投靠恶霸袁六爷,并占用了曾经给侯天成最中间的留座。被伤心决定戒除爱好的五先生偶然在中华茶舍遇见了天赋更高、地位更低的万芸儿,并赠送又一新作《宝玉探晴雯》,瞎老万与万芸儿父女自然感恩戴德,似乎又是一次轮回。不过这次五先生玩失踪,跳出了可能到来的循环。或许五先生是诸多人物形象中,较少受到作者批判且寄予些许同情的一位,也通过他观察到了小人物的反复与无奈。

大家族中,虽然侯七爷家里更有戏剧性,但并非全部,《家贼》和《遛笼》就将目光集中在了同样在南院的侯九爷家中。《家贼》里的侯九爷有两副面孔——接近军阀的行伍中人,和流连遛鸟与女色的纨绔子弟。第二层身份与侯家大院相得益彰,第一层身份又让他与众人区别开来,同中有异,这便是林希小说引人入胜之处。他的两个儿子,莘之继承的是第二层身份,玩蛐蛐开销巨大,萱之则被送到保定军官学校,认为这样能够保住侯家的地位和利益。未曾想社会腐败混乱,军校也不例外,校长为了封锁不利于自己的消息,将疑似知情的学生提前毕业送到前线古北口军营,学生刚到军营就被莫须有罪名收监羁押。有意思的是,知情学生都是安分守已留在学校的,外出寻欢作乐的学生反而不予追究,可见当时军阀部队的纪律性,也可以推测其战斗力。弟弟侯莘之带着家里的金条找到军阀齐燮元,放出了侯萱之。后来曾是侯九爷旧部的军校校长依附日本人,意图攫取更大利益,煽动侯九爷出山。富有正义感的热血青年侯萱之揭发军阀策划华北独立的阴谋,自然被军方授意的侯莘之和带着收了好处费的地痞无赖殴打,上演了兄弟相残的文学母题。最后的点题让人啼笑皆非,被侯九爷大骂的家贼正是他的两个儿子:侯萱之揭发了自己的卖国行径,侯莘之则带着自己的小妾私奔。家风混乱,颠倒黑白,大家族已然成了社会的缩影,在一个不健康的社会之下,正义反倒成了被咒骂的对象,不免让人唏嘘。

《遛笼》和《善人坊》可以看成硬币两面,分别用正写和反写勾勒出了大家族的形态。侯九爷先后拥有了一只翡翠鸟和一对芙蓉子规,爱不释手,不惜重金购买了极为奢侈的手工鸟笼,并且从对鸟笼和鸟的介绍中获得了极大满足。但不巧的是,即使如此昂贵的鸟笼也没能留住这三只鸟,给九爷造成了极大的内心伤害,失魂落魄地独自提笼走进树林,幻想高贵品种的鸟自投罗网。这是一出无伤大雅的纨绔子弟的滑稽戏,并不沉重,却引人深思。《善人坊》是写侯三爷为了能为侯家延续,为了侯家子弟不会为负面传言所累,处心积虑做善事从而为侯家争得一座善人坊。烧香、念佛、施舍米粥与棉衣、修路筑桥、防震救灾,善事做遍,但总是差一些火候。经家中老用人吴三代提醒,得知还需要找常闲人买通官面。不料常闲人贪得无厌,先后让自己的女儿、妻子和老母扮演贫民求财,被揭发后才为侯家立坊。固然整篇都在讲行善积德的努力,但不断牵扯出的似乎永无止尽的丑闻暗示了善举背后的状况,同时行善还需要收买的事实也呈现了一个腐朽的旧社会。在这样的旧社会下,无论是家族或是个人,独善其身的难度被作者直截了当地呈现了出来。

书写大家族,最能全面反映社会百态,也最考验作家的创作功力。林希在这一领域耕耘,成绩显而易见,他给我们呈现了旧天津的丰富驳杂,正面的魅力与负面的恶果都有真实展示,在这里,已经很难分清天津的内涵与文学的韵味,到底是谁成就了谁。

第二节　坚守赓续与求新求变

蒋子龙这个名字已经同时代叠印在了一起,其影响已经大大超出文学领域。不过每当他有新作问世,又重新昭示着世人,蒋子龙仍然是那个一举一动都牵动着文学界的正典作家。《人间世笔记》不再以恢弘的制作示人,不过细读之后,很难不再次受到艺术和思想的双重震撼。正如有的关注者所见:“他的写作力道一如既往,激情并未衰减,血性依然激荡,同时,作品融入了更多的入木三分的观察和思考,更多的境界深远的悲悯与感叹。”①

一、国家与地方之间的选择

当说起“津味小说”这一创作现象或作家群体时，每个人心里都会有几个代表性作家和作品，但这个名单里肯定不会有蒋子龙。其实蒋子龙在最初的创作里已经多少呈现了津味元素，并带有一定地域特色，与当时的模式化写作已经产生了明显的差异，虽然还是有紧张的氛围，但是人物明显有“世俗感的松弛”，人物对话更为自然，有地方风味，甚至还带有个人化的戏谑。过去的文学研究挖掘蒋子龙真正意义上划时代的创作起点，往往忽略了他行文风格上的新质和变化。由于这些小说被淹没在了文学史中，便鲜有人意识到蒋子龙的“津味”前史。

蒋子龙产生重要历史影响的小说无论是《机电局长的一天》，还是《乔厂长上任记》，从艺术性角度看都很板正，明显能感觉到作家憋着一股劲，这是爆发的第一声和第二声响儿，因此有一种内在的紧张感。这种紧张感不再是模式化的小说创作带来的，而是源自作家自己，因此被广泛认为是具有区隔时代的重要意义。但即使是这样的乔厂长，身边也有说话不清楚的石敢和温柔的童贞，这应该是作家有意要告别过去那种充满紧张压迫感的小说氛围。特别是到了《乔厂长后传》，被称为“鬼怪式”这个带有调侃意味的年轻工人杜兵，内心记恨乔光朴，行动上也在作对，甚至用涂鸦将对立公开化。但这并没有引起乔光朴的愤怒，反而欣赏他的才能，让他去了更能充分施展自己的岗位，巧妙化解了小说过去的那种戾气。尤其本应更加被文学史重视的《赤橙黄绿青蓝紫》，写得尤为轻松自如，不但人物活灵活现，还写出了特定时代年轻工人漫不经心的态度，保护了工厂财产突然成为“英雄”后，主动退去光环，变回了那个漫不经心、衣着时尚的小年轻。作家在这里甚至直接用上了“土玩闹”这个词，无疑

---

①　黄桂元：《蒋子龙的“文学频道”》，《文艺报》2021 年 9 月 24 日。

成了天下霸唱去年新出版的《大耍儿》的“前史”。可以说,蒋子龙小说除了重要的文学史意义,还有明确的文化意义有待开掘,其中的关键就在于对他早期作品“津味”元素的发现。

不过后来蒋子龙基本没有在“津味”层面沉迷,也就不曾过度用力。还有些作品通过修改和重写,也去除了这一微弱的特色。对这种变化,最直观的是两个原因,首先是显在层面,或许他从一开始就想写“中国的”而非一地一域的作品,希望获得更广泛的认同,摹写更普遍的经验,描绘更典型的人物,当然就需要淡化作品里的特殊性,地域性无疑是最明显的特殊性。其次是隐性层面,为了规避来自地方不必要的麻烦,毕竟他最初几部小说引发的轰动里都包含了十分复杂的时代纷争,其中负面的压力直接影响到了他的生活。当然,如果从艺术层面来说,蒋子龙最初所名世的工业题材小说,由于社会主义建设特殊的历史背景,本身就带有跨越东中西部和南北方的特性,其大开大合的叙事风格也很难完全同地方文化实现融合。加上他对典型人物塑造的执着,素材来源都是天南海北,比如乔厂长的原型除了天津重型机械厂的第一任厂长,还有南京汽车厂负责人等。甚至出现了多地都在争抢“乔厂长”名号的趣事。这种情况下,作品也很难专门表现某一区域。

从作家的自身经历来说,蒋子龙出生于河北沧州,中学时来到天津,经历了一个并不顺利的融入过程。由于同学年幼不懂事,外来的蒋子龙被嘲笑过衣着和口音,也因此发生过肢体冲突,故而对城市并没有特别好的印象。少年蒋子龙学习成绩一直优异,因自信加持而更加彰显抗拒。后来学技术、参军,本想离开天津,却因为冥冥中的缘分又回到了原工厂,一干就是将近二十年。这期间由于部队和工厂都是相对独立的小社会,因此也没有机会同城市建立深厚的情感。因此从作家角度说,当时并没有特别强烈的用这座城市特有的表达进行书写的动力。《赤橙黄绿青蓝紫》中的刘思佳多少带有一些蒋子龙本人的影子,从作品中呈现出来的自信和独立来看,虽然征用了一些津味元素,但只是为了让作品看起来更流畅,是作为实现艺术追求的一种手段,而非刻意追求的目标。

说到作家的艺术追求,就自然会说到与津味元素的不适配处。从20世纪70年代中期以来,蒋子龙的全部作品都鲜明地体现出作家作为一个“开拓者”的意图,有时还颇为激进和先锋。因为他期待看到一个新未来,所以对过去制度层面的规则和个体层面的行为习惯,都有坚决认为不足取的地方。他寻求的是变革,是新鲜事物、新力量、新风尚和新环境,当然还有必不可少的文学新人,因此他的创作总是给人一种不断行进的感觉,他小说里的人物也是不停地奔波“在路上”。由此“改革先锋”的称号固然是一种政治荣誉,但也不妨做一种文学化的解读。这种写作姿态决定了他很难在某些具体的地方驻足,很难在某些特定的书写方式中流连。包括津味在内的各种书写元素,对蒋子龙来说只是工具箱里的一件工具,称不称手不取决于他,而取决于表现对象。另外他作品里经常出现的对保守势力、旧人旧制鲜明的批判性,也很难使用到带有深切地方眷恋感的书写方式。

在各种文学思想异常活跃的20世纪80年代,也就是各个作家被创新潮流驱动不断“内卷”的时候,蒋子龙与津味文学擦肩而过。一方面发现自己志不在此也并不擅长,另一方面也处于强烈的创作和创新自觉,主动与其他作家作出区分,既保证了自己的独特性,也作为一种参照系更加突显出津味文学鲜明的地域色彩与艺术价值,这正是那个时代作家和文学生态值得今天继续学习和发扬的地方。

其实话说回来,即使没有选择津味文学的路,谁又能说蒋子龙不能代表天津呢?作为一座有丰富文化底蕴的城市,天津从来不是单面向的。天津有市井的一面、民俗的一面、历史的一面,同时也有现代化的一面,从过去到现在都是如此。只有工业的天津是片面的,同样只有津味的天津也是单调的。正是有了这些自觉创新的优秀作家,一个立体的天津、立体的地域历史及文化才得以树立。因为天津的特殊性,天津得以区别于别处;因为天津的普遍性和典型性,天津是中国的天津。甚至可以说,从天津,包括天津文学也能看到丰富、精彩、热烈的全部中国。

二、写作方式的变化

蒋子龙以往的创作,有鲜明的现实主义风格,既有对以往写作模式的继承,又有自己立足新时期的发挥,能够成为新时期以来的典范文本,与其典正的叙事方式密切相关。有学者认为:“蒋子龙相应地形成了这样一种独特的艺术个性:他的创作,气势宏伟,节奏紧迫,笔触粗犷,充满着溢于言表的激情和切中要义的哲理。”[①]或者开宗明义直接指出:“悲壮美是蒋子龙小说人物所秉赋的一种重要的审美特征。”[②]然而当这类标签成为对蒋子龙小说最基本的概括时,作家又一次表现出挑战的姿态。

《人间世笔记》全书分为四辑,体裁类型应该是分类的标准之一,分别集中了作者晚近创作的短小说、散文、短篇小说以及随感。从篇幅上就能感到与作家擅长的长篇巨制有了明显差异,不再追求史诗性,更追逐于灵光的闪现。第一辑十七篇短小说和第四辑的随感缀编,在形式上让读者嗅到浓郁的传统笔记小说的味道,精致典雅又妙语连珠,尤其最后的“碎思万端”似乎恢复了历史上的清谈传统,评点世间纷繁人事,坐而论道的人生境界呼之欲出。这种改变,与作家的生命历程若合一契。经历得多了,渐渐远离了年轻时的热血、亢奋和勇武,虽然依旧充沛着雄浑厚重之气,但不再事事冲到前线,或者风吹草动便难以抑制内心躁动。《人间世笔记》呈现的作家形象,是一位胸有成竹、运筹帷幄的智者,这当然是作家在创作上寻求的新变,同样也是言为心声的自然而然的人文合一。

为了能够实现这种效果,作家基本选取了时空较远的书写对象,拉开了距离感。第一辑历史题材或者关涉到历史的大约占据了八成多,仅有三篇的故事时间较为模糊。历史题材自不待言,写当下的作品也是从容不迫。《幸福里》耐心体察着老年人的内心,以乐观和宽和的心态写内心

① 金梅:《试论蒋子龙的小说艺术》,《文艺研究》1981 年第 3 期,第 70 页。

② 张啸虎:《燕赵悲歌　发为雄声——蒋子龙小说人物的悲壮美》,《文艺理论与批评》1987 年第 2 期,第 74 页。

焦虑，表面上是一个“难沟通”的故事，但却不是先锋小说写法，而是在叙事结束后达成了“沟通”的效果。《铁笔神探》着眼于迷恋侦探小说的刑警队长张道义，却没有紧张刺激的桥段，而是陷入了人情纠葛和世间俗务，于是转向养龟和文学，通过大量阅读和写作实践，走出了低谷。体现出了作者退后一步看人生的达观，对舍与得的相对性的照亮，不急功近利的人生况味缓缓流露。《名医》用类似的语调写了一个现代传奇故事，同样没有故弄玄虚和眉飞色舞，主要用力在一地鸡毛的现世背景。世事弄人，不如意事十八九，却没有颓唐萧索，而是直面人间。世俗令传奇庸俗化，背后体现出作者的不平则鸣，对精神性的追求。《印度洋暗夜》则是一部新鲜的、现代的海洋小说，充溢着对干练果决性格的赞美。

能够做到洒脱超然，与作者对言论忌讳的克服也有关系。《名医》在言辞之间对社会百态，包括等级制、潜规则、道德滑坡等现象的讽刺显而易见。在《文怀沙与林北丽》一文中，作家回顾了两位世纪老人在重大历史变动下令人感慨万千的情谊，其价值不仅仅在于历史题材散文的建构，更能看到作家本人的内心。由于文学史的惯常写法，蒋子龙小说因为与时代的紧密关联，与之前现实主义的关联，以及同后来先锋小说、新写实、新历史等流派的显著差别，特别是“改革先锋”荣誉加身，会自然给人以“主流文学作家”的印象。诚然，蒋子龙是一个帮助我们重审“文学与政治”这一重要议题的典型作家，不过他并非简单的“服务”“表现”这样单向度的实践。

《三年一梦》或许不是全书技巧性最好的一篇作品，却是可以深刻理解蒋子龙及改革开放前后历史的重要篇章。作为一篇小传性质的散文，作家没有面面俱到，而是选取代表性事件进行描写。当然作家似乎没有想单纯写成写人记事的散文，因为加入了第一人称叙述视角，这就决定了全篇是通过“我”的眼睛观看并记录，不可避免带入了很多主观情绪和主体思维，如此便不仅能够帮助读者洄游历史长河，更能洞察作家本人内心。文章讲述的历史并不轻松，不过作者用轻松诙谐的方式讲出来，就有了一丝从容与宽和，笑看特殊年代的特殊现象，同时展示了工人群体面对不合理现象时的自我调试能力。从中可见,蒋子龙在新时期走了一条与“伤痕”“反思”不同的路,乃是缘于其自身经验和体会,不控诉,不是刻意闪躲,而是延续当时的群体性自我调节行为,用生活再造完整的“人”。他是发自内心认同改革开放和新时期,因此也就没有必要在扭过头去进行群体的二次自我伤害。把反省的任务留待后来,也就是《人世间笔记》这本书中的创作。事实证明,蒋子龙的这种安排符合民族情感,也顺应历史发展。可以说,《人世间笔记》的完成,提供了我们更深切理解蒋子龙这位当代中国重要记录者的必要环节,丰富了我们对这位作家、整体文学史以及近五十年当代中国史的认知。

从这一类散文中,可见一个重视政治与历史的作家,他的态度是不回避、不逃遁、不卑不亢、不畏惧特别是不设限,承认其重要性,但并不拘泥于某种特定思维模式,而是在重大事件、重大题材中纵横捭阖、游刃有余。也许在今天看来,文学史中的蒋子龙并不那么“时尚”,但当我们回望 20 世纪中国革命及其实践,就会越发感到王蒙、蒋子龙这样贴合着中国历史发展,且有自己独立文学旨趣的作家,对历史、社会、文化发展脉络的重要意义。可以说,随着当代文学研究的发展不断深入,蒋子龙的典型价值会越发得到彰显,由此也会推动对当代中国的深刻理解。

三、新颖的短小说创作

新作呈现的诸多变化中,大量创作的短小说无疑是最为显著的一点,且被放置在全书第一辑。虽然此前他的长中短篇小说均有涉猎,但读者更多记住的是其新时期开端时刻的系列中短篇和后来的长篇。《人间世笔记》对短篇小说这一艺术样式的拓展,不但丰富了对作家本人的了解,也有助于我们重新审视文学史的发展变迁。

长久以来文学史书写拘于一格,且并未特意突出时代迁徙与体裁之间的互动,比如 20 世纪五六十年代的短篇小说、新时期的中篇小说以及 90 年代以后的“小长篇”和长篇小说,乃至于“长河小说”、多卷本。短小说在其中更居边缘，甚至连称谓也没有约定俗成，“微型小说”“小小说”是另外两个常用名。曾有研究者梳理过其难见于常见文学史的端倪：“1958年初，我们还觉得大多数的短篇小说写得太长，可是以后这种情形迅速改变起来。以‘小小说’的名称经常出现于各种报刊上的二千字左右的作品，放射了惊人的光芒。这些‘小小说’的作者绝大部分处于业余作者（包括工人和农民）之手。这是一股新生力量。”①后来这股势头有增无减，越发多样：“党的十一届三中全会以来，文艺园地百花竞开，争奇斗艳。在小说领域内，有两个十分突出的现象特别引人注目。一个是从一九七九年开始，中篇小说大放异彩，兴旺、繁荣，令人美不胜收。二是到了一九八一年，微型小说勃兴，五年来发展活跃，蔚为大观，人们对其产生一种特殊的兴趣。……五年来，微型小说以其创作之活跃，内容之新鲜，形式之丰富，手法之多变，质量之提高，理论之深入，刊物之猛增，征文之广泛等等，从而获得了长足的发展。……据统计，一九八四年，全国经常发表微型小说的报纸、刊物有四百余家，还有专门刊登微型作品的刊物两家。全年共发表微型小说达七千篇左右（预计今年要突破万篇），出现了一批思想和艺术都相当优秀的作品。已经出版微型小说的选本、作品评讲集近十种，不少选本一版再版，国外也有了我国微型小说的选本。”②由此可见，蒋子龙一直生长在一个短小说创作颇有气象的环境中，甚至可以大胆设想，在《人间世笔记》之前便有过短小说创作实践，才能一出手就有如此气魄。

短小说通常与“笑”的运用相关联，二者共同点相叠加能够在尺寸之间强化艺术效果。俄国民俗学家普罗普研究认为：“笑是由于突然发现某种掩盖着的缺陷而引起的。”因为笑具有暴发性，“幽默最忌冗长”，体现出的是简洁的力量，重复则会削弱小的力量。即使是《堂吉诃德》这样

① 茅盾：《一鸣惊人的小小说》，节选于其《短篇小说的丰收和创作上的几个问题》（1959），载许世杰选编：《微型小说艺术初探》，河南人民出版社，1987，第276页。

② 韦啸：《崛起兴旺　勃勃生机——微型小说五年》，载许世杰选编：《微型小说艺术初探》，河南人民出版社，1987，第265~267页。

的长篇巨著,也是零散的组合[①]。在康德看来笑是"一种情感,它来自紧张的预期突然转变为乌有"。[②] 短小说篇幅不宜过长,也是最大程度发挥"笑"的艺术与社会效果的必然选择。

总体而言蒋子龙在小说里的"笑"并不是泼墨挥毫一般放纵,大多较为节制,基本是在结尾处作为点题的升华,或者文中灵光乍现似的一闪而过,令作品显得精致干练。《幸福里》"老马捡破烂,还捡了个老伴",让一个严肃的社会话题变得温暖,由此搭建了理解体谅的桥梁。《醉马列》充分展现了短小说的精妙,通过前半舒缓后半局促的节奏,表现时代背景下人的突变,更能深刻认识时代的突变。《文人的富豪梦》结尾用不尽孝之人的口吻说:"我没有王春那么多钱,没法孝顺!"段子似的尾声看似结尾,又好像没结尾,看似与情节相关,细想又无关,却引发出了关于社会现状的诸多漫想,显得意味深长。《雨夜南瓜地》对传统"师道尊严"模式的反写,在欢乐背后折射出关于时代的忧患。《王爷求画》写了特殊年代中人们对旧时代"王爷"的颇具错位感的尊敬,如实反映了历史的复杂内面。正是这些笑意的铺排,让蒋子龙的短小说有了非常好的读者接受度,并由此传达出作者对人生、人世、历史的艺术化的多层次思考。此外,那些坚硬的历史年代也变得亲切可触,不再陌生而冷峻。

作家并没有将透露了他人生智慧的"笑"局限于小说,写作散文也是轻松诙谐。《地书》通过自我后退半步,承认寡闻而短暂自我滑稽化,引发对方老工程师前进一步的主动调侃,展示了作家对生活的热爱,也呼应了回忆过去时对历史的包容;《美女的宿命》笑谈世间荒诞,用夹叙夹议的方式讲了很多小故事,与其短小说不同的是,笑的运用主要是在故事之外的品评中,而非故事里;《老警察》则更像体裁边界上的作品,既有短小说的风貌,又有散文的观感,寥寥数语写活了一座城市;《老而妖》则通过

---

① 普罗普:《滑稽与笑的问题》,杜书瀛、理然译,刘保瑞校,辽宁教育出版社,1998,40、179、180 页。

② 萨利:《笑的研究——笑的形式、起因、发展和价值》,肖聿译,中国社会科学出版社,2011 年版,第 107、109 页。

一正一反的大段对话，让原本以为理所应当的“对方辩友”显露出滑稽相，更接近散文，但也未必不可视为大胆试验的短小说。在最后的“碎思万端”中，比短小说更小的思想或故事片段本身包含了笔记小说的色彩，也笑得更为直接和随性。大抵可以认为，整部《人间世笔记》其实是作家运用并挑战自己的创作经验，在短小说、散文、短篇小说之间闪转腾挪，其中不变的，正是“笑”的历史观和人生观。

四、历史与现实的衔接

蒋子龙以往的作品大多以处理当下题材而名世，产生重要文学价值乃至社会影响的大多属于此类。当其小说推动并且成为历史的同时，他的历史读解和再现能力也成为一个不可忽视的方面，《人间世笔记》在这方面做得依然出色。

在记录历史方面，短小说往往从截面切入，将一些关键场面或时刻逼真呈现。比如《老神仙和小神仙》对韩羽和贾大山的描述，让二人的文人性格跃然纸上；《收税员》简洁明了展现了社会转型期特定职业的生存状况，寥寥数笔便有史家风范；《晦气是什么“气”》则保留了一段珍贵的地方文学史料，当然这样可以当作文学回忆录的篇目不止一个。这方面散文有其独特的体裁优势，如《钟馗——裴艳玲》，看似一篇包含着艺术评论的记人散文，其实寄托了作家更多的历史之思。因为扮演的是钟馗，所以有人入鬼域之感，但即使如此尚能感受到温情，相比之下人世当时的历史，就被映衬得毫无温情。这是一种双重的倒置，形成了残酷与仁善的强烈对比。当然其中的艺术评论部分也传达出作家的艺术观，即艺术需要共情，包括内容、思想和体验等方面，其艺术追求则是壮美、深厚的底蕴以及艺术表达的爆发力。这样，该文也就从表层的听戏过渡到了寻觅知音的内里。

更多的作品是对历史进行加工，以艺术品的模样呈现。《薛傻子》写1958 年的大食堂故事，独自带着四个孩子的薛傻子在口粮最短缺的时期收留了让村里发愁的“疯女人”洪芳，靠自己提前私藏的粮食救活了一家五口，并且还让洪芳变回“正常”。与一般裁截片段的短小说写法不同，这是一个完整的故事，体现了蒋子龙在这一体裁创作手法的多样。其中蕴含着一个“傻子”的辩证法，通过守拙抱朴和民间性实现了生活的稳定，用一个“疯人变正常”的故事改写了传统小说模式。从中可见蒋子龙的两个基本意向，即对稳定秩序感的追寻和对生命的尊重，这两点在《人间世笔记》中反复出现。《雨夜南瓜地》的故事发生在1960那年，同样是因为基本生存权受到威胁导致人格尊严、身份、道德、秩序和信念信仰全都不复存在，仅有五六百字的篇幅内，人物从求生转向求死，写出了一部荒诞的时代悲剧。同一年代背景的《饿》是一副残酷现实主义的面孔，丈夫外逃后杨二芬用药毒死自己和儿子，于金桂因为担心女儿已经饿至呆木恐怕不会烧锅，放弃了用自己的肉延续后代生命的想法，采取牺牲大女儿以救另外两个女儿的途径，却被工作队以杀人为名枪毙，结尾是两只食腐疯狗逼近尸体。作家用咬牙切齿的讽刺控诉丧失秩序的时代之恶，描绘人不像人的人间地狱场景，蕴含着自噬与“吃人”的隐喻。与此相对应的，是《绅士》写的1999年地震中临危不乱、不失仪态的刘琼，正是在歌颂秩序感、人文精神以及人的尊严。

刘芳坤分析劳马小说时引用《史记·滑稽列传》中的“谈言微中”，认为其小说是一种独特的体式：“劳马提供了太史公所谓的‘谈言’，你完全可以跟随着他的笔触，进入天道恢恢的一种大境界。”①恰好说出了短小说这一体裁的局限及其优势，即在极为有限的篇幅内传达尽可能多的理念，就需要作者充分调动读者发散思维的能力。《蛇安》就是这样一篇饶有意味的作品，蛇年春节闻达非题写了“蛇安”二字，被前来拜年的易学专家、文史馆馆员的妻弟廖昌明看到，认为是不详之兆，劝说前者更换。闻达非不以为然，直到大年初五妻子病情加重抢救失败，才追悔不已。小说没有明确具体年份，也几乎没有暗示，农历对应生肖蛇的年份有1965、

① 刘芳坤：《谈言与狂欢》（代序），劳马：《无语的荣耀》，北岳文艺出版社，2018，第6页。

1977、1989、2001、2013 等，但综合贴春联、买字画等细节看很有可能写的是 1977，加之出现了“牛鬼蛇神”一词，并且这样就令作品富含了很深意蕴，书写了特殊年代过后群体性的民族创伤与“民间”的复苏。另外，小说最后出现的主角因为情人用妖术害死原配的传言，又在这最后数字之间蒙上了志异的色彩。

传统的笔记小说，主要分为志人和志怪两大类，《人世间笔记》都有所呼应借鉴。《狓子客》同样写 1960 年的饥荒，故事中出现了传说中的动物狓子，并且会说人话，获得人的认可（“像人”）便可成精。所谓“狓子客”就是民间做法除妖的人，类似于野闻杂史中的道士，最终降服了吓死过人的狓子。里面包含了民间传统的语言崇拜和道德化倾向，也包含了对他者认同的渴望，当然最重要的还是人本主义精神，以及用怪诞之事写异样历史传达出的寻求秩序感、反对极端的历史观。《道爷》写 1958 年“大跃进”前夕，燕山深处的奇异自然，和一位云游道士阻止乡民砍伐植物的行为，奇谈怪论尽皆应验。当运动来临，个人之力难以阻挡，道士便消失于山林。小说虽然用了志异的外壳，却有着强烈的现世精神，对包括社会和自然在内的整体秩序感的看重，以及对失序的深深失望。《树精》如同续篇，只不过时间变成了全面市场化的阶段。

志异营造出的神秘感，甚至溢出了小说，在第四辑的随感中也多次出现对自然力量的敬畏顶礼，似乎作家想要做的不仅仅是描述、重现，而是重建神秘感。或许这是出于对民间文化丰富性的尊重与向往，也或许是由于“吾生也有涯，而知也无涯”的人生体验，以及伴随的宽广浩达的人生境界。当然不可忽视的是作为一种历史认知的艺术方法，即将“未知”和“已知”融合起来的技巧。此外，神秘感中透露出的对生命力的尊崇也可见一斑。《白霞与莫里斯》《桃花水》《死刑犯》等作中体现的热爱生命、崇尚勃勃生命力、追求生机、关注生命与生活、重感情等特质，表明作家是一个积极主动乐观的反对历史虚无论者。

通读《人间世笔记》，会发现蒋子龙在纵横各种体裁之间的旺盛的创造力中，始终不变的是对历史发展的认真严肃的思考，以及对人的关怀和对秩序感、人性、人文的追求。通过这部新作，不但能重新发现一个丰富的作家和一部更为全面的文学史，更重要的是近距离观摩一种接洽历史的意愿和能力，这一点无论对于青年作家或是青年读者，都是一件非常重要且有启发的事情。毕竟这是一部好看且耐看的作品，能够从不同角度获得教益是一件十分容易的事情。

第三章　新世纪的传承与发扬

第一节　青年的成长与历史的展开

革命历史题材为众多读者熟知的特点之一,便是情感描写的矜持。自从早期的“革命小说”出现“革命的浪漫蒂克”[①]弊端后,现实主义一直调整个中比例关系,加上对革命目标认识的逐渐规范化与范式化,感情便成了一件越来越自然的附属物。确切地说,感情的描写是出于对人性的尊重与肯定,但由于革命任务更为宏大而迫切的特性,作为基本人性的感情便成了一种不可或缺的陪衬。武歆最为引人注意的那些作品中,青年人及其感情问题成了关注的焦点,但并不妨碍一些重大历史、社会事件成为情节主干。

一、革命与情感的同频共振

武歆的创作还在继续,在已有的作品中,“红色爱情”系列尤为引人注目。关于这个系列的设计初衷,作家如此表述:“想要以抗战期间所形成的‘解放区’‘国统区’和‘敌占区’为构架,以‘爱情’作为视角,表现普

① 严家炎:《中国现代小说流派史》,人民文学出版社,1989,第116、121页。

通中国青年在那段峥嵘岁月里的生活，表现他们的抗争、牺牲，表现他们对理想的追求和对信仰的坚守，当然还有他们的内心世界和内心情感。”①从中可以很清晰地看出其小说承接的脉络，即传统社会主义的基本结构以及 20 世纪八九十年代以来的关于“人”和“人性”的理念。用革命的视角和立场写近现代历史重大事件，用艺术的形式解释革命的起源与发展，传达革命精神中体现出的价值理念，摒弃了宏大叙事的模式，将爱情置于显著地位，并且不以塑造改天换地的英雄为目的。武歆是一个非常重视多元文学资源的作家，完全可以被妥帖地放置进文学史中，同时又能从文学史中脱颖而出，体现自己独特的创造力。如果按照阎浩岗对《红旗谱》“日常生活描写”②的贡献的界定，以及孙犁对人情、人性美的诗意书写，可以见到武歆对这座城市文脉的传承，但将革命日常化后依然保留革命的精神内核与外在气象，则是后者的推陈出新。

浪漫主义文学兴起之后，爱情受到广泛而热烈的推崇，从此便成为一种广为人知的价值共识。后来不断有科学家和社会学家从各个角度论证，爱情其实是一种并非真实存在的人造概念，希望人们不要片面追求这种激情状态而忽视生活乃至生命的本质。究其原因，大概与浪漫主义反抗中世纪宗教对人的束缚相关，弘扬人的价值、追求人的自主，是当时最重要的任务，爱情这一概念的充实无疑会对这一任务起到至关重要的作用。有论者认为：“以家庭伦理为中心价值构筑整个文化制度，是中国封建社会的根本特征。……人的自然天性，尤其是基于性本能的爱的诉求，被视为对社会秩序的一种潜在的破坏力量，因而必须受到伦理道德规范严格的制约和抑制。在中国封建社会，人们的爱情观念是非常淡薄的，‘爱情’一词本身，也是 20 世纪受西方文化影响后才产生的。……恩格斯认为：只有以爱情为基础的婚姻才是道德的婚姻。明确了中西方文化这些基本差异，就不难理解何以爱情成为西方诗歌最核心的主题，……为

① 武歆：《后记——关于〈天津爱情〉的自问自答》，载《天津爱情》，百花文艺出版社，2012，第 311 页。

② 阎浩岗：《“红色经典”的文学价值》，人民出版社，2009，第 74-75 页。

何中国根深叶茂的诗歌之树上，情诗的硕果寥寥可数。”[①]但凡出现思想解放、文学繁荣的时候，大多有爱情受到高度张扬的现象。

武歆讲述革命历史的切入点是青年学生。既是学生，自然就有一个逐渐成长的发展历程，从学生到革命者，但又有别于其他作为成长小说的同题材作品。《延安爱情》中受到老师关文波的影响，苏贞逐渐倾向革命，男主彭登科投身革命很大程度是出于对苏贞的爱慕，最初做出的“英雄行为”也是为了吸引她的注意，王新语虽然没有如此冲动，但是却抱有相同的情愫。《天津爱情》中陶淑媛投身革命是出于对表兄潘翔升深沉的爱恋，王美生这个带有浓烈美式自由主义思想的海归被发展成为坚定的革命者同样也是因为与陶淑媛弄假成真的情感。武歆并未动摇传统现实主义革命叙事中“引路人——年轻一代”的结构模式，但真实重释了青年学生群体的革命起源问题。作家并不急于让这些学生主角被带领快速变身革命者，而是用大量丰厚的生活细节暴露他们的青涩、莽撞、冲动。王新语站在精英立场表达对农民的不屑，彭登科随工作队下乡与村民激发矛盾、对乡绅拔手榴弹、与上级发生直接冲突，北平行动中苏贞在得知彭登科准备暴露身份以确保任务完成后一反常日冷静，颇为激动地要求方义提供支援。陶淑媛因为对表兄的情感波动，多次直接扰乱了与王美生假扮情侣以刺探情报的任务，王美生同样数次麻痹大意。大部分的情节，人物心智都呈现出冰水混合物的不稳定状态，摇摆不定，通过一次次的革命、情感和生活的磨砺，一点点走向成熟。在武歆看来，革命需要只争朝夕、刻不容缓，但同时也并非一蹴而就，青年的成长亦复如是。

通过相关小说研究，有学者确认了《红旗谱》中贾湘农一类“代父”形象，充当卡里斯马人物成长过程中的“引导者”角色。到了20世纪70年代文艺作品由于摒弃了“成长”过程，“代父”形象也随之消失[②]。武歆不

---

① 艾光辉：《回望爱的歌潮——论“五四”时代爱情诗的勃兴》，《新疆大学学报》（哲学·人文社会科学版）2005年第6期。

② 王一川：《中国现代卡里斯马典型——二十世纪小说人物的修辞论阐释》，云南人民出版社，1994，第158页。

但还原了“十七年”文学的成长主题,还大大延长了“成长”的过程。曾经一直有一个共识,就是革命时代的人早慧早熟,在很年轻的时候就做着经天纬地的大事,但武歆以为这种观念因为缺乏细节支撑造成了一定误会,青年成长节奏与是否身处大时代并非绝对对应,不经一事不长一智,自古皆然,过去与当下没有不可逾越的鸿沟,当代青年完全可以用当时青年做比照。作为成长小说重要结构支点的“代父”角色也因此恢复,不过仔细阅读不难再次发现作家的特殊:苏贞和王美生大约生于1919年,彭登科1920年生,陶淑媛1922年生,朱小米大约1923年生,作为苏贞和彭登科“代父”的许坤善1913年生,作为王美生、陶淑媛“代父”的潘翔升1918年生,作为潘翔升“代父”的陈黛林1913年生,即使是作为战斗英雄的路大勇也生于1918年。这些人物年龄差不超过十岁,基本可以算一代人。也就是说,是一群青年相互扶助着克服困难、摸索前行,过去“红色经典”系列中的革命前辈被淡化。在成长的过程中,“代父”的直接指导也并非多数,主要是青涩的学生们依靠自己的勇气寻求经验。其中,情感占据了重要位置。青年们在追求爱情、经营友情、处理接收到的情感信号的进程中,激发出了血性,学会了欣赏、沉着、冷静、理智以及人际交往所需要的情商,并积极从“代父”对情感的指点中总结经验用于革命实践。在这里,革命与情感实现了本质交流、经验共享,表面上有人还存在“谈情有碍革命”的意识,但实际上正是在这反复来回的交往中自行走向了成熟,完成了从学生到革命者的转变。另一方面也说明,革命与日常并非完全冲突,与情感更不存在矛盾,正因如此,革命实践才会是符合人性而非反人性的,如此便能解释星星之火,可以燎原,这也正是刘卫东所断言:“武歆想建立的,是一个以‘爱情’为中心的‘革命发生学’。”①

① 刘卫东:《“考古学”视角中的“革命”与“爱情”——论武歆的“新革命历史小说”》,《河北民族师范学院学报》2018年5月第2期。

二、时空与命运的紧密关联

《延安爱情》带着漫游的色彩，彭登科、苏贞在北平走上街头后，到了西安办事处，前者厌烦甄别，决定自己走，又被山中土匪掳去，巧遇李政委和纪排长。后被营救回延安，后来组织工作队到了临近李家堡，又随独立团到了山西前线，接到紧急任务到北平从事地下工作。故事后段，经历了甄别之苦的彭登科选择留在延安钻研纺织技术，由于感情问题发生思想变化的王新语和倪裴分别去了前线体验生活、赵家窑等地调查水质。

这些年轻的学生不是引路人，只是庞大跟随者队伍中的一员，革命对他们而言是一套宏大的理念，他们是被教育对象，无法决定革命的走向。青年学生们对于宏大话语及其实践的感知是通过接收指令并将自己置身于特定时空环境中，借助外在力量推动自身的变化的。小说中的人物大多是一种被动的而非想象中的主动改变，这也是一种真实，没有经验自然没有方向，青春本来就带有盲目性，有学者直接道明："启蒙/成长就是不断的试错旅程，不完满，即是生生不息的未来。"[①]被动的过程很粗粝，很痛苦，却又无比深刻。在李家堡做群众工作时，彭登科表现出的冲动蛮干令一心保障工作顺利完成的纪队长产生了将其送回延安的念头，苏贞表示反对，认为送回反而回避了彭登科工作中暴露的问题，也就错失了改正的机会。情感在其中起了润滑剂的作用，彭登科进独立团是为了跟郑大龙较劲，最终被战斗英雄感染惺惺相惜；王新语跟随采访队上前线是为了采访郑大龙后创作表现英雄的话剧，证明自己，也便于更了解倾慕的苏贞；正是倪裴的陪伴让彭登科挺过甄别特务的艰难时段，令后者产生了实质性的变化："除了嘴上硬硬的髭须之外，目光中更有了一种无所畏惧的坚定和成熟稳健。"[②]很难分清这种对信念的坚定和对理想的执着究竟多

① 翟业军：《启蒙就是一段试错的旅程——从〈晚霞消失的时候〉到〈启蒙时代〉》，《上海文化》2010年第2期。

② 武歆：《延安爱情》，作家出版社，2010，第226页。

少来自革命实践,多少来自情感实践。

《天津爱情》与《延安爱情》恰好形成一个对应:《天津爱情》是一部仅限于特定城市的独幕剧。场景改变了,小说的面貌自然就会发生变化,这是作家求新求变的表现。不过变与不变也存在一个辩证法,那就是核心理念没有发生变化。因为是城市,而且是近代天津这样自带复杂矛盾体的地区,自然就有不同租界以及老城区的分界,此外作家还特别突出了"书店"和"菜市场"两处"典型地点",所以虽然相比《延安爱情》的"广阔天地",这里只能算是尺寸之地,却也人为划分出许多用于叙事的空间,人物同样有一种缩微景观式的漫游不停特点。因为在日占区,革命者从事实践的方式只能是地下工作,与上线沟通、进行情报传递是由经验更为丰富的潘翔升承担,相对初出茅庐的陶淑媛和王美生则以情侣身份刺探王父金融工作相关消息。即使有科学分工,陶淑媛长时间内与王美生进行零情感基础的情侣扮演,还有朱小米的外在干扰,时常出现情绪波动和行为失准,但出于对各自情感的顾忌和地下工作的特殊要求,二人在每次行动中都尽可能自我约束,为了革命——或者更准确地说为了革命感情——克服个人主义和自由作风,开始理性客观冷静地分析问题,而这恰恰又是个体性格成熟的发展方向。可以说,正是由于敌占区地下工作的训练,实现了人物服务大局与个体发展的统一,而地下工作开展的起点又恰恰是年轻人最绕不开的情感问题。

这部小说有多重阅读角度,最直观的是那个时代的青年革命者从事革命实践的历史叙述,同样也是个体成长的真实记录。因为题为"爱情",自然也可视为两位主人公从抵触到默契直至相互依恋的情感史。在后记中,武歆回忆了写作"前史",即关于老天津的系列散文,以及大量地方文史资料,这形成了《天津爱情》的独特风貌。跟随主人公的视角,不断插入叙述着关于地方史的详略得当的解说,包括劝业场、青木公馆、平安电影院、东浮桥菜市场、联青社、祥德斋糕点、汇丰银行、花旗银行、华北证券交易所、西营门外烈士陵园以及天津各阶段伪政权等,这些特殊的空间概念将小说锚定,与特定历史阶段一起营造出强烈的画面感,成为了解天津以及以天津为代表的近代开埠城市的窗口。城市的性格，城市的特殊斗争方式，就这样深刻影响了在这里的年轻人，他们最终携手走向最初厌恶的、富于象征意味的“菜市场”。与其他小说不同，《天津爱情》除了表达武歆一般性的对信念、人性、感情的珍视之外，还传递出了他对这座城市的认同与情感。

到了《归故乡》作家视野更为开阔，表面这是一个返乡再离乡的故事，其实包含了五层叙述空间：除去钟叶、艾瑞克夫妇从巴黎回到故乡赣南参加祖父祭奠仪式的当下现时状态，首先是作为双主线叙事的另一支由祖父钟谭林引出的赣南革命史，其次是艾瑞克祖辈（包括祖父和外公）在法德两国抵抗纳粹法西斯的往事，然后是附着在两条主线之下的关于赣南地区的地方史与民俗考察，还有欧洲冷战时期与当下的描述。与主角夫妻相关的地方包括法国的巴黎和马赛、德国的科隆和法兰克福，以及中国的北京、赣州及崇义、九江等，足迹遍布世界。相反，祖父钟谭林几乎一生没有离开过家乡，从这一点来说，双线结构分别呼应了《延安爱情》和《天津爱情》。虽然钟谭林在年龄上比彭登科和王美生大十八九岁，学习经历也不如后二者，但基本上都属于学生革命者。同样因为环境，很早接触到红军及其革命，从事的革命斗争、宣传、后勤保障、情报等工作也与时空产生了密切联系。与之有过婚姻或情感牵连的三名女性——刘氏、涂彩花、余翠娇都被当地反共武装残忍杀害，令其革命道路越走越坚定。三段往事虽然都没有经历很长时间，却留下了深刻烙印，促使青年钟谭林迅速成长。相反孙女钟叶的情感之路虽然顺利，生活平稳，却暗礁遍布、坎坷丛生。形成鲜明比照的是，钟叶虽然远赴法国，但是对自己家族/民族的历史可谓一无所知，同样钟铁亮与钟叶兄妹间的交流也甚为贫乏，促使他们进行有效世界探索并产生实际效果的动力反而是已经逝世的革命者祖父钟谭林。在与陈曦的对谈中，武歆直言不讳地指出他眼中当下年轻人的问题：“我的小孩跟你的年龄接近，我的感触就是他把自己包裹得非常严，跟外界的对话和交流几乎没有。而且他的天地非常狭小，只是在意自己很窄小的这么一个范围。其他事都不关心，……不知道应该怎么来……跟他交流沟通。”[①]从中可见他对小说创作有最实际的期待。

三、女性问题与革命遗产

在《归故乡》一书中男女主角被设计成跨国婚姻,一方面是为了放大当下青年的情感及婚姻困惑而不至于因夸张导致失真变形,另一方面则暗示一种普遍性的世界视野,即这种困惑不仅仅存在于中国的年轻人中。同时,这种设计容纳了多层次的“中国”:祖父之前、大量民俗及地方史描写中的传统中国,祖父代表的革命中国,钟叶代表的西化或者说全球化的中国。三者的对立面则是艾瑞克代表的西方世界及背后的世界观,钟叶远涉重洋嫁到法国,也是现代中国进入西方秩序和视野的象征,二人之间的矛盾既是性别差异导致的婚姻矛盾,也是中西崭新全球格局的表现。艾瑞克对这几种“中国”的态度有所区别,首先他对传统中国的态度分为两部分,传统文化颇受其倾心,司机小蔡的讲解一度缓和了他与妻子的冷漠关系,赣南传统建筑风格与“风水”概念甚至帮助其突破了设计瓶颈,实现事业提速,但是对中国近代史表示出极大不理解,当然这也体现出欧洲对殖民史的反思和清理还很不够;对于全球化中国,艾瑞克更多带有误解和敌视,对十分欧化的妻子的行为表示不解,二人的关系以冷漠和争辩为主;对于革命中国,艾瑞克起初了解很少,后来被钟谭林家信中的故事吸引,并同科隆的舅舅开始相关交流,逐渐发现两国、两个家族以及夫妻二人之间共享的命运。这当然是作家设计的“无巧不成书”,用于说明“革命”之于当下的现实意义,在故事层面,有文化隔阂与观念差异的人们关于二战展开了热烈的交流。

视野拓展了,热衷爱情故事的武歆仍初心不改。虽然《归故乡》与“红色爱情”系列体现出了明显的变化,但仍然可以归结为自成一体的“红色爱情”系列:赣南爱情、法国爱情与中法爱情。中法之间现实层面

---

① 武歆、陈曦:《以怎样姿态与青年人探讨历史和人生不被反感》,天津广播电视台“作家作家”栏目 https://mp.weixin.qq.com/s/IBnDQ-dH2DGLbq7U3qd6VA。

的交叠自然是钟叶、艾瑞克的结合，历史层面是二人祖辈在二战期间在中国的接触，同时他们的情感也彼此呼应。艾瑞克祖父与曾经的女友艾玛同为法国抵抗组织成员，后者因为刺探情报接近了一个德军少校，后来却被同胞处死。与之相似，钟谭林三段婚姻与情感伴侣都是被本地反共武装杀害。女性在历史中受到戕害之深，无关国界。小说丰富的民俗陈列中，作家毫不隐讳地揭示了礼教对妇女的伤害，这正是革命的目的之一。然而革命过程中也会不可避免地牵连到女性，被包办的刘氏固然是愚昧导致的悲剧，但革命者钟谭林也痛苦地自省，自己的革命是否对刘氏太过不公。至于同为革命同盟的涂彩花和余翠娇自然也都为保护钟谭林而牺牲，只有享受到革命红利的钟叶才能对丈夫任性地“一半烈焰，一半柔水”。

从刘氏、涂彩花、余翠娇到钟叶之间，发生了什么，令女性及其地位发生了翻天覆地的变化？答案正在“红色爱情”中。《天津爱情》中陶淑媛不满假扮情侣的行为，认为这种不顾真实情感伪造情感的行为没有考虑她的感受，她只是做了一枚棋子。固然这是尚未分清革命工作与现实，但也说明女主角的主体意识已经形成，并且被作者给予了特别关注。如前文所述，对“爱情”的提升与对“人”尤其是女人的提升本是互为表里。随着对时空化的革命的深入体验，陶淑媛不但是个重视情感、表达与交流的独立女性，更认识到革命与爱情中的激情不是常态，平静长情的日常才是最终目的。与陶淑媛、王美生携手走向菜市场相似，彭登科在多次被苏贞拒绝、磨炼得成熟稳重之后，终于平静如水地走到了一起。作为“完美女性”的许坤善不但有高超的马术技能，抹平了同男人的性别差距，对待与关文波的感情同样也是波澜不惊、柔情却坚韧，更在工作中体现出温柔、仔细、沉稳的做事风格，同严冬山多次失误的粗暴、急躁、严厉形成鲜明反差，成为众多男女青年的精神支柱与革命向导。其实苏贞一定程度上也带有这种“完美女性”的色彩，领袖气质、成绩优异、枪法卓越、容貌出众、工作能力全面，甚至还是掌握交际舞、拉丁舞和秧歌的“陕西舞王”，受到多人爱慕，面对严冬山严苛的甄别，依然保持情感自主、人格独立，只是因为还是青年,相比许大姐仍显不足。可见武歆对革命化的“女性特质”格外青睐,并且也并未将女性塑造陷入“女性化”泥潭。同青年问题一样,女性问题与革命无法分离。

审视革命议题,就要重视革命叙述的完整性和真实性。《延安爱情》用绵密的叙事铺展了从1937—1946年的漫长岁月,结尾简略概述了1950年代和新世纪,令人无一生的革命奋斗历史有了完整的交代。《天津爱情》采用跳跃式的叙述方式,分别讲述了抗战中后期、内战前夕以及中华人民共和国成立后的20世纪50年代、六七十年代和80年代的往事,节奏更短促快速,符合城市生活节奏和地下工作质感,尤其是对通常观念中“三年解放战争”在具体时空“一夜换天”的真实感受传达,突破了一般的理解。《归故乡》中钟谭林的家信截止于崇义县解放后不久,不过作者通过巧实力补足了后续历史,即用民主德国的历史进行参照。尽力还原真实也是武歆着力的方向之一,扑面而来的历史真实细节不胜枚举:延安民风的描摹、甄别与告密的严酷、初到延安的文人与民众的隔阂、信任瓦解带来的精神崩溃、军队与农民最初的小摩擦、租界内无害无聊的有闲阶级、年轻人玩闹式革命、特殊时空下的人性表演、中西方的矛盾与差异等。

认真地梳理历史之后,武歆严肃地将对革命的理解、接受与传承摆在每个读者面前,或者说是革命遗产问题。其重要性,读过《归故乡》都会清楚。钟叶与艾瑞克的矛盾到了不可调和的地步,却又不明就里,在赣南重温革命往事时一度大大缓和,家族祭祀活动后又重新陷入激烈纷争。直至最后科隆的德共党员波尔舅舅动情地讲述了父亲即艾瑞克外公的革命往事,以及民主德国后来的社会与思想状况,令钟叶感同身受。波尔意图帮助年轻一辈挽救婚姻,通过讲述革命往事表达了诸如不能弃之感情否则自我瓦解、交流沟通互相理解、革命是“为了日常”而非“就是日常本身”、打开自身格局便能更好理解融入世界、突破时代局限性、保持本心、抱怨无益于解决问题等理念。也就是说,革命不仅仅是一段历史纪录,也不仅仅是当下之果的前因,更是通过各种方式细密地影响着当下的生活。跨越历史与国界的爱情故事又充分说明,左翼革命对全人类历史都产生了深远影响，这一笔历史遗产的清理对人类发展至关重要。有学者认为："20世纪无产阶级革命的兴起到最后的终结，应该是20世纪留给我们最重要的文化遗产。在索尔仁尼琴、帕斯捷尔纳克那里，在米兰·昆德拉那里，在赫塔·米勒那里，对欧洲20世纪的无产阶级革命都有过一些表达，有过反省和检讨，但中国作家没有。我们以前看过一些片段的东西，比如说'伤痕文学'是对'文革'一个时段的检讨，这个时段的检讨可以讲是既粗糙又肤浅，事实上它还是对当时的意识形态依附的东西。这和欧洲——比如说前苏联、捷克、罗马尼亚——的一些作家所反思、检讨的20世纪无产阶级革命是完全不同的。"①对中国而言，传统的部分并未完全落空，革命的部分又被全球化覆盖，更具清理的难度："'根'与超越了狭隘的血缘观的'祖'相对应，而'祭'却又包含了两重意义，祭奠和重寻。作为小说的线索情节，祭祖本身就隐喻着我们该如何在信仰逐渐消退、现代性与物质对人们不断挤压的大环境中与具有国际性的精神疑难相抗衡。而这种抗衡的突出表现，无疑就是与焦虑的不断角力。"②通过叙事方式的不断调整，武歆一直在积极寻找与年轻人交流历史的方式，试图让他们知道，无论是青年发展、女性身份或是各种社会症结，都无比需要通过并列丰富性、直面历史与真诚沟通的方式。钟叶最终跳出感情的困境，憧憬"无国界文化"行动，走向广阔世界，不正是一种赓续祖父革命精神的"精神还乡"吗？

第二节　性别化的历史书写

史诗从一种特定的文学史范畴下的题材演变为一种写作模式或风格后，越来越成为许多作家和评论家们的终极追求，甚至形成了"写当下"

---

① 程光炜、邱华栋等：《重审伤痕文学历史叙述的可能性：阎连科新作〈四书〉、〈发现小说〉研讨会纪要》，《当代作家评论》2011年第4期。

② 陈曦：《"焦虑"的辩证法——读〈归故乡〉》，《中国图书评论》2019年第5期。

不如“写历史”的等级差异。2018 年尹学芸推出了第一部长篇小说《菜根谣》,涉及的历史大约三十年,但重点仍然是当下。2019 年《岁月风尘》问世,讲述了自 20 世纪二三十年代以降冀东大地的风云变化,但作者显然不会出于“鄙视链焦虑”而有此作,毕竟一年前既获鲁奖殊荣。细读之后明显能发现,尹学芸的创作完全来自自身动力,并且将性别因素完美融合进小说叙事,创造出别样的风景。

一、大变革中的新女性画卷

《岁月风尘》在宏阔的历史背景下刻画了生动真实的各色人物,最核心的是李勋、李荃姐妹。李勋外出求学,李荃参加革命,两姐妹通过不同途径接受了现代思想,都表现出与传统女性不同的特质。在下甸艰难生活的李勋,为了寻求希望,毅然支持被杂牌军司令看中要求做副官却坚决不从的齐仲澍随军出征,体现出的胆识令孔营长赞叹。后来因为丈夫一封电报,踏上了充满未知与战火的沈阳寻亲路。与同路遇上的童养媳英娘无意识逃离包办婚姻不同,李勋是完全自主自觉地走上了追寻情感之路。李勋在沈阳偶遇汪寒吉并获救,言谈举止打动了这位同样受过现代教育的西华镇首富之子,汪认为李勋外表弱小内心却并不柔弱。她对异性的判断不流于世俗,而是有自己的判断,因此钟情于难以相见且有政治分野的齐仲澍,而非近在眼前更细心惦念的乡邻晚生。

相比之下,作者对妹妹李荃倾注了更多心思。同李勋一样,李荃也丝毫不贪恋家庭,不畏惧世界,勇敢遵循内心想法离开了熟悉的家庭,也具有浓烈的革命性意义。二人的区别在于,李勋是为了情感,或者更确切地说是为了情感联系的男人,李荃则是为了自己钟爱的枪,为了能自己决定自己的命运。可以说,李荃比姐姐李勋更激进、更有胆魄、更独立也更有革命精神,不是自我革命,而是走向了大众革命。李勋已经同传统女性有了很大差别,能够清晰地判断时局并作出决定,坚定支持丈夫代替自己进行命运的和民族的抗争。李荃则更进一步,自己走入了战争,在姚飞飞牺牲后担任燕山游击队实际负责人,熬过了山里的寒冬,冒险重访被破坏的联络站,恢复同组织的联系,带领部队冲锋陷阵。在作为“铃铛”的时光中,她是“锦马超”一般骁勇的战士,1949 年后则是不媚上不欺下的县委组织部部长。即使是婚姻,也被巧妙安排成了反常的“女强男弱”模式,李荃与陈兆林相比不但年龄大、工作经验丰富、职位高,连性格都相反。还有更重要的是女将军和男书生的搭配,这些都强烈彰显着女性独立品质。后来陈兆林赴远乡任职,正是这种模式的弥补,用工作和生活对男性进行磨砺,而这些李荃早已经历。

到了激进运动时期,因为误判和愚昧,急于立功的民兵连长吴二振和孙大方为了捕获臆想中的国民党隐形飞机,设计埋伏导致英娘及腹中胎儿双双殒命,造成了恶劣影响。县委书记吕中虽然也对二人的鲁莽行为表示愤怒,但出于政治影响考虑主张不事声张,遭到了李荃的激烈反对,认为“捂盖子”不可取,必须在大范围内提起警示,由此与原本关系良好的吕中产生芥蒂。这就不仅仅是正气的问题,体现出革命的女性视角,即李荃同传统女性的差异在于周身革命气息体现的现代性,与革命同道的差异则在于其女性身份及其实践。在革命语境下,主要对立双方是阶级而非性别,前者是跨性别的综合性概念,后者只是前者范畴内的一个子命题①,因此革命往往呈现出“去性别化”的一面,“男女平等”“同工同酬”正是这一特征的逻辑下游。因为“去性别”,改变了以往女性对男性的依附,获得了自主的独立性。

如果抛开理论,考虑到复杂的历史与现实,文明中的男性化因素会不可避免地影响到“去性别化”的进程,会随具体情势呈现出程度不同的“女性男性化”现象,20 世纪六七十年代的“铁娘子”便是这种政治化审美的产物。玛丽·比尔德也认为,公共领域获得话语权的女性大多具备

---

① 玛格丽特·沃特斯:《女权主义简史:英汉对照》,朱刚、麻晓蓉译,外语教学与研究出版社,2013,第 281-282 页。

雌雄同体的特征①。诚然这种男性化令女性获得了更高的政治地位与政治资本及其附带的其他社会权利,是革命及其叙事的必然且重要成果,但仍然是以丧失本性为代价的。尹学芸以其充沛的艺术创造力对这种男性化的革命叙事进行了勇敢而诚恳的纠偏,虽然李荃一度作为“假小子”扮相的“铃铛”领导游击队,但其女性思维从未消失。尤其是在写到崔红英剪去两条“具有象征意义”的长辫,固然是一个典型的革命化场景,但直接动因却是因为得不到陈兆军的感情,这时女性的“去性别化”并非彻底的革命行为(真正的革命已经成功,与革命的去性别化存在时间错位),反而因为情感驱动而保留了女性的性别特征。进一步说,在尹学芸的性别化历史叙述中,女性的革命并未掺入杂质,通过对男性化的有意规避反而更接近纯粹的革命理论与实践。另一方面,由于有意识地拒斥男性化、保留女性性别特征,更强化了其在政治活动与生活中的独立性。男性话语中的理性、强逻辑性、暴力倾向随之弱化,女性思维中的感性、感情化倾向及其粘连的人性得以彰显,从而呈现出女性化的革命史观与革命叙事。可以说,李勋、李荃姐妹对应的正是觉民、觉慧兄弟的文学史传统,并且又为我们反观革命提供了独特的女性化视角。

男性在革命中更容易被政治化,或者考虑到文化因素来说更愿意政治化,性别叙述下的女性则在革命中由于情感优先更靠近人性,但却因此多少被政治化叙事疏离。男性往往要在事后或者事件将尽时动用理性重新将个体与被极端化的政治叙事进行隔离,重新整理人性的脉络,这便是女性作家意图在叙事中表达出的两性区别。小说在进行陈李两个家族及现代革命的历史叙事的同时,还草蛇灰线地暗藏着多条断断续续的个人“痴情史”。首先是李勋对齐仲澍,其次是李荃对宋则,以及陈兆林对李荃、晚生对李勋,还有崔红英对陈兆林,这几对情感绵延十数年甚至数十年,跨越了纷繁多变的政治军事斗争与人事变迁,反而历久弥新。越是深

---

① 玛丽·比尔德:《女性与权力:一份宣言》,刘漪译,天津人民出版社,2018,第22、39页。

爱,越是难以得到,这些不连贯的痴情史甚至越过了时代沧桑,成为笼罩整部小说的总体气氛。值得注意的是,如此繁多的痴情史是托付在百年革命史的基础之上,也就令慷慨恢宏的革命史变得哀婉,充满了日常的、凡俗的气息。即使在男性化革命话语不断规训的过程中,李荃的女性特质反复受到强化,比如缝被子以及渴望感情,甚至替姚飞飞考虑过胜利后的嫁人问题,表明革命女性依然还是女性。正是在这种氛围之下,与人民共和国同龄的第三代,忍冬看待自己青春期发育,政治化的身体大大淡化,反而展现出更为纯净的自然的身体,性别意识进一步觉醒而更大程度独立于政治。虽然出于人文关怀,作者自始至终维持着淡淡的感伤情绪,但一代代个体与性别意识的生生不息,恰恰是革命的最好果实。

二、女性化叙事特质的呈现

配合着新女性图卷的渐次展开,女性色彩鲜明的书写方式也是尹学芸作品的突出特点,现实题材的《菜根谣》与历史题材的《岁月风尘》完全可以比照阅读。与觉民、觉慧的姿态不同,李勋、李荃虽然积极走出家庭,但家庭的温暖无时不在滋养、召唤着她们,作者一方面写到革命时代的传统家族模式的滞重笨拙,另一方面也用充满情调的笔触描摹其静谧的意境。无论是陈家大院雨中屋檐挂上的水帘,还是新世界陵园中平等照耀生者与死者的和煦日光,意境的美好无不以背后人情人性的美好为支撑,让人在密不透风的革命大潮中安静下来享受美好事物。与此相应,小说也呈现了女性化革命视角的城乡,无论是上甸、下甸、柳树堡,都充满了脉脉温情,哪怕在窘迫下也仍有温情。相反,李荃在沈阳,虽然暂时被战争胜利的喜悦气氛浸染,但旋即低沉甚至险些命殒街头,后来虽然做了县委领导职务,但也没透露出更多的情感。《菜根谣》也是如此,多次写到梦中场景和童年回忆,并着重关怀了乡间植物,与城市的焦躁、紧张、隐藏诸多秘密不同,乡村是温润、透明和坦诚的。

因大雪被困山里的游击队,面临联络、通行和温饱等多方面的严峻挑战，尚处在“革命实习期”的李荃被美景震撼，受到了姚飞飞的训斥。此时，同姚飞飞相比李荃的革命化尚不完全，女性特有的艺术化、感性的思维方式仍然具有强大支配力，审美优于功利存在。同样，思想进步却并未躬身革命的李勋在得知汪寒吉遇难后，带着野菊花独自凭吊，作者用浪漫化的语言视自由的白鸟为逝者精魂，考虑到周围环境已经高度激进化，更于凄凉中透出暖意。《菜根谣》中的崔厚容与一般下岗工人和接触公司核心业务的女性一样身处复杂心绪与境遇，甚至因为这两重身份叠加承受着双重压力，但依然维持着靓丽典雅的装扮，与其气息相通的冯诺也挑选最美服饰装扮好友遗容。尹学芸笔下的新女性用自己的方式理解革命、寻求独立，并没有因为追求而放弃身份特质，没有被普遍性的男性革命话语规训为“去性别化”的中性，更跳脱了“女为悦己者容”的传统女性自主思想，一方面高度自持，另一方面也有高度自知，后者恰恰是当下年轻女性声张权益时普遍缺失的特质。

尹学芸的作品不是某种理念的副产品，更不是堆砌概念与口号的僵硬拼接物，而是彻底地用性别意识思维模式构架全篇。小说的主要女性称谓有颇具意味的变化，早年在传统大家族中只被称呼单名“勋”“荃”，后来走向革命的小女儿有了代号“铃铛”（对应女扮男装的身体），最终全面胜利后恢复了“李荃”的全名，大女儿则是直接过渡到了“李勋”，背后有一个政治化、人格独立与现代性别意识形成的过程。在李荃的“铃铛”阶段曾与姐姐因为齐仲澍发生过争执，妹妹的逻辑是齐仲澍与其他国民党穿一样的衣服，所以做的是一样伤天害理的事，姐姐的意识是齐仲澍与其他人不同，因为没有伤害过身边人，两种思维模式的差异昭然若揭。后来因为设计捕获隐形飞机的闹剧，加上英娘母子惨死的恶果，吕中的道理与“铃铛”如出一辙。许多女性都因为感情用事说了不合逻辑的话，但尹学芸冷静地将男女两性思维并陈，提示读者“不合逻辑”者的对面恰是同样不妥的“不近人情”。逻辑和理性自启蒙运动被高举，到社会主义革命实践尤其是计划经济模式达到峰值①,为人类文明作出过巨大贡献。但因此也忽视了对理性主义以及相关的"科学主义"的反思,事实上理性和感性一样都是人类认识世界并与世界发生互动的依据之一,无所谓孰优孰劣,只是各自发挥不同功用而已。

虽然以宏阔的革命历史为书写对象,《岁月风尘》呈现出的并非标准的史诗风格,重要的原因在于笑的运用。尹学芸笔下的军阀蛮狠霸道、恣意妄为,革命胜利后的干部粗陋直率,姚飞飞对李荃"再女性化"叙述的调侃,宋则发现李荃性别后的窘迫以及其他人的误会,崔红英搁置新词汇使用旧词汇"流放"的行为,地委老秦对李荃的一厢情愿和弄巧成拙,吕中对陈兆林加紧备孕的生活化、私人化暗示,往沈阳路途中英娘偶遇李勋讲述自己悲惨境遇时露粗鄙态,童年忍冬的天真烂漫和乖巧懂事,民兵对两岸关系的误判及对捕获隐形飞机的愚昧期待,甚至在激进年代被批斗者杨老太太与造反首领胡忠勇二者地位始料不及的突然反转等。所有这些在一般宏大叙述中或愤怒、或淡化、或借位、或忽视的情节点,《岁月风尘》都处理得毫不遮掩又云淡风轻,用清朗的笑声统一安置。达尔文认为笑的功能之一"就是向冒犯者表明他不过是引起了高兴。"②拉尔夫・皮丁顿也指出:"哭所表达的心境恰好与伴随着笑的那种心境相对立。——哭表现重新调整的需要,"相反笑则意味着一种包容,"这种惩罚意味着他的行为不值得严肃地对待"③。尹学芸用这种方式处理历史细节,也不限于历史题材。《菜根谣》整体情节焦虑压抑,叙述却不乏轻松诙谐,尤其是转述生活化的《晚报》而非政治化的《日报》中的政治新闻,将男性词汇变为女性化表达,与"一个人的战争"这样的措辞如出一辙。如此一来,沉重便幻化为轻盈,展示出蓬勃的女性叙事感。

① E. H. 卡尔:《历史是什么?》,陈恒译,商务印书馆,2007,第 248-249 页。

② 拉尔夫・皮丁顿:《笑的心理学》,潘智彪译,中山大学出版社,1988,第 118 页。

③ 拉尔夫・皮丁顿:《笑的心理学》,潘智彪译,中山大学出版社,1988,第 66、81、76 页。

三、宏大历史的女性转述

尹学芸的写作是独特的，一方面她将史诗女性化，用女性的思维和女性的语调讲述，另一方面相比一般的女性写作又显得更为恢宏大气，直面重大历史事件，有北方的气质。《菜根谣》处理了 1980 年代市场化改革、1990 年代全面市场化和下岗潮以及新世纪的官场、商场生态，《岁月风尘》更是横跨 20 世纪二三十年代的军阀混战、三四十年代的抗日战争与解放战争、五六十年代的社会主义国家建立与建设等。

陈怀宇年轻时的人生态度并不积极，他觉得当时的国家整体腐朽，坦然接受一切现实但无力改变。李勋向孙顺打听丈夫状况，从孙顺对杀人轻描淡写的语气中可见，频繁的军阀混战已经严重扭曲了社会道德，人伦观念遭到沉重打击。进入革命年代后，革命实践需要将个体从家庭中分离出来，改造成为革命主体推动革命进程，因此生产出一套激进伦理用以替代传统伦理，李荃因为齐仲澍的关系对姐姐李勋怒目相向，李勋大约觉察到“同志”是“比亲情和血缘更亲更近一层的关系。”[①]作者不是用政治化视角，而是用女性化的伦理、情感视角看待历史进程。毫无疑问，同军阀混战时期的礼崩乐坏相比，革命伦理形成了一套能够推广且切实有效的伦理体系，填补了国人的精神缺失，但这不能掩盖其自身的激进性。这种激进性用政治理论足以完美诠释，但是如果进入女性视角，则会有别样理解。

建立全国政权后，新的执政者对全国民众进行了阶级划分。陈怀义代表当地政府在柳树堡主事，既通过“阶级”视野看懂了与兄长陈怀宇之间的差距，也同情后者，认为其不是恶霸也无血债，家资不会超过富裕中农水平。解放前夕，李勋千里寻夫找到沈阳却扑空，驻守的解放军得知李勋意图后感慨如果俘虏齐仲澍则情况会好些，“俘虏”不再代表着一方胜

① 尹学芸：《岁月风尘》，百花文艺出版社，2019，第 155 页。

利一方屈辱，而意味着一种革命的人道主义，背后是家庭的团圆。这与最初对陈怀宇的阶级认定一样，表明革命伦理除了杀伐果决、当破当立的暴力因素，更有延续不断的人情部分。

作者还将细腻的笔触伸向了常被遮蔽的历史角落。革命获得全面胜利后，围观革命的陈怀宇向参加过北伐的历史在场者李景阳询问徐朝宗下落，后者竟断然否认自己身边有此人，经过反复信息交流确认才依稀记起，但只有间接信息，令陈怀宇惘然若失。同样李景阳曾经协助过的交通员安庆，连曾经领导过本地革命的李荃都闻所未闻，使李景阳一度如坠梦中。讲述彼时历史的一个关键词是“时间开始了”，意味着一个崭新的历史起点和即将开启的一段清晰历史，言之凿凿不容置疑。但《岁月风尘》展示了另一种历史起源，其中的人们因为易代的巨大震荡、物是人非以及记忆不清晰或信息没有全部开放，导致思绪万千难以平复，一种政治性的“物哀”之感。“时间开始了”的历史观得以迅速传播，不只是外在的多途径宣传的结果，应该也有稳定自身的内在迫切需求。

李荃上任县委组织部部长后不久，便前往下属的乡集调查当地出现的骚乱，发现是因为曾经获得过荣誉的战斗英雄没有获得应有的报偿，因为“被遗弃”的误会引发了当地广泛的不满。受到冲击的所在地区政府力主镇压，遭到李荃坚决反对，认为这些荣军有过贡献，所提要求也合理，很多因为丧失劳动力而有恐慌情绪，并认真做了自我批评和耐心解释。这也表明百废待兴的社会，的确存在处理不得当的问题和缺乏经验的干部，以往 1950 年代的叙述和关于 1950 年代的叙述这样贴近地面反映生活的细节较少，尹学芸为读者开辟了新的认知窗口。

对革命史的讲述，李荃也显得与众不同。这位经常下乡考察工作的组织部部长，偶然在西华镇听到说书人讲到游击队最后一次惨烈的遭遇战，忍不住指出当时的战斗并没有讲述中的那么潇洒自如、光彩夺目，甚至否认获得胜利。这不但是正视历史、正视失败，也不仅仅是挑战一般性历史言说，更重要的是李荃的判断标准是身边感情所系诸人的生存状态，大多牺牲，即使保留了火种，实现了某些目标，也不能为了鼓舞或者营造悲怆感而说胜利。当然历史观基于不同的思维方式，在大是大非问题外没有严格对错之分，但李荃引入了她自己感性的历史观，未尝不是一种丰富。

婚恋问题在宏大叙事下大多属于“配菜”，起衬托或铺垫主旨之用，但在女性化的历史叙述中理所应当地占据了主导位置。尹学芸用大量篇幅完成对李荃感情婚姻问题的讲述，以此作为对小说前半部分痴情史的平衡。新《中华人民共和国婚姻法》颁布，女性的婚恋自主权获得了法律保护，包办婚姻被彻底废除，但1950年代仍有老秦、吕中等干部对女下属“介绍”“保媒”，并且因为未达预期而恼羞成怒，强行建议婚礼即刻举行，是用公权力泄私愤，严重违背了革命初衷。类似的事情还发生在乡村教师水香和永顺身上，新女性水香高调自由恋爱，导致永顺当街被掳走关押在菜窖里，水香给中央写信，中央才派来调查组解决问题并促成婚姻。的确，历史书写能够迅速转弯，但是社会转型无论多快都必定有一个过程，过程中的人世百态最见情致。

在女性亲历者看来，激进政治实验源于上层决断和底层无知的合流，李勋坚定地认为是下甸人联手杀害了英娘，就意味着极端激进政治造成了极端恐怖与过度防卫，伤害了人性。李勋的惊惧，对应的正是文化层面上女性革命视角的被压制。同时激进化的群众运动会激发人性恶，暗中扩大男性思维和行为模式，这便是时代悲剧的源头之一。

阿列克谢耶维奇认为女性应当自己对历史发声：“在绝对男性的世界中，女性站稳并捍卫了自己的地位后，却为什么不能捍卫自己的历史，不能捍卫自己的话语和情感？就是因为她们不相信自己。整个世界对于我们女人还是有所隐瞒的。女性的战争仍旧没有为人所知。”①不仅仅是意象或内容层面，更绝非呼喊口号，也没有逃避，尹学芸用她精准细腻又不失风范的作品向人们展示了女性的自信：女性的性别意识、个体意识和言说方式不仅能够由内而外编织出一部文学作品，更能从内部架构上展

① S. A. 阿列克谢耶维奇：《我是女兵，也是女人》，吕宁思译，九州出版社，2015，第406页。

现出一套女性独特的历史观,从而丰富我们对历史逻辑的认知。对此张莉的看法值得重视:"性别,只有差异,没有高下。真正的平等,就是要善待对方的不同,尊重彼此的差异。"①尹学芸用女性化的历史叙述,温和地而不是对立地展示同一片天地的另一番风景,应该正是张莉呼吁的新的女性写作。

第三节　社会变革中工人境遇的文学观照

对于远离下岗的人来说,"下岗"可能意味着理论上的变革创新,意味着励志篇章中的重新再来。如果以旁观者看待历史,很难避免不局限于上帝视角,从理论概念的宏观层面漂浮而过,此时文学紧贴个人生活及个人感受的特点就十分适合重温、反观这些恰恰容易被遮蔽的重大历史。

一、《菜根谣》与个体感触

尹学芸的《菜根谣》讲述的是下岗群体之间疏离又亲密的姐妹情谊。冯诺所在的饲料厂于20世纪80年代建立,赶上时代的东风建厂即受益,获得了巨大的经济和社会效益,工厂迅速扩张,工作在其间的工人充满了巨大的幸福感甚至自豪感,主动认领了宣传话语中的阶级论,虽然不是成体系地接受,比如"革命""运动""斗争"等范畴在1980年代被淡化许多,但工人之间自然地将友谊理解为"阶级情感"。四十年前的中国社会恰逢转型期,传统的革命理论因为激进政治实验而被搁置,不再是制造现实的乌托邦而变换为意识形态,商品经济和市场秩序逐渐建立,旧话语让位于新话语,但当时赶上经济改革浪潮、本质仍然代表国家意志的国企则呈现出了双向形态,一方面得益于新型政治经济模式,一方面延续着前时代

① 专访张莉:《在公共灾难时期,性别不平等现象在特殊环境下更加突显》,《新京报》书评周刊,2020年2月20日。

的话语模式。随着扩容和改制,工厂的变化日渐显著,阶层的分化也日益分明,但工人的自豪感依然附着在“公司的车最好看”这样与自己无关的事情上。也就是说,市场经济环境下的工人虽然还保留着“阶级话语”,但已经被抹去了阶级属性,新的时代渐起的个人主义也被屏蔽在意识之外,这虽然不是后来境遇的诱因,却也影响了命运的发展。

在作者简要而生动的叙述中,工厂的颓势逐步显现。首先是因为曾经的市场因为各种原因丢失,产品滞销,生产动力越来越弱。其次是工厂内在机制问题,工人缺乏基本素养和晋升通道,不能像20世纪五六十年代的工人那样跻身管理层,却身处管理者和劳动者收入差距及社会地位不断扩大的时代,工人的抵触情绪日益突显。还有国企特有的人浮于事的特点,管理层不作为,车间里的工人也有懒惰者,这些都被尹学芸生动记录。在市场竞争形成的过程中,先天占据优势资源的国企由于历史惯性,造成内部人员思维保守僵化的特点,错过了调整的黄金时期,在历史的大浪淘沙中慢慢落败。尹学芸在此温婉而直率地指出了国企和国企工人的弊病,首先是上下层观念脱节,管理者已没有工人关于“国营”和“工人阶级”的概念,在企业效益下滑时积极通过市场规则寻求个人利益最大化;另外工人自身对难以洗刷的历史性漫不经心,就连聚众抗议都显得随意散漫,这让他们对未来没有很好的预测和规划,很容易就成了资本流通的牺牲品;另外公有制作为根本性所有制模式和市场化打开的私欲流散,形成了一个巨大的时代错位,工人爱小家胜过爱大家,偷窃事件时有发生,工厂和工人之间的依附关系及其连带的伦理关系日渐淡漠。据学者阎云翔的研究,传统国家体制内的单位普遍建有职工食堂,是为了强化“国家喂养”的意涵[①]。在企业改制初期,从“厂”到“公司”再到“集团”等称呼中凝聚的集体荣誉感在冯诺等人下岗后不复存在,自发改回“厂里”的说法,意味着工人对工厂失去了敬畏感,既然“喂养”行为不复存在,那么“喂养”心理也就随之覆灭。作为话语遗存的“工人阶级”继续存在,便

① 阎云翔:《中国社会的个体化》,陆洋等译,上海译文出版社,2016,第278页。

与下岗工人的实际处境形成了颇含深意的断裂。

下岗工人有过阶级教育，也依然有经典理论被“阶级化”的基础，但现实没有任何客观条件使其“再阶级化”，这一点杨庆祥在其论述中看得清楚①。他们接触到了社会主义工厂甜蜜的结尾和市场化全新的开始，认为自己是被抛弃的群体，却看不到两者深层的结构和利弊。作者特别提到了方静父亲年轻时修水库“轻伤不下火线”，可以看到一条工人阶级意识的发展脉络。有趣的是，这样一个高度政治化或者口号化的社会主义工人，晚年也是私心变重，小伤小痛小题大做。时代在变人也在变，但人性之中有其不变的内容。时代变迁有其责任，但是否一切责任都需要时代背负？尹学芸记述下岗工人不只是呈现时代哀歌或人性哀歌，而是描绘一幅时代与人性交织密下不可分的复杂人间图卷。

回到车间凭吊时，方静一句玩笑话“我们下岗了耗子没下岗”道出了国企工人的尴尬境地。对于习惯于单位制度的人而言，失去单位意味着失去一切，其中也包括现实感、秩序性以及种种规约。冯诺对女儿有自己的教育思想：“我甚至不希望她做‘优秀’‘标兵’之类的道具，她只要做好史莎莎，就够了。”可以说，下岗重塑了下岗者的身份和意识，崇尚自由与平等、去驯化、反“喂养”，充溢着独立精神。下岗者积极自谋生路，当然是生活所迫，却也有内驱力。小说中冯诺多次因为丈夫的“喂养”意识与之发生争执，中邪一般疯狂寻找曾经的工友崔厚容，不能不说也是出于自我内心的平复，最终不顾世俗眼光选择了街道清扫工作。与之形成鲜明对比的是，在夏刚的转述中崔厚容当街流泪，遇到路人询问是否丢了孩子，表明下岗才能“看清”自己，平常状态关注点都在他人。

但是毕竟丧失了稳定工作，负面影响的冲击是巨大且不能抵消的。这种负面性不仅体现在肉眼可见的经济层面，更在于尹学芸着重关注的社会和精神层面。在一次亲子交流中，女儿出言犯上称呼其“下岗职工”，冯诺的怒火立刻被点燃：“下岗职工也是人，下岗职工也是你妈。不

① 杨庆祥：《80后，怎么办？》，北京十月文艺出版社，2015，第59~64页。

许你用这种口吻跟我讲话。”孩子的认识来自同学们的家长在学校流传开的谈论，可见下岗后还要面临巨大的社会歧视和精神压力。崔厚容重新就业后的作风凌厉未尝不能视为通过压榨自己释放压力，梦魇、幻觉也多次出现，尤其是冯诺经常呈现出妄想症、躁狂症的临床反应，以及作者刻意增加的冯诺第一视角碎碎念的无意义细节，都是压力的真实写照。小说中还多次重复了抚慰与抚慰欲求，崔厚容和夏刚的拥吻、冯诺和路学伟的拥抱、戴月月对冯诺的絮叨、方静对冯诺的依赖等，都是普通状态下难以理解、却有其特殊语境的行为。

相比外界让冯诺承受了更大压力，家庭则略微复杂，一方面丈夫史大鹏是家里很长时段内唯一的经济来源，加上请求薛勇调查案件和范玉成保护女儿学校树木都需要借力丈夫的同学关系，冯诺不能不依附；另一方面冯诺又多次表示出对丈夫工作内容的轻蔑，认为机关事务没有具体劳动更具技术性和实际价值。这两方面让家庭维持了一种略微危险的平衡，同时也不失为机关和工厂的隐喻。工厂曾经养活了冯诺等人，赋予了其精神和物质双重满足，却又在改革浪潮中将其抛下，这个过程中地方政府及其指导下的地方银行起到了决定性作用，与最终工厂召回部分员工也有暗中关联，因此工厂以及下岗工人对这些具有直接权力的机构总是充满了愤懑、畏惧和期待等多重情感。尹学芸把近四十年中国社会的发展逻辑，变成了情感化的日常叙事。

这部小说还有一个有趣的地方在于，多次闪回追忆童年乡村生活。这可以理解为精神压力大时自然的心理活动，同时也蕴含着隐喻，即工厂出现在现在的记述中，农村出现在虚幻的想象空间中，一个残忍尖厉，一个温情脉脉，恰好对应着城市叙述和乡土叙述。出身于农村，最终案情也结束在农村，崔厚容尸体也是村民首先发现，暗示着农村对城市的拯救。工业化城市带来紧张焦虑，但毕竟乡村是回不去的乡村，只能将精神源头根植在乡村，由此呈现关于人性的现代性叙事，小说也确定了去宏大叙事、去英雄主义、在人间的主基调。

二、《西决》与残酷青春

最初在全国性纯文学高端刊物上看到笛安确实震惊，当时一批1980年代的青年作者还是以“新概念”群体为主，笛安深沉的现实主义风格和浓郁的精英文学趣味预示了其后来广阔的发展空间。与她的其他作品相比，很难说《西决》多么出类拔萃，甚至可以说是其为数不多的露怯短板，无论是情节的重复、故事的青涩、人物语言和叙述语言的刻意以及部分细节的不真实，都与早期作品有一定距离。小说先于2008年8月至次年2月在《最小说》连载，一个月后便由长江文艺出版社出版，从初刊到出版经历了一些修改，初版本后记录了写作时间：“2008年7月28日初稿/2008年12月4日定稿/巴黎”，有一部分是边写边刊发。据称笛安原本构思为中篇，完成两万字后感到不满意，却被好友痕痕看中，促成了与上海柯艾文化传播公司的签约[①]。作为郭敬明十分倚重的文字总监，痕痕极为敏感地发现了《西决》中适合柯艾的青春文学因素，被郭敬明作为柯艾成立三周年的纪念作品，并毫不吝惜地称之为公司三年“最高水准”，从火速出版也能看到这种称赞的由衷。有趣的是，初版本有苏童、郭敬明两篇推荐序，但排版顺序却不是惯常的方式，而是郭敬明在前、苏童在后。郭敬明在首序中信誓旦旦地宣称：“笛安选择了当下青春文学里最不热门的父辈家庭伦理题材，这样无关风花雪月无关青春伤痛的故事，让我们犹豫了很久。……《西决》绝对是一部严肃文学作品。”[②]如果真如其所言，就不会将苏童序言放在第二顺位了。郭敬明之言无非是站在文学组织者的立场，表现自己拥有的包容性的文学观，并且以积极姿态向孤傲高冷的精英文学圈子“示好”。不过不可否认，《西决》确实体现出了两种写

---

① 《新作出版一个月加印三次　被称贯通青春文学和严肃文学　笛安：桥梁型作家》，《渤海早报》2014年12月27日。

② 郭敬明：《无形的冠冕——周年纪念作品〈西决〉出版前言》，载《西决》，长江文艺出版社，2009，第4页。

作模式的交融,也正是在这个意义上有其独特的价值。

虽然内核是标准的青春文学,但笛安的文学素养令其颇具新意地套了个现实主义的外壳。大约分别生于1978、1982和1987年的郑东霓、郑西决、郑南音,作为小说的三个主要人物,提供了大部分的叙事视角和空间,但并未如多数青春叙事般局限于此,父母只是模糊的背景。《西决》中有清晰的人物关系和身份标识,父辈中郑东霓的父母都在钢铁厂工作,郑西决的父亲在钢铁厂配套的冶金工程设计院,南音的父亲二次就业创办了自己的公司,但之前职业未知,小叔是龙城一中语文教师。父辈中的兄弟四人在20世纪伊始的生活乏善可陈,东霓的父亲常年酗酒,脾气暴躁,家庭暴力司空见惯,后来因为脑溢血从楼梯跌落造成生活不能自理,这种情况持续了大约一年随即亡故。处在这种状态不可能正常工作,甚至极有可能正是因为失去工作导致酗酒和家暴。王来华在对下岗职工访谈时,也能看出对方对夫妻关系表现出的隐忧,“稍稍超过1/4的受访者承认他们下岗失业和家庭经济困难的近况影响夫妻关系”。同时援引了相关研究加以论证:“下岗人员存在着‘情绪问题’和‘行为问题’。在‘情绪问题’方面,主要的表现有生活满意率和幸福感降低、相对剥夺感强烈、情绪应激严重(含抑郁、焦虑、敌意、怨恨、愤怒和冷漠等情绪)等;在‘行为问题’方面,主要包括社会交往中的自我封闭和退缩、大量吸烟和酗酒、吸毒、违章、刑事犯罪、自杀等内容。”①这与东霓父亲的吻合度很高,此外西决母亲跳楼固然是因为丈夫心脏病突发,但丧夫之痛也绝难至于自尽,更何况身边还有幼子,很有可能已有巨大挫折在先。《西决》虽然青春叙事特征十分显著,但毕竟是笛安所著,决定了不太可能如一般青春叙事那样刻意制造“残酷青春”。在对过去的追溯中,作者特意写到郑东霓父母走进婚姻的场面:其父与其母当时另一个追求者斗殴,“差点一拳头把人家打进一口大锅里”,以儿童的视角描绘出力与美的时代感:“车间里面的高炉,一锅液体的太阳,一个杀气腾腾、热情四溢的火树银

① 王来华:《城市新贫困问题研究——对天津市部分贫困下岗失业者的实地调查》,中国文史出版社,2005,第130、152页注释2。

花。一个人若是掉进铁水里面,会化为无,会化成奔放的血液。这样的一个背景,多适合上演狂暴的爱情,性情暴戾的男人,妖娆多情的女人,一个用来衬托他们伟大激情的情敌,钢铁,高温,晚霞一般的火焰,劳动的男人健壮性感的赤膊,全齐了。"[①]20 世纪 70 年代的审美观被如实呈现,遭遇了 90 年代和新世纪的冰冷急剧转型,这便是整部小说乃至整个"龙城三部曲"悲剧氛围的历史起源。作为策应,三叔即南音父亲的经历也在暗示着国企面临激荡的时代:西决父亲心脏病突发病故并导致其母跳楼发生在 1992 年,三叔 1996 或 1997 年自己创业,并在三年后面临资金周转的困境。当然,如果笛安有更大雄心壮志当时真的推翻重写,或者不是在《最小说》刊发,可能会呈现出更完整的父辈面貌,以及祖父辈 1950 年代工人的形象,那样必将是一部震撼十足的现实主义力作。

应该说,正是因为笛安非常难得地为青春叙事套上了一个历史背景,才让"残酷青春"真正具备了合理性。父辈大多坎坷,子辈也都不顺。郑东霓 18 岁大一第一学期未完成就私奔到新加坡当陪唱,后来认识了人品低劣的前夫;郑西决 18 岁在堂姐的唆使下学会抽烟,又与前女友陈嫣分手;郑南音在 18 岁尚未进入大学时便与人发生身体关系;郑北北则本身就是个怪异的新生命,来自小叔和作为西决前女友的小婶的结合。除郑西决年幼丧失双亲,郑东霓和郑南音都与父母有过争执,尤其是前者恶意到底、永不妥协。同样 1982 年出生的江薏也经历了父母离异,成年之后频繁婚内出轨。甚至还若有若无地暗示郑东霓和郑西决之间超越亲情的虐恋,当然笛安在后续作品中将后者设定为非郑家血缘,从而避免了可能发生的争议。其实不仅仅是子辈感情世界的混乱以及性观念的随意,父辈也不乏类似状况。郑东霓的母亲较为特殊,为了能从县里钢铁厂分厂调回市区,婚内陪睡钢铁厂副总,属于主动配合权力寻租,背后是社会转型期的制度缺陷,或者说是转型使得早已存在的缺陷加剧暴露。小叔婚内出轨自己 17 岁的学生陈嫣(唐若琳),后在明知陈嫣改名换姓成为侄

---

① 笛安:《西决》,长江文艺出版社,2009,第 76~77 页。

子郑西决女友后，又重新与陈嫣复合并结婚生子。

关于父辈的混乱和随意，与国企发生制度性、结构性变革密切相关，如方刚所做研究："单位曾在中国人的社会生活中长期居于最重要位置，它是在分配机构，个人所能得到的全部生活资源、声誉地位等，几乎无不从单位获取。但是，随着市场机制取代再分配机制，单位的作用开始分解。越是市场化的领域，单位对个人私生活的控制力也越低，或者换言之，违背控制时所可能得到的'惩罚'对个人影响越小，个人越有可能置单位的控制于不顾。"[①]《西决》描写了2007年已经颓败的工业城市和工业区，结合其他细节可以判定身处龙城的郑家的落败，同国企改革甚至下岗潮的时代背景有关。至于子辈们的放浪形骸，也与父辈们的变动相关，"父母对于未婚子女私生活的实际控制能力已经减弱，甚至瓦解"[②]。究其原因，青春叙事常见的子女独立还只是表象，根源在于父母因为单位制度的弱化甚至消失，导致相关福利、社会身份与地位以及政治权利的丧失[③]，由此造成其在家庭中的象征权威的削弱，再遇上社会观念的放开和子女叛逆期，自然有了青春的离经叛道。因此，过往的"残酷青春"只是对表象的描摹，《西决》携带的现实主义精神将其定位在历史脉络之上。当然从1970年代末到整个"80后"的"残酷青春"有其特殊时代背景，当下青春叙事仍然沿用这种叙事模式讲述90后甚至00后多少不太合适。

三、孙频小说与历史脉络

孙频对标签化的潜在可能异常敏感，以至于在不长的时间内已经实现了多次调整和转变。比如她虽然不回避性别问题，并且充分认识到其重要性，但却努力不让自己被指认为一个女性作家或女性主义者。又比

---

① 方刚：《中国多性伙伴个案考察》，中国社会出版社，2005，第43-44页。

② 方刚：《中国多性伙伴个案考察》，中国社会出版社，2005，第50页。

③ 王来华：《城市新贫困问题研究——对天津市部分贫困下岗失业者的实地调查》，中国文史出版社，2005，第30、164页。

如她多次用工业和城市背景讨论具体的生存处境，但却有意错开了一般意义上的工业小说、底层写作或社会问题小说的构思逻辑。这些认识装置被孙频拆解开重新改造加工，所以虽然被反复利用，却没有模式化的痕迹，反而颇多新颖。

交城县经常在孙频作品中出现，无论是实指还是虚构，明显这是一座往昔辉煌的工业城市："二十年前这里曾是人声机声鼎沸的繁华之地，后来在一夜之间，这些工厂吐出了所有的工人，此后渐渐沦为无人的沙漠。"①不仅仅是恢宏的外观，内里也缤纷多彩："每天女工们脱了工作服走出车间的时候，厂子上空都弥漫着一股'妖气'，由各种斑斓的色彩汇聚而成。每次服装和发型上有什么流行的趋势，都是从厂里流向县城里，夹克衫、西装、皮衣、喇叭裤、健美裤、直筒裤、老板裤、萝卜裤、蝙蝠衫、文化衫、红裙子、格子裙、八角裙、一步裙、A 字裙、超短裙，像从河流上游流向下游，为此县城里的流行趋势总是要比厂里慢半拍。"②不过有意思的是，孙频关于工厂的叙事基本都以回忆的形式展开，没有现场的火热，而是充斥着时过境迁的哀凉氛围。这从标题中可见一斑，无论是"鲛在水中央""光辉岁月""天体之诗""我看过草叶葳蕤"或是"天物墟""天空之城"，要么是明白无误地带有朦胧缥缈的记忆特质，要么就是处在一种漂浮无根、镜花水月的状态。

这里特别要说的是"天物墟"，我以为这是一个拥有极高历史浓缩感的概括，也能充分体现孙频的历史观和讲述姿态。所谓"天物墟"在我看来有两层含义，首先是文中主要描述的"非生命体主角"——村里的文物及其代表的历史，在作者看来这都是令人叹为观止的"天物"，却埋在一片废墟中。小说体现出作家强烈的理想主义色彩，并且有许多对历史美化的情节和细节设计作为支撑。其次或许包含一种潜在可能性，这种可能性连接着工业文学史，那就是"天物"暗中指代着特定历史背景和意识形态下的"工人阶级"的知识系统，包括个体的认知系统和政治及社会制

---

① 孙频：《光辉岁月》，载《松林夜宴图》，北京十月文艺出版社，2018，第 97 页。

② 孙频：《天空之城》，《十月》2022 年第 4 期。

度的顶层设计,以及围绕这些的话语生产机制。不只是这里的“我”的父亲,几乎每个相关题材的工人角色都在时代交叠后显得落寞寂寥、无所适从。曾经作为神圣“天物”的工人阶级经过时代流转,变成了荒芜的“废墟”。无论是作为古代历史物化表征的出土文物,还是作为晚近历史观念化表征的工人阶级,放在浪漫主义的“天物墟”题目下,都表达出作者的一种惋惜之情。当然这种惋惜不是来自某种历史观,而是对作为人类生活“遗迹”的物品或观念的惋惜,更直接地说是对曾经鲜活的生命终将落寞并淡出回忆的惋惜。

孙频所做的不仅仅是通过呈现表达关切,也不仅仅是表达惋惜之情,还更进一步在叙事上串联起古今两段历史,让两段讲述行为在表里两个层面都发生关联。《天空之城》里出现的新石器时期的陶片,开启了直通《北方的河》在湟水流域发现彩陶片的任意门,人文主义和启蒙主义的精神脉络一以贯之。《天物墟》更用几乎全部篇幅讲述主角听从父亲临终前的建议,来到磁窑村,看到了唐朝、晋朝乃至新石器晚期与龙山文化同代的古迹,追随老元整理文物研究的著作。在整理过程中,“我发现我竟越来越喜欢这份工作了,就好像,它把我早已埋葬掉的某种尊严感又唤醒了,我居然有机会变成了我曾经假想中的那个人”①。1990 年代技校毕业的工厂质检员对自己的期待是什么样,叙述者没说,但可以推测应该是“工人阶级”话语对应的那一套社会地位和身份特征。随着市场经济体制的建立,以及工厂经营不善带来的倒闭和兼并潮,这种期待逐渐破灭。所以寻找古代文明就同现代工业文明建立起了隐秘的联系,这是孙频试图帮助下岗群体重建业已丧失的主体性。

孙频的创作路径并非严格恪守也非彻底背离左翼模式,例如她并没有刻意摹画典型形象,但并未忽视形象的代表性。《天物墟》里“我”是受父指引、替父寻根,同时因为自己同父亲身份相同,也是自我寻根。《光辉岁月》里梁珊珊为了进入工厂放弃了情感上的眷侣,其兄梁帅帅则是

---

① 孙频:《天物墟》,《十月》2021 年第 2 期。

下岗后辗转尝试开办饭店、装修店、售卖二手电脑并参与游乐城，因为涉嫌违法被拘留，更不用说其父其母，因为家庭支离破碎，导致母亲双美丽极不正常，家庭毫无和睦可言。《天体之诗》同样是李小雁与家人两代人被败落工厂辜负，父亲工伤致死，女儿顶替上岗，后来受采访的同事感叹如果当时没有发生顶替的事实，李小雁或许能逃过一劫。但正如文物发掘重新让“天物”不“墟”一样，梁珊珊也通过课堂讲授魏晋风度、李小雁通过写诗来勉力维持工人在现实中惨淡的尊严，甚至将身体作为抱团取暖的工具（梁珊珊与陈天东）或者对抗时代的利器（李小雁裸衣以免下岗）。厂长和李小雁的对话，已经不是两个人物的矛盾，而是行将失效的时代大话语和微弱乏力的个体话语之间的非对称试探性交锋，于是自然生出一种悲剧氛围。

根据温铁军团队的研究，“1992—1993 年因中央政府加快货币化和开放资本市场进程的同时不得不全部承担经济过热造成的过高对外债务，因而，很快就爆发了 1993—1994 年经济危机——财政、金融和外汇三大赤字同步，危害很严重”。这次危机也因此被认为是 1840 年鸦片战争以来 170 年间中国对外贸易最严重的一次逆差。“1992 年地方经济乱象带来的制度成本也演化成为 1994 年的 CPI 高达 24%、国企职工大规模下岗、农民土地大规模被征占、社会群体性事件大幅度增加等现象。”真实的事态比冷静的描述要严峻得多：“相比改革开放以前发生的危机，这次危机不仅不再具有向农村转移过剩劳动力以缓解城市就业压力的可能，而且政府在严重的财政赤字压力下大幅度从医疗和教育等公共事业领域退出，连基本的保障都难以提供。”[①]作为经济学家的温铁军研究的是城市居民“身份优势”的丧失，作为作家的孙频思考的则是他们因“身份”内涵变动导致的心理优势的动荡与弥散。面对这样一场影响深远的社会浪潮，孙频客观又深入地还原了当时的社会心理，《我看过草叶葳蕤》承认杨国红下岗前的生活已经悲苦，无爱也无性，遇见李天星后成了一个荡妇

① 温铁军等：《八次危机：中国的真实经验 1949-2009》，东方出版社，2013，第 127、140 页。

兼地母的形象,对后者的生活和身体实现了救赎——即使是被社会遗弃的人,她仍然没有放弃自救与救人(互助)。下岗引发的新的社会问题,同样也被作者呈现在这篇小说里。

但是不论怎样追溯起源,下岗潮对个体的伤害都是显而易见的,《鲛在水中央》里文刚甚至认为母亲早亡是件好事,因为怕自己死在前面。虽为笑谈,却也悲恸。作为故事核的沉尸湖底案件,其实也是历史寒彻骨的一种极端化结局和形象化表征。孙频这一系列小说都有一个不变的思想,个体的人不能脱离历史脉络而活,历史这个庞然大物能够给人带来"崇高"这样痛并快乐的复杂情感,甚至很难凭借一己之力逃离历史,因此加入历史的作用不只是在无形中让历史—当下、城市—乡村、工人—农民三组关联在形式上更和谐。作者为他们寻根寻到的古代历史驳杂而厚重,往往会给人一些压抑感,甚至令人怀疑这种叙事是否借用历史自身的崇高感对生活中的痛感进行压制,以达到止痛的作用。但孙频仿佛一个用药精准的医生,明显意识到了这种压迫感,于是对历史进行了稀释,加入了很多异族的讲述。同时使用实在的文物将虚化的且很有可能意识形态化的历史实现"落地",用文物还原历史中个体的具体生活(如《天物墟》中"喝酒""栽花""洗脸"),甚至将文物拟人化,为历史祛魅。此外,还有些神鬼猜疑。追本溯源,神鬼原本也是活生生的人,所以孙频谈鬼不是赋魅的话术,而是人本精神的闪光。最后不能忽视历史这剂止痛药中还夹杂着自我分解的化学成分,一如老元所说:"一个人的出身其实没有那么重要,重要的是,你愿意把自己看成什么。"古代历史如此,文物如此,下岗亦如此,这是一种关于历史的心理学。如果破解"工人阶级"的迷思,固然现状仍无法扭转,但至少心里会好受些。孙频并不想也无力创造历史改天换地,她关注的始终是普通人的内心感受。至少她自己具备了破解的主体意识,如《天体之诗》清晰意识到工人的组织性会导致易于被驯化的结果。

国企改制、工人下岗,是20世纪末我国社会发生的重大历史变革,其重要性不仅仅在于问题本身的深刻复杂性,也不仅仅在于其深远的历史渊源,更在于它构成了此后历史演进一个非常重要的逻辑起点,是此后历史叙述不可忽视的动力源。对这段历史和社会的考察,不同学科有不同的角度,文学也没有停止自己的探索。何清涟认为:“自 1994 年以来,中国国有企业面临的困难越来越大,其客观因素是社会环境发生了变化,如宏观调控力度加大、汇率并轨、利率提高、社会保障、利税转轨等一系列改革措施集中在一起,一时让企业难以消化。但这些困难从根本上来说,是旧体制多年来积蓄的矛盾所致,总根源应该是政府职能转变与政府改革问题。……在计划经济体制建立之初,中国就面临着庞大的失业人口没有工作的问题,当时是采取低工资、多就业的方法,消化了大量过剩劳动力。……现在国有企业要加大改革力度,就得裁汰冗员,但这样将几十万、几百万甚至几千万富余人员一下子推向社会,社会能不能承受?被裁减人员能不能承受?这些问题都是无法离开政治可能性去讨论的问题。”[①]与其他工业区走出或成长起来的作家不同,尹学芸、笛安以及孙频与社会问题坚硬立面的直接碰撞虽然程度不同,但基本不以社会面为主要呈现点,而是充分展示了女性细腻、感性的特质,从家庭内部寻访这些群体的脆弱、敏感和自矜,为他们发声,并帮助他们探寻问题根源以及解决途径。或许她们并非在小说中直接提供什么救世灵药,但她们的艺术探索让普通人的尊严并没有被社会变革的浪潮冲刷掉,某种程度也保留了“天物”的火种,或许这就是价值所在。

---

① 何清涟:《现代化的陷阱:当代中国的经济社会问题》,今日中国出版社 1998,第 101、102 页。

第四节 大时空视野下的民间内力

一、身份认同、残酷叙事、传奇模式与民间立场

2015年是抗战胜利七十周年，与其他重大纪念日一样，势必成为创作的重要关注点。铭记历史是最大的感恩，同样也会深刻影响我们当下的生活，因此如何讲述历史就显得尤为关键。朱和风的《抗战老兵》(《收获》2015年第1期)表达了从惧怕死亡到集体荣誉感的情感转变的内心过程、战争苦难与男性阳刚气质、反侵略战争对内部民族认同的巨大促进作用。祝勇《叩问靖国神社》(《天涯》2015年第4期)用冷静的反思剖析日本的精神状态，在作者看来，靖国神社并不仅仅是个历史遗存问题，更是一个强大的国家意识形态生产机器，形成了一个从罪行到荣耀的翻转，扭曲的历史观由此确立，因此靖国神社的负面作用并不仅仅是对过去的指认，也是指向未来的预设危险。散文已然如此多样，叙事文本也不遑多让。王松则采取了他所擅长的方式，讲述了一个颇为独特的抗日故事。

《燃烧的月亮》以1930年发生在台湾的赛德克人反击日本殖民者的雾社事件为背景，展开二十余万字的讲述。此时正值“中原大战”行将结束、“围剿红军”大幕拉开之际，虽然仍是战乱和无序，但已经在缓慢形成后来稳定的抗战格局。一年之后东北爆发了九一八事变，装备精良、拥兵数十万的东北军却执行“不抵抗政策”，与雾社事件形成鲜明对照。由于《马关条约》的签订，1895年日本就设置了殖民机构台湾总督府，雾社事件前日本殖民者与原住民已有三十五年接触历史，无论是小说《燃烧的月亮》还是电影《赛德克·巴莱》对比都有一个较长的情节铺垫。同乙未战争的正面交锋不同，雾社事件中反抗日本殖民斗争的力量全部来自部落原住民，斗争方式也以游击作战为主。与之相似，东北军主力撤出东北

后,东北义勇军也与日本关东军正面交锋,1932 年红军南满抗日游击队组建,随后不断吸收义勇军余部和民间武装,同入侵者进行游击战。由此反观雾社事件,虽然与东北抗日在各方面迥然不同,但在斗争精神和行动方式上遥相呼应,不妨视为中华民族抗争外来入侵者顽强拼搏的共同的精神源头。

在抗战的共识背景下,王松采取了很多颇具特点的尝试。首先在叙事方式上,全书四十一节,基本都是以人名作为每节标题,标示着本节的叙事视角。在这些人物中,除了绝大部分的部落族人,和极为少数的日本角色,还有两个人物被作者突显出来,即樱冈一郎、樱冈二郎,另外也包括他们各自的妻子阿敏和慧子。这四人作为一个整体,是小说人物关系结构的特色。说他们特殊,是因为他们是全书中仅有的四个"中间物",一方面族人身份无论如何去除不掉;另一方面接受了现代文明的浸染,从事现代社会里的分工劳动:警察、教师和护士,而不是狩猎、纺织。进入日本殖民者设置的学校进行学习的人还有一些,比如巴羧、嘟呶、巴哓,但前两者都中途退学,回到了部落环境中,书中真正进入现代文明秩序同时深切理解族人文化心理的只有两位樱冈及各自妻子。这样的身份,决定了他们必然是温和地妥协退让,希望日本殖民者和族人和睦相处,维持现状,但现实决定了他不可能对双方形成任何影响,又无法提出一个超越性的政治方案,也就预示了其命运的悲剧性。小说的叙事方式除了每一节有一个叙述的中心人物,还有一个总体性的叙事视角,或者说,每一节都是某一特定人物的第三人称叙事,但在"嘟呶"出场的时候则换用第一人称叙事。这样的好处当然是更有代入感,顺便解决一系列的叙事伦理问题,同时更容易帮助读者理解原住民的思维逻辑和情感立场。因此,在电影中的少年角色巴万与小说角色"嘟呶"最大的不同是,前者在起事前脸上并没有纹上嘎雅,相反后者事先已经争取到了出草的机会,因此成功纹上了嘎雅成了"真正的男人",也是为了进一步贴近族人起事的使命感和宿命感。即便如此,毕竟王松不是魏德圣,而是一名长期生活在天津的作家,难免会有一定的距离感,这恰恰为作为中间物的樱冈一郎、樱冈二郎及其妻子提供了更多内在丰富性，即他们的身份认同难题。

樱冈视角的作用在于沟通理解，如果只有事件两端的日本殖民者和原住民，无疑是不可调和的对立关系，容不下任何理性思考，这恰恰是作者不希望看到的局面。如果将时间退回到双方矛盾尚未被激发的时候，理解并沟通当然是双方共同的目的，日本要攫取利益，部落要尽最大可能维护利益，但日本人登陆并控制的现实在当时难以扭转，这就需要谈判，需要中间人的存在。循着这样的初衷，樱冈等人先后被送入表面看起来较为中立温和的学校进行学习，学习过程中固然有“奴化教育”的意图，但其中包含的“现代化教育”令樱冈逐渐对日本的现代文明羡慕而依赖。樱冈视角为刻画这类中间物提供了便利，表达出了被殖民者的真实心态：对“奴化教育”并没有主动认同，即对日本人崇奉的天皇没有任何类似的情感，从这个角度上说“奴化教育”没有直接实现其意图，但是其中附带的“现代化教育”给他提供了看待自身以及部族的另一种视角，看到了在稳定的精神层面和情感层面之外客观存在的原始与落后。面对两边都是同情与拒斥并存，增添了人物自主选择的难度，也强化了种族与历史的悲剧性因素，不仅有益于艺术，更忠于现实。这种矛盾心态决定了他并不能被双方任意一方深刻理解，日本人深切的不信任在于恐惧他反水，本部族人深切的不信任在于担心他附逆，这就将其中间物的历史身份彻底框定稳固。难以侧身，又不得不作为，是樱冈两难身份的根本性症结。换句话说，如果不突显这种中间物属性的人物形象，历史性视野就难以真正被深入挖掘，只能浮在仇恨与仇杀的非理性状态表面。

有了这样的人物关系与设计视角，即使两方怒不可遏地争执，也会有一个客观冷眼旁观，比如对于学校体罚学生——如果不带入现在视角对体罚进行批判——校长向樱冈表示即使日本学生违规也会受到相同待遇，这就比电影中被原住民持刀包围时老师说出相同的话显得更为真实客观。这时樱冈的倾向缓慢移向了代表现代的日本一边，再回看部落生活就产生了距离感，从某种意义上这也是对“回不去的故乡”这一经典母题的演绎，甚是有些真实的残忍：正是记忆和现实的明显落差导致“回不去”，一方面是批判性，另一方面则是更深的思念，人就在这种撕裂中体验真实。像樱冈这种情况，会“将他乡作故乡”吗？日本人没有给他任何机会，樱冈次郎对枳子老师的爱恋，被后者之兄山口阻止，对此樱冈太郎一直看得很清楚，还专门劝说樱冈次郎“紫花地丁长得再高，也不会变成樱花树”。但悲哀的是，这两株紫花地丁已经长得比同类更高，退无可退、进无可进。表面上他们可以根据服装的变化灵活调整身份，小说中多次写到他们将制服换成族服，双方对他们的着装也特别在意，并且在关键时刻都能发挥他们设想的作用，甚至用来保命，但更换服装本身就说明他们的身份认同是游移的，只有在机会主义、功利主义的思想下“更衣”才是有效的，却并不能真正解决身份认同的难题。

王松还注意到了普遍被认为是文化心理的身份认同的自然属性一面，即“身体认同”。部落起事前一天樱冈亲往南溪部落劝说放弃，其实经历几次“更衣”，他的立场逐渐转移到了族人一边，劝说放弃一定程度上退到了行为惯性和理性分析，但为什么仍然不放弃劝说？王松做了很细致的心理描写，山路行进过程中樱冈明显感觉到了吃力，因为习惯了穿皮鞋走平地，“回不去的故乡”也是身体不适应的结果。这里体现出了王松写作的理性特质，他不是简单寻求煽动效果，而是探求人物命运发展的必然性逻辑。“身体认同”确实有基本的科学依据，人体本身具有一定适应性，但这种适应性相较低等的生物更为缓慢，适应新环境是一个长期的过程，然而一旦适应，再退回过去的环境同样缓慢，更何况如果从艰苦环境过渡到舒适环境，必然伴随着身体机能的部分退化。也就是说身体认同一定会阻碍文化记忆对身份认同的“复辟”，这也是新移民能够融入新环境的基础。如此，樱冈的命运更是一竿见底，所作出的努力更是徒劳，也因此更包含悲剧色彩。

樱冈在起事前就先于日本人觉察到了自己族人及周边部落的行动计划，虽然没有向日本人泄密，却也努力劝说摩达头目和其他骨干力量放弃，因为他深知日本人的军事力量是族人难以抗衡的。不过，劝阻的同时也多次暗中帮助族人完成一些细小却对起事关系重要的任务，因此两个没有严格闭合的内循环就获得了确认：文化不消亡则族群不消亡，族群不消亡进而增强文化认同；日本人不相信彻底的同化，日化族人趋向于族群认同，则更不受日本人信任。内循环如同漩涡令樱冈越陷越深，自杀的悲剧性结局已经是注定了的。事发前出现了一处情节重叠，电影中莫那·鲁道劝樱冈喝醉，小说中是樱冈自己选择喝醉，前者或许出于不信任又不忍自相残杀，喝醉就能不作为，并不受良心谴责，后者则是一种主动行为，表现了人物内心的矛盾，并且将身份认同迷失升华为人性困境。在这一思考背景下，性描写就很明确被认定为人性问题的讨论手段。枳子老师为了保命主动委身樱冈次郎，这一次樱冈是被动的，之后主动与慧子发生了身体接触。从樱冈来说是先被动后主动，从两次主动行为来说，两人目的也不同，枳子是单纯的求生本能，樱冈通过"更衣"就能完成这一目的，他选择主动的身体亲密行为是为了寻求心理安慰，因为与前者的生存危机相比他最致命的威胁是认同危机。通过与慧子的亲密行为，他成功说服自己完成了向文化记忆和文化身份的回归，才能有后来坦然地选择传统自尽方式结束生命。所以在这里樱冈次郎和慧子是双主体身份，向彼此实施了相互救赎，当然这种救赎很大程度上仍是虚幻的，仅存在于心理层面，但这不能不说是作者展现出的对人物的人文关怀，如同最后阿敏自沉溪底的诗意处理。

不可否认，这部小说与一般的抗日题材有如出一辙的义愤、激情、批判与人道主义关怀，但其理性色彩也十分鲜明，他想做的不只是声讨与怀念，更要深度理解历史与文明这样的宏大概念。只要对王松的创作稍作了解，就能发现《燃烧的月亮》并不是其创作脉络上突兀的存在。王松以知青题材知名，被部分评论者称为"后知青文学"开创者，有其深意，"后"不仅仅表示时间顺序和风格差异，也是对去中心化、消解意义的后现代的直接征用。与最开始的"大有作为"和后来个人主义影响且英雄主义余留的"青春无悔"两种"权威表述"不同，王松的知青文学特别关注知青群体"身份认同"这一此前不被视为"问题"的问题。下乡知青，也是一种中间物，也是在夹缝中生存，与樱冈一样，表面上用体验式写法洞察内心活动与情感波动，实现人文关怀，进而深入历史逻辑内部冷静反观其发展，以理性思维穿透人物与时代。《双驴记》中的知青主角是没处讲理的，同时也要面对村民的猜忌，甚至连牲畜都有意作对，虽然作者展示了很高的笑的技巧，但整体氛围是悲剧性的。在对知青给予同情的同时，丝毫不避讳其对农村秩序的扰乱与自身的性格缺陷。作者清晰地认识到，双方难以沟通并非双方责任，如同《燃烧的月亮》一样针对对立双方都表现出了积极理解的姿态，让事物发生龃龉的原因不在于“知青”，而在于“下乡”。《事迹》更是赤膊上阵，直接表示“塑造典型”其实造成了人的异化，将人变成机器，是意识形态机器上的一个部件，在这个意义上知青是悲剧因素的承载者。王松对身份认同的思考，无意于给出一个答案，而是考察其内在运转、影响因素和实质影响，是樱冈或者知青在历史中究竟扮演怎样的角色、在不同立场下是何种形象、在这种境遇下心态情感产生怎样的波折。

《燃烧的月亮》讲述得心应手，与王松擅长运用残忍叙事和传奇模式密不可分。《双驴记》中的人驴争斗，《事迹》中的知青奋不顾身挽救国家财产，《棺屋》中的复仇式批斗无不展现了王松的残忍叙事，至于传奇模式则几乎无处不在，传奇至于荒诞，是王松突显时代特质的最简单手段。正是这样和谐的配合，王松频繁触碰“文明与野蛮”这样的宏大命题，牲畜的灵性与人性——包括人性中的阴暗面——挣脱了传统现实主义框架成为故事中的“事实”。当然作者针对不同书写对象积极调整着技巧，比如原住民的砍头是为了表现愤怒与彪悍，也是民风民俗的展现，知青砍驴头则回到了鲁迅对看客的抨击与思考。

所有这些创作特性，都离不开王松的思想根基，即民间立场。他将知青文学的精英感剔除，使其充分“在地化”，这决定了他现在的小说风貌：“如果说知青生活有什么收益的话，那就是了解了农村了解了农民，平民化的世界观也是在那时候形成的。”由此，才有对身份问题的冷静审视，才有传奇与生活的水乳交融，才有面对残酷行为的不慌不忙，才有很多温暖人心的清澈童谣进入生猛的生活。《棺屋》对“上级”的处理没有激愤，而是平淡地将之滑稽化，造反派白云对胡明批斗致死的说辞，以及对叶杏烟“重新定性”的强词夺理，都体现出强烈的随意性，总是在权宜和游移中形成定论。相比之下，民间社会看似最柔弱无力、随波逐流，却最有定力，在“破四旧”的年代列队棺木前等待身居其中的叶杏烟问诊，迫使主流话语口风松动。

在这里，我看到了王松在精神上对前辈作家的继承。梁斌在20世纪70年代创作的《翻身记事》同样如实表现出了民间社会巨大的稳定性力量，用自己的方式解释、刷新甚至替代极端话语，从而实现自身的生存与表面上的和解。此外，王松小说中出现的一些叙事不足，如视角不贯穿、过分离奇、结构失调等因素，《燃烧的月亮》也与其他小说形成呼应。可以说，这部小说具有鲜明的王松风格，是王松追求写作继承与突破过程中经验和习惯的一次集中体现。

二、市井空间与现代城市的纠葛

王松在《烟火》后记中表达了对天津这座城市的独特理解：“它更像地下岩层，只有钻探到不同的深度，才会发现不同的地质构造。没钻到的地方，是无法臆想出来的。当然，这也恰恰是这个城市的魅力所在。”[①]从这个角度看，《烟火》无疑描绘出了较为全面的天津城的历史风貌。同时，刘大先也指出：“从题材而言，如果说《烟火》写的是城市小说，当然没错；说它显示了某种地方性文化，形成了如同‘京味’那样的‘津味’，也没有问题；但这并没有增进认知——站在这种角度看，王松不过是给地方性风味小说那丰富绵长的谱系中增添了一缕海河之风、一口津门之味。”[②]从某种意义上来说，王松正是通过“天津”这一个案，“钻探”到了整体“城市文学”书写的奥义。

① 王松：《烟火》后记，作家出版社，2020，第344页。
② 刘大先：《中国故事的“民间”一脉》，《上海文汇报》2020年9月2日。

(一)叙事构成中的民间性

王松是一个沉浸在自己文学世界里的作家,相关的创作谈、访谈较为罕见,连不长的后记中关于写作状态的描述都不多,主要传达一些他认为重要的写作观点。不能不说这对理解他的作品,尤其是理解作品的关联和演进设置了一定障碍,好在作品本身的友好度还不错,尤其是《烟火》呈现出来的坦诚和随性。为了真实描述城市历史,作者重新调配了语言系统,以崭新的语言样式呈现作品。

《烟火》独特的语言样式让读过的人都印象深刻,小说六个部分“垫话儿”“入头”“肉里噱”“瓢子”“外插花”和“正底”来自曲艺。不仅仅是单纯为了形式,并且作者也无意于形式主义的实验,相反他是认认真真地按照曲艺的样式创作小说,形式和内容高度统一。整体上是小说的模式,而非曲艺的模式,没有曲艺里一些惯用语,不过内在的语言和情节运作方式都源于曲艺。如果参照评书,不难发现《烟火》总体上是顺叙,因为不追求任何先锋小说的叙事效果,没有叙述的跳跃以及节奏的变化,这也是阅读体验较为舒适的原因之一。整部小说有不少插叙部分,从第六章开始几乎贯穿全书,第六章有两次较大篇幅插叙,第七章甚至多半都是插叙,第十四章则几乎整节。因为评书等曲艺形式属于时间的艺术,讲述过程中无法长期保存过往情节,因此往往需要大量临时性的插叙说明原委。同样因为评书的“时间性”阻碍细节的留存,因此需要对重点情节进行必要的重复,这种重复与现代小说中有意识的重复技巧有所不同,甚至后者在一般情况下还要避免无意识的情节或叙述重复,以期实现书面语言的凝练。《烟火》中多次重复明显不是作者的失误,同样与现代小说技巧无关,而与传统曲艺相关。

从篇章技法上,《烟火》各章节之间也较少叙述和时间的硬性中断,大多具备一定粘连度,虽然有章节目次隔断,但隔断感几乎难以察觉,这也同评书包括《水浒传》等话本形成的传统小说甚为相似。作为大众化的文艺形式,评书的内容往往是普通群众喜闻乐见的故事,比如《烟火》

中反复出现的传奇和比武场景。前者如来子主动点燃包子铺以避兵乱，以及傻四儿的老鼠药被老鼠踢进烧水锅；后者如刘大头对阵日本军士，刘大头寿宴中徒弟对阵安南人、脚行争斗以及王麻杆儿追打杨灯罩儿，甚至有刘大头一指击倒日本人这样神化人物的片段，在较为严谨的现实主义作品中不常出现，却是“三言二拍”的基本构成。最后是一些语言的细节处，透露出了评书特质，如“（中药）但说一味，其实是三味”，以及“这个扛是扛（gāng），不是扛（káng）。扛（káng）是用肩膀，而扛（gāng）则是两手一抓直接举过头顶，就如同举重的抓举。”已经完全是说书人的语言风格了。这里用评书作类比，是因为相声更注重闪现的睿智，而评书的长度更适配小说。

配合着这种形式，小说的语言系统也很独特，确切而言除了作为现代汉语口语和书面语这两个小说基本构成外，还有一部分行话、方言以及大量的俗语。关于丧葬、曲艺、脚行、人力车和制假贩假等行当的行话和行规，提供了逼真的生活场景。方言的使用不是为了区隔，同样也是为了渲染环境。最有意味的是俗语的使用，因为倡导文艺的接受针对性及广泛度和宣传功用，民间俗语特别是俚语被有策略地广泛征用。王松则突破了曾经这一套俗语的使用规则，首先是俗语的发出者和投射者都是随机的，并且除了很少一部分带有嘲弄讥讽的色彩外，大多是劝慰性质的作用。这传达出两方面的信息，首先按照霍布斯的理论，“笑”是“突然发现的优越感”[①]，如果“笑”消失也就意味着各人之间层次感的消除；其次也是更为重要的，是劝慰多为讲理，意味着无论是言说者、叙事者和作者都认可俗语中蕴含的民间道理，以民间规则为圭臬，以此寻求当下言行的依据，而非改造这种思维模式。

（二）市井空间的思维表征

从小说架构、叙述方式和语言模式等方面，都表明作者在主观和客观

---

① 霍布斯：《人性论》，转引自埃德蒙·伯格勒：《笑与幽默感》，马门俊杰译，中国人民大学出版社，2011，第5页。

两个层面都有强烈的民间属性。王德领认为:“王松在塑造人物时,始终坚持原生态的平民视角,从市井百姓的角度进行叙述,不随便拔高人物,更不在作品中随便发表高论,一切都蕴含在不动声色的故事叙述之中。”①在这些栩栩如生、令人信服的人物中,女性群体格外引人注目。这些女性虽然在时代浪涛中相比男性显得更加无力,却也大多表现为生活的勇者。特别是小闺女儿对来子的主动,马桂枝对小福子的主动,以及小回对田生的主动,都能看出野生状态般蓬勃的民间生命力,也可以证明相较广袤的乡村,城市距离“现代”的距离更为接近。

在这样旺盛的生命原力背后,则是民间特有的神秘感,这同小说选择曲艺的表现形式若合一契。小说里的神秘性基本来自尚先生,因为会算卦,所以能对一些人的生命轨迹作出一些判断,甚至准确预判了自己的大限之期。有意味的是,在后面王茂、申明和田生等革命者出现前,尚先生几乎是蜡头儿胡同附近唯一的读书人,代表着这一代乃至整个老城的智性、理性——当然这里只是借词,与启蒙运动中的理性明显是两个概念。也就是说,作者暗示我们在市井空间的民间思维模式中,神秘性之类的事物与智性、传统的文人“理性”不但不冲突,甚至还享有非常高的地位,被现代性、现代城市严格区分的一些概念在这里应该是混沌、浑融的状态。

可以说整部《烟火》都是在描摹市井空间的思维特征,也正因如此令人感到耳目一新,突出反映在历史叙述上。中西对抗的底层叙述,在已有的文学作品中并不罕见,同时也是《烟火》必须面对的问题。刘大头等义和团运动参与者,没有被作者放在宏观的历史叙述框架内,也没有进行政治经济文化方面的辨析,而是写他们在生活中与外国人产生的实际冲突。傻四儿“恨洋教”“恨洋人”则更简单,恨的是信奉洋教、阻挠自己恋情的小雪她妈。这样,中西对抗就不再是左翼叙述模式下的“国仇家恨”“阶级矛盾”,而只是市井空间单纯出于民间立场的“私仇”。正史混杂的部分,当然也是正史认为的理所应当处于因果联系中的部分,在民间历史叙

---

①　王德领:《王松〈烟火〉读札:书写平民的史诗》,《长篇小说选刊》2020 年第 2 期。

述中则被清晰地分开。在这些市井群体看来,对城市的危害程度并非取决于外来者的武力强弱或野心大小,而是根据对生活的干扰程度判断,因此安南人就比西方人更为可恶,同样是底层和被殖民者的东南亚被投注了更多的敌意。后来日本的入侵则比欧美和东南亚人的破坏力更大,历史讲述的立场呈现了更多元的视角。

整部小说的精神底色其实在作为楔子的"垫话儿"部分已现端倪,这就是介绍"蜡头儿胡同"名称由来。原本颇有气象的"海山胡同"因为印有"福注东海""寿比南山"的蜡烛逐渐燃尽,前面三字被融化,仅剩"海""山"二字,恰好对应胡同名称,便被戏谑性地称为"蜡头儿胡同"。民间对消解宏大叙事的兴趣可见一斑,由此反观梁斌等革命作家对宏大叙事的热情经营,可以认为后者在事实上重构了城市文脉,并进一步影响到当地人文化心态的重塑以及城市发展进程。王松讲述的是梁斌以前的城市历史和人文,自然需要像考古学家一样敲掉后来附着在城市文化上"重构"和"重塑"的部分,还原回当时的历史原貌,并自然地提供了一种新颖的反思角度。

在天津响应辛亥革命武昌起义而策划的"天津起义"中,翻译王一民因为事前轻视、事后慌张的性格缺陷导致原计划全盘乱套,以及同情中国革命的日本人谷村的意外身亡。展示了处于前现代阶段的市井空间和普通市井阶层,几乎没有能力带动城市的现代化进程,也无所谓于宏大与严肃的事物,从而导致革命历史的戏谑效果。同时对于历史残酷性的描述,多以冷峻或者说冷漠的笔法为之,造成了类似先锋小说的"惊奇"的阅读体验,也与鲁迅的国民性批判相仿,或者是新写实小说的零度写作,但作者本意应该与这些都不尽相同。因为在市井空间的语境下,本就没有理性主义或左翼话语的历史批判性及历史必然性。比如杨灯罩儿这个"假洋鬼子"也不是一开始就被滑稽化,而是一个缓慢的过程。作者使用的是第三人称全知视角,但由于是市井空间的立足点,为了逼真呈现其中的历史局限性,又具有了某种限知视角的意味。

当然,如果只有这种限知视角的混沌感,那便与"爽文"写法无异。

王松没有因为写作目的而放任自己的写作,比如在对“天津教案”的叙述中,就隐含了民间视角和知识分子视角的交融,明确传说改变历史的动因、细节和结果。这一特点,更体现在作者对革命的现代性的认知上。

(三)城市现代化的艰难历程

借助于王松对市井社会生活、文化和思维的立体展现,老天津这座城市在作品里栩栩如生,阅读时仿佛身临其境,出色完成了作家的创作初衷。小说对人物的塑造几乎触摸到城市的每个角落,包括店铺经营者、手艺人在内的个体商人,包括码头工、义和团成员、无业游民在内的底层群体,包括新军和革命党在内的进步力量,还有民间艺人、租界谋生者以及外来移民。

对人的精彩描述,再现了由此拼接起来的城市性格。好勇斗狠、好逸恶劳、诚信为本、兢兢业业、粗鄙豪爽、重情重义、斑驳的人物性格也正符合包罗万象、良莠不齐的民间文化特性。同时作者还展现了市井文化与商业文化、租界文化的不兼容性,在市井文化的稳定结构下,商业文化和租界代表的西方现代文化很难成为带领城市发展的革命性力量。在传统的市井社会,城市既是熟人社会,也是陌生人社会,以前者为主。怎样让城市进入更具活力、更有动力的现代化进程,是一项重要历史议题。

一部《烟火》是百年民众生活变迁史,也是百年城市发展史。作者写到许多关于城市变迁的细节,有的是外部力量介入,有的是内部因素催生。小站练兵,包含了军事化管理对城市的改造,进而产生对市井文化心理的改造,但保三儿的经历证明前一方面可行,后一方面具备很大难度。关于外国侵略军拆城墙一事,作者从不同角度给予了回溯,客观上来说从城墙耸立到拆墙改东西南北四马路,客观上拓展了城市发展的空间,包括人们的心理空间,但毕竟遭受了武力干涉的阵痛。1912 年的“壬子兵变”,源于袁世凯和南方革命党的政治斗争,兵祸加于天津市民无疑是个灾难,客观上则将过去封王封国的属地心理和交易聚集地的区域中心心理破除,让“城市”在心理层面变为从属于国家的政治性垂直概念。

另一方面，从“市井”到“城市”的现代化之路困难重重。从英租界接入老城的自来水遭遇市民冷遇，甚至流传着“喝洋胰子水不孕不育”的说法。1902年袁世凯在天津建立巡警总局，是近代中国第一支警察部队。不过在小说里瘦猴儿这样的小偷和臭鸡子儿、大枣核儿这样的“杂巴地”以及混混儿的存在，说明城市仍然是由市井文化在进行规约或无法规约。何桂兰被黄青骗走则说明市井文化的契约意识还很弱，固然也是码头文化带来的大流动性的结果。商贾云集之地对经营格外看重，但是在包子铺面对牛帮子的伙计体现出服务意识仍有欠缺。杨灯罩儿用舶来语“投资”劝说老瘪进入自己牟利的圈套，也正说明“中体西用”其实只是功利性的概念借用，难以真正实现文化融合。这样看来，从“垫话儿”的1900年代到“外插花”的1940年代，也就隐隐渗透着知识分子的视角。

《烟火》的可贵之处在于，虽然由内而外都是平民立场和市井空间视角，但并没有回避对革命这一宏大话语的观照。对革命历史的叙述，不是侧重宏观的必然性和个体的无畏与正义，而是采取直面残酷的写法。同时，面对如此残酷的时代冲击，作者对牛帮子这样的底层市民基本不抱有希望，更不用说无业游民，这就体现出革命“再造主体”和“改造二流子”的历史贡献。除了个体层面，还有群体层面的革新。少高掌柜感慨“说不准哪会儿就得冒出个事来”的不安定感，不仅普通市民有，底层有，上层社会也有。革命通过组织将各个社会群体之间建立联动，而不是一个内部割裂的社会，这正是现代化展开的基础与实质。社会经验已经较为丰富的来子不掩饰对年轻于己却见多识广的王茂的钦佩，也就是承认了革命及其背后的现代化进程能够开阔人的眼界，变“街道人”为“世界人”，变“城乡居民”为“国民”。王茂回到家乡进行革命化改造，还同来子使用方言沟通，寓意了对启蒙和地方经验的双向认可，这种认可或许也可以理解为作者的态度。同时，王茂为革命奔走于挂甲寺、贺家口、郑庄子等处，也是拓展着心理认知中“城市”的边界，同外国侵略者拆城墙修马路异曲同工，且更为主动、更少阵痛。作者在回溯历史时也看到了革命进程中现代化的困难，如已经革命化（现代化）的小回与市井空间（前现代）

中的来子的沟通障碍。革命是促成现代城市发育的快捷方式，但也存在难以急于求成的环节。这样的观察，既看到了历史进程中的奥秘，也避免了宏观视角对个体冷暖的傲慢。

毫无疑问，《烟火》为“津味小说”的路数增添了经验和底气，打开了世人了解天津城的窗口。但我想其意义恐怕不止于此，或者说不能将理解局限于此。正像王松所言，如果能透过地域经验的摹写，抵达城市发展和人性关怀的深处，应该才是城市文学的创作者和阐释者想要实现的目标，也正是城市文学真正的意义所在。

第五节　当城市成为一种气息

李治邦是一个很善于“欺骗”和“伪装”的作家，如果隐去生年观其作，扑面而来的人物的焦躁、蓬勃、多动和叙述的大胆、简洁、明快会给人以青年作家的感觉，或许这是作家对文学的热情的最好体现。

一、城市氛围的渲染

我无法断言李治邦是纯文学写作中的一支独特存在，但在日益耽溺形式实验和语体雕琢的精英化创作中，李治邦小说的“好看”无疑成为令人凝视的重要理由。稗官野史，假语村言，这是小说的来路，因此深受士大夫的不屑和老百姓的喜爱。正如一切造反成功的匪首，小说占据文艺门类的第一把金交椅后逐渐高大上起来，言必称结构试验、叙事方式、阴冷怪诞的意象和风格，然后骄矜地说没文化真可怕，现在的人都不读文学作品了，殊不知不是群众拒斥文学，乃是文学自绝于群众。李治邦的小说遵循纯文学的一般范式，涉足的也是纯文学圈子，从创作、发表、出版、研讨，都显得中规中矩，没有受到市场化的引诱，不过他拒绝让自己的作品过度精英化，他心中的预期读者是包括“专业读者”在内的广大市井阶层。对市井阶层的重视的确是不可少的,近代以来许多重大的社会变革都是以一个成熟的市民阶层为基础的,可以说成熟的市井阶层是文明社会的标志之一。李治邦让我们看到了一个被忽视久矣的除精英式的先锋探险和草根的底层写作之外另一个领域的需求。在这里我们又看到了熟悉的小说样式:语言透明,情节曲折,意蕴浓厚,人物鲜明。李治邦不耻于认认真真地讲好一个个故事,他知道讲故事的人不必然等同于"写手",他的小说读起来给人一种很踏实的感觉,让人愿意看、喜欢看,能够越过低调的作者直接同小说中的人物推心置腹、促膝长谈。

当然,重拾旧业,增强故事性并不是作家的标识,只是一种基础和路径,证明其独特性的是对城市的独特体验。《暗示》和《给我一个理由》可以参照阅读,《暗示》写的是主人公的家庭关系波折、同学刘迟职场生涯及两人同昔日校花孟嘉的感情纠葛,学生时代的经历穿插在这些往日同学的今日生活中,历史和现实无缝对接切换自然,作为心理医生,主人公业余做刘迟混官场的参谋,也宽慰丢失孩子的孟嘉,一个重要途径就是"暗示"。因为身份优势,小说中的暗示多发自主人公,但也有其他人物之间或者主人公接收到他人的暗示;有蓄意的暗示,有无意的暗示;有导向好结果的暗示,也有造成坏局面的暗示;暗示交织成了一张网,就像《雷雨》中的"雷雨"、《日出》中的"金八",没有出场却操纵着每个人物的命运。《给我一个理由》写空挂广告公司"副总"之名为叔叔打工的李重在职场、家庭和感情方面面临的种种问题,无论是作为家庭成员的母亲、父亲或叔叔,还是作为恋人的高莹、舞蹈干部,包括以暧昧的工作关系相处的黄黄和黄黄的父亲、李重父亲离世后母亲的情人黄天楚,都令主人公感到憋闷困惑,有太多不理解和难容忍侵蚀着他,反映出年轻人真实的生活状态。如果说《暗示》表现了语言霸权乃至语言暴力的积极扩张,《给我一个理由》则是理性判断收缩失效的写照,或者说前者是外观的膨胀而后者是内面的溃败,一定意义上这正是现代城市的某种特征,即日益呈现出女性气质的对应。当然作家笔下城市中的理性并没有彻底消散,只是变为更加个体的理性思维而难以觉察,同时由于个体理性的失效和话语霸权的统治,城市的个体命运变得更加诡谲。

二、城市主体的刻画

即使如此,李治邦也没有让人物变得神经敏感或者背负重荷,主体性依然健全或许是作家同其他城市写作尤其是青年城市写作的间隔。

几乎有相似的构思,上海 80 后作家甫跃辉的《晚宴》里顾零洲和前女友徐靓因为共同的挫败重聚首,相互折磨和抚慰,男主角甚至细致拍了女方昏睡时的裸照作为报复,最终怨愤释然,但却重又分开再不往来。《给我一个理由》中李重“过尽千帆皆不是”,历经感情纠葛、职场困扰和家庭纷争,重新和初恋高莹在“酒店柔软的大床上”兴奋地水乳交融,焦灼弥散在爱欲中,这似乎展现着年长一辈相对于年轻人的平淡冲和及对文学抚慰人心的功用的更加看重。

《巴黎老佛爷店》同样是部有趣的作品,历史和现实两条线索同时进行,面对导游小马的轻视和有钱胖女人的收买,面对“敌军围困万千重”主人公“我自岿然不动”。情节与标题也存在裂隙,全篇九节,真正到达老佛爷店的只有最后一节的后半部分,而老佛爷店的“中国购物日”则是展示西化生活极其标准对中国人的思维改造,这样看来裂隙就是一个颇有意味的设置:如此不牢靠的改造终于在结尾处被推翻,一向认为老佛爷店才是“奢华”的木马向主人公“缴械”:认为打卤面、老白干、龙井茶才是奢侈。这种强硬的主体性来自历史线索的叙述,即主角及木马曾经的军人身份,尤其是沉船打捞任务,充溢着男性的孔武和威慑力,让人看到了昔日军事文学和工业文学的磅礴大气。或许正是这代作家的部队和历史经历,让他们在青年一代的城市小资书写面前显得底气十足。同样也引起我们的反思,摒弃了军队的集体主义和历史的宏大叙事,青年以为找到了失散已久的主体性,以为从此能够自由地生活,但事实上恰好成为了便于资本逻辑主宰的现代城市统治的卸下防御装备的柔软个体。只有木马和主人公这样的军队或历史的残留的“余数”,才能撑起抵御西化思维防御盾牌,实现真正意义上的“自由”和“自主”。部分青年及他们中的作家无解的谜题,在前代作家看来那都不是事儿。

三、城市多面的呈现

李治邦笔下的城市不但有粗砺雄浑之气,还有一种历史深处飘散来的潮湿氤氲之气,正如同江南梅雨期的霉味一样令人沉醉于过往。《佛爷》和《津门十八街》一个写现实一个写历史,但都有津味小说的特点,都对准“奇人”用一种特有的语调和节奏展开叙述。

《佛爷》是一个盗亦有道的现代绿林故事,《津门十八街》则是商业背景的社会民俗志,不同的时间和题材使用同一种创作手法,体现着李治邦的城市观,那就是城市本质的贯穿性。一座有历史的城市,并不会因为穿过了历史的不同隧道就改变自己的性格,传统的“津味”小说模式面对现代化大都市多少会有些乏力,但绝非彻底无能为力。或许正是身份和创作方法的主体性,坚定了作家在纷繁的文学场域内秉持自我的决心。

《津门十八街》的讲述很耐人回味,徐徐缓缓却掩盖着狂风暴雨,平平淡淡却隐藏着惊心动魄,并不刻意渲染却有浓郁的神秘气氛,孕育着强烈的矛盾冲突但却极力压抑着冲突爆发,无论是皇权贵胄、传统伦理、民间风俗,还是现代精神、商业模式、城市惯例,一切规则都在这里并行不悖,淋漓诠释了一座传统又现代的城市内在勃勃的丰富性。作家的叙述是有质感的,不但深切体验着城市的肌理,就连对食物的描绘也逼真传神,令人艳羡口馋。

仔细追求,李治邦应该是很适合描摹这座文化驳杂的城市,写什么都像那么回事,地方特色食物、考古队顾问、交警、私企负责人、心理医生、小偷、军人、官员、学生、商人、抑郁症患者、前朝遗老,很有当时寓居天津的那些官宦名流或者他们衣食无忧的公子少爷的感觉,举止淡然优雅讲范儿论派儿,对什么都感兴趣,博闻强识悠然自得,闲来无事不动声色地讲几个故事,当大家听得入迷觉得更加激荡的事情就要发生时,他却戛然而止、飘逸离去。这一切，在《津门十八街》中展露无遗。

正如蒋子龙所言，李治邦是个好人，缺乏把人物逼到死角的勇气。这是批评，也是褒奖。李治邦是一个善良的人，虽然城市历来是饱受争议和批判之地，但他却愿意用最好的意愿揣测周遭。《碰撞》中吕志强受到权贵情人的任意摆布，最终获得了道歉与尊重；《给我一个理由》中李重处处难以参透缘由且身边人先后离去，最终重燃与前女友的爱恋；《佛爷》中张一鸣不务正业，却盗亦有道，孝敬父母，讲究原则，最终摆脱了权贵的威胁并成功将对方贪腐证据上报；《暗示》中“我”遭遇家庭、感情、人事纠纷，最终诱惑散去，矛盾冰释；《我吃的药不能告诉你》中高动易经历了艰难的财政危机和明枪暗箭，最终渡过难关；《寂寞红杏》中主人公面对女友出轨心痛不已，但也萌生了隐约爱意；更不用说司元建和种大麦的以德报怨，凡此种种不一而足。看多了苦难叙事，李治邦的小说可谓一股鲜活的气息，文学本应给人以憧憬和希望。

更可贵的是，他的小说满溢着诙谐轻松的气氛，谈笑间“樯橹灰飞烟灭”。或许我们以往太过于忽视笑的巨大感染力了，主旋律的“喜”，正义者和异见者的“怒”，悲悯者的“哀”，从来都不缺，唯独世俗中传出的、非功利的积极情绪“乐”，趋于销声匿迹。或许城市的种种不快与沉闷、暴躁与焦虑，正是因为我们丢弃了开心的欢乐，以及真诚的善良。

在李治邦这里，城市不再是一种景观化的“风景”，不是钢筋水泥的巨大突起物，不是光怪陆离，而是缤纷炫目，是美轮美奂，是痛并快乐着，是一种绵延不绝的气息，穿过历史漫步现实，眉飞色舞娓娓道来。他的小说不能说达到了很高的成就，许多方面还都有突破的空间，但其价值却不因瑕疵被淹没，毕竟他已经做出了很多。

第四章　新时代的青年作家

第一节　探索小城镇版图边界的可能性

张楚为人谦和、含蓄低调，虽然已经成绩斐然，却仍与其描写的人物相差无几。而其小说内蕴的深厚，又分明显示着这种低垂的姿态绝不意味着视野的局限。张楚的抱负在其小说的复杂呈现中体现得淋漓尽致，一方面警惕模式化，积极寻求探索；另一方面变革本身也还是循序渐进，不急不躁。作家本人与其作品正是这样互映互证，其小说世界的建构已经蔚然大观，甚至比肉眼凡胎所见的现实表象更为纷繁，并且充满条理。

一、城镇

张楚曾在一次论坛上说出了自己真实的体验："我们这代作家似乎对历史和宏大叙事普遍缺乏热忱和好奇，更为关注普通人的日常生活。我们对乡土叙事和城镇叙事的偏爱，似乎与我们的时代存在着微妙的内在逻辑。而'80后'作家的作品中，已经很少看到乡土和城镇。他们对城市文学有着一种本能的亲近。"[①]的确，张楚一直以来孜孜不倦耕耘着的

① 《"不惑"和"知天命"之间：一代人的文学命名》，澎湃新闻，https://baijiahao.baidu.com/s?id=1685291584923449835&wfr=spider&for=pc。

领域正是对小城镇的书写，所获的诸多荣誉也与此相关。

由于大量的人生经历都在小城镇，张楚贡献了丰富的相关作品。作者对他生活的地方充满了复杂的情感：“这个我生活的小镇曾让我窒息乃至厌恶，有那么几年，我无时无刻不在谋划着如何逃离这里，如何与爱人、孩子在异乡怀想这里，并继续深深地厌恶这里。”[①]对他笔下的这些人物的熟悉又令其充满了理解、体谅的温情。于是，张楚小说就提供了一幅真实可信且可感可触的小城镇风貌，既有冷静客观的描摹，又能贴近每个人物体察他们的内心。

张楚在21世纪后开始正式发表作品，到了2003年就创作出一批十分精彩的小说，令人感叹其充溢的天赋与小镇生活的丰厚滋养。《樱桃记》讲述了一个小镇少女的残酷成长史，在校园暴力和再婚家庭暴力的环境中，樱桃见证了自己和周围同龄人的变化。原本熟悉的身体经历了逐渐陌生化的过程，情感也渐渐呈现出了朦胧萌发的态势。小城镇和少女形成了互相观看、互相陪伴的关系，这两个容易被世人忽视的角色与角落进入了作家的视野。有意味的是，故事发生的1985年，正值少女樱桃的青春期，也恰好是改革浪潮从农村向城市转移的时期，夹在中间的小城镇一如青春期的少女一样一边发生变化一边遭受冷落。对少女身体成熟的陌生化，是否暗喻着对城市化进程中小城镇的陌生化？这是小说营造的丰富空间。小镇在工业和城市的撕扯下慢慢发展，一如少女樱桃在慌乱和厌恶中成长。其中对地图的执迷，正是文学史脉络上的熟悉环节，是小镇对城市化进程的憧憬，也是少女对成长的期待，只不过憧憬和期待中夹杂着未知的畏惧与欣喜。

《樱桃记》对城镇还有一个较为清晰的环境描摹，难怪张楚有将其影像化的念头。还有很多作品并不担负城镇图像化的立意，虽然他对现实主义抱有很高的敬意，却并没有复刻传统现实主义的心理包袱，这是其独特性的重要体现与根源。怎样理解现实主义在作家这里的传承和调整，

---

① 张楚：《一个老文艺青年的梦想》，载《秘密呼喊自己的名字》，当代中国出版社，2015，第115页。

或许是理解其人其作的关键。他坦诚地说出了内心想法："我承认书写现实生活时，现实主义是最可靠的主义，可是我也知道，现实主义不光是巴尔扎克的现实主义，它还是亨利·詹姆斯的心理现实主义，安德烈·布勒东的超现实主义和马尔克斯的魔幻现实主义。它不单单是对外部世界的还原构造，更是我们内心真正的心灵风暴。现实主义是复杂的现实主义，而不是一元的、机械的人物和故事。"[①]可见张楚不希望出现因为借鉴理论而束缚创作的情况，不希望过于因为注重规则令生活的再现显出僵硬感，不希望恪守"写出事物原有的样子"的训导反而丧失了事物原有的样子，不会因为对现实和真实的追求而执意于肉眼可见的范围。刘卫东也捕捉到了这一点："他并非'强硬'介入，以'非虚构'方式书写现实，而是将其'虚化'，形成带有哲学追问、悲剧意蕴的氛围。"[②]《关于雪的部分说法》写了城镇居民的无聊与空虚、无奈与无力，现实激烈残酷，面对现实的人却压抑着情绪。张楚不写就业、收入、教育、医疗等现实的生存境遇，主要倾力于时隐时现的逼仄气氛，甚至连作为基本人伦的夫妻关系都显得虚与委蛇、不堪一击。米佩和颜路都是重压下扭曲的灵魂，在再平常不过的日子里走向极端。颜路因为理想化而更极端，米佩则要承受回归日常后的欺瞒压抑，某种意义上更残忍。张楚写虚不写实，突破了表象的千差万别，直抵小镇发展和人性善恶的深处。《蜂房》与这一点有相似之处，除了引起全城关注的蜂乱事件，还有精神病症和出轨乱性，一出荒诞无序离奇的日常剧，甚至淡化了因果律的限定，以乱写静，主人公甚至有些享受并期待突发事件，更突显小城镇的波澜不惊。

小城镇的人与小城镇本身互为表里，环境塑造人，作为反馈，人也营造环境。《夜是怎样黑下来的》这个绝妙的标题就说出了张楚很多小说的共同主题，角落里的个体的无力感并不随外界的变化而变化，历史在变但情境不变，一直受到歧视，即使有一定社会职务和身份依然难以主导事

---

① 张楚：《我的生活与写作》，《新文学评论》2019 年第 4 期，第 7 页。

② 刘卫东：《"退后半步"、交界与不及物　评张楚〈过香河〉》，《上海文化》2020 年第 11 期，第 33 页。

情发展。这些人在激荡的年代饱受屈辱与坎坷，到了和缓的年代依然看不透历史与时代的发展原委，弄不清人和事的内在肌理，努力生活却乏善可陈，有想法却难以实施。与此同时，作者对这些不完美的人物大多抱有很大同情。获得鲁迅文学奖的《良宵》直接出现了一个看似更加无力且还是外来者的老太太，面对被众人冷落、被时代与世俗摒弃的男孩一家，默默张开怀抱接纳无所依靠的男孩。最后设置的开放式结尾，也让原本情节链条下游并不乐观的老人与男孩的未来变得模糊，故事之外的叙事方式本身也显得充满温情。张楚笔下的世界里，总有人需要体谅，总有人会给予体谅，哪怕这些人及其所在的环境并不能让人完全满意。张莉通过阅读指出："张楚有天然的艺术感，他的内在情感充溢，即使他再克制，你依然能够感觉出小说家对世界的情感温度，他对世界的善意和爱恋。"①

刘涛在辨析70后作家的走向时，将张楚界定为"现实主义"，李云雷则被划入"底层文学"范畴，很坚定地予以区别对待②，也有论者提出张楚小说"摆脱了常见的底层书写的'控诉'和'揭露'"③。张楚关于李云雷的印象也可视为其文艺理念的表达，虽然对底层文学的一些创作理念并不认同，但还是尊重后者作为"一起等待黎明"的知识分子及其所持部分观点："真实的中国、真实的底层肯定不是这样的，他们的生活虽然艰难，但也有自己的喜怒哀乐，有内在的生活逻辑。我觉得云雷说的也是我想说的。有些作家也存在着这样的问题，他们俯视下的世界，只是一个麻冷的、程式化的、没有温度的扁平世界；他们俯视下的人，缺乏那种生动的、立体的、狂躁的、狂欢式的，甚至是恶毒的喊叫和抗争。"④理论家、批评家

① 张莉：《有内心生活的人才完整——张楚论》，载《众生独语："70"后一代人的文学图谱》，上海文艺出版社，2017，第48页。

② 刘涛：《70后六作家论》，《中国现代文学研究丛刊》2013年第12期，第157页。

③ 李晓禺、张昱：《小镇·望远镜·宇宙——论张楚小说宇宙学的建构》，《新文学评论》2019年第4期，第16页。

④ 张楚：《一个"沉默"的理想主义者》，载《秘密呼喊自己的名字》，当代中国出版社，2015，第199页。

有自己的身份立场和思维方法，作家同样有自己的特性。从这一点看，张楚更亲近现代文学史上那些楷模作家，一方面亲近体贴底层民众，但另一方面并不能完全纳入左翼文学的脉络。对此作家本人的表述很清晰："作家多读些社会学、哲学和美学方面的书籍，肯定没有坏处，至少这些书能让我们对世界的认识不再一元化。它们也可能无意识地影响我的思维，左右我对事件的判断，但不会对我的写作构成一种疑惑，这可能源自我是个过于感性的人。没有必要担心主题先行的问题，当然，能主题先行并能在小说中彻底执行，也是有趣的创造。"①所以《野象小姐》能称为其代表作，也正是因为鲁叶香代表了作者对于城镇普通民众的印象，他们对命运和生活没有自主决断权，难以扮演英雄或参与英雄叙事，也不夸大"积极生活"的力量，平静面对悲欢和生死，平静生活在小城镇。不仅对他们的艰难和隐忍报以同情，同时也对艰难生活下的伪饰给予理解，如同对待家人一般对待他们，平视与尊重让这些人物鲜活了起来，也让小城镇鲜活了起来。

二、都市

在一次文学活动中，石一枫回答提问时说："北京的影响就是，这是我不能选择的。他（张楚）只能写县城，我只能写北京。你让我写县城，我也写不了。你让他写北京，当然他现在可以写了。但是我觉得，你要真是就事论事地说，我觉得北京的影响就是，北京这个地方，它永远是这个国家的风口浪尖，永远是一个风口浪尖的城市。我想写的东西恰好是这种在风口浪尖上，大时代大变化的东西。那么，这点在运气好，这个城市

① 《张楚致徐畅：时光最后剩下的东西，肯定是最沉的》，《青年文学》杂志社微信公众号，http://www.chinawriter.com.cn/n1/2020/0901/c405057-31844629.html，2020年8月17日。

给了我一些滋养,这点是比较感谢的。”①从侧面可见张楚的创作在发生着变化,并且得到了优秀同行的认可。这种转变,固然与 2015—2018 年北京求学的经历相关,但更重要的还是作家本身创作的固有特质的发展变化。

应该承认,张楚从城镇写到了都市,并非是严格意义上的城市文学,而是书写都市与城镇的关系。程德培指出:“在以后很长的一段时间,‘逃离’都是其创作的重要母题,无论是从小镇到城市,还是从城市回到小镇。……逃离不只是一种告别,它同时也裹挟着一种向往,于是‘逃离’便多了追寻、造访、再造的意思。向往是迷人的,但目的地尚不明晰,于是旅途中疑虑不安、犹豫彷徨便成了衍生产品。”②《金风玉露》的形式在呼应着内容,美兰相亲多次神游,既有技术上的考虑,压缩叙事长度加快叙事节奏,同时虚实配合打断主情节链的喋喋不休,更重要的是回忆中的相亲,包括与潘姓男两年前的初次见面都发生在北京,也就建立了都市和城镇的关联。再次见面后,美兰的记忆从模糊走向清晰,但潘姓男则坚定认为只是初识,暗含着传统的圆形时间和现代的线性时间的区别。当然,美兰如果没有女性的感性,其实也是被“北京化”了。两人在县城酒店里的激情,仅仅是简单的快感倾泻,感觉不到任何自我和内心,令人想到《安葬蔷薇》中的无爱、无感症,并非由情感创造的孩子的早夭让男主恢复了早年温润的记忆。《风中事》同样是关于即将不再年轻的青年寻找情侣的故事,按照极为普遍的流程顺次分手、相遇、确定关系、见父母,之后却急转直下,先是段锦失联,重新相亲认识米露,后来得知米露多次与他人开房,段锦则因代孕惨遭杀害。这个过程中出现的与婚恋相关的如车、房、彩礼、家境、学历和职业等信息反复多次出现,情感不是被欲望裹挟,而是被更为现实的因素操控,城镇或是都市的场景反而被模糊。作

① 张莉、杨艳坤、李嘉桐:《“他们的小说里有中国人心灵的真实”——弋舟、张楚、石一枫作品研讨会实录》,《青年文学》2018 年第 4 期,第 125 页。

② 程德培:《要对夜晚充满激情　张楚小说创作二十年论》,《上海文化》2017 年第 3 期,第 14 页。

者曾就“一手生活”话题说到这篇小说有个民警朋友的原型,但这个朋友看后却认为与自己无关,说明作者有清晰的构思,借“警察”这个身份表达自己内心的想法。即使是警察也很难查清自己生活中的“案件”,更强化了个体自主的困境和不可知论导致的偶然性史观。题目也很值得回味,现代化的城市让具有巨大摧毁力的台风变得“日常化”,损失被降到最低,但是产生的飘摇无依的心理感受却清晰而连绵。

反观日本等国出现的低欲望社会与当下我们面临的类似前奏,张楚以为年轻人的情感困局不仅仅是感情本身或人本身的事,其与城镇/都市的发展密不可分,背景不只是背景,也参与着主体建构,甚至背景之间的互渗同样有影响力。叶檀站在经济学的角度认为超大城市已经是由资本逻辑支撑着运转,中小城市尚有人情关系,因此个体在不同环境下奋斗的成本和方向有差异。张楚的观察则是城镇其实已是空壳,个体被遮蔽,对感情的感知力下降,情感交流也日渐贫乏,主体趋向于机械化的物体,无论是生活、工作、结婚生子甚至出轨。城镇没有“城市病”的解药,无法作为都市的“退路”,并且很大程度上已经被同质化。由此,这一代人与上一代人建立起了一条诡异的理解通道:后者因为政治和时代原因导致城镇和都市无差别,情感贫瘠,个体无力。

更进一步的是《在云落》。男主从北京回到云落,能够自由地制作纪录片,还有活泼天真的妹妹和慧为伴,失眠很快痊愈,又偶识能够喝酒聊天的邻居苏恪以,一切似获得新生。但很快遭遇妹妹手术不成功、前女友仲春突然到来又突然消失、失眠复燃的情况,还得知苏恪以一直从事违规手术,且因女友出轨发生过激烈争执,为寻找失踪的女友消失在男主视野,男主又从郝大夫处得知二人皆是从小渴望关爱的地震遗孤。苏恪以找到女友时后者已失常态,接着苏恪以失踪、妹妹和慧病故、仲春确认失踪,原本为了逃避大都市来到的云落,也不再是想象中的桃花源。巧合的是,苏恪以的女友正是郝大夫的妹妹,也是因为在北京失恋,到云落散心结识了苏恪以。城镇被当作都市的休憩疗伤地,却并非纯粹舒适自在。人们都以为大小城市有本质上的区别,或者有历史时序上的先后,希望以小城镇疗愈大都市的伤困，不料二者有相似的内涵，往返大小城市之间只是徒劳甚至加固困境，毕竟云落“过不几年就能建成一座中等城市了”。

数年之后，《过香河》依然持此见。叶密在北京游手好闲不务正业却偏偏好高骛远、想入非非，工作漫不经心，感情也吊儿郎当，年岁增长而玩心不减，一无所成回到云落又操办起山寨感十足的歌唱选秀，得到县里大力支持，但最后落得滑稽收场。接着叶密张罗穿越网剧，再次吃了草台班子的亏，一番浮躁之后回到现实，父母还是想支持儿子，盘算着借钱，细数身边人才发现城镇普通人家依然凋敝。叶密到北京并无不适，也说明城镇与都市的趋同，城市化进程降低了直观的进入门槛，却暗中提升了安居与成功的成本。从开篇的“过香河”到结尾的“回香河”，透露着深深的无奈。都市描绘的乌托邦犹如悬在小城镇上空的一张大饼，但张楚对之不以为意，因为只要阶层依旧存在，这种乌托邦就会伤害到寄托着他们的深情的城镇平民。

这篇小说还彰显了作家的新变，即大篇幅的知识性写作。作家的阅读大多很驳杂，郭洪雷就提出张楚作品中涉猎的外国作家和电影，“这些艺术资源对张楚小说产生了怎样的实质性影响，或者说，张楚在小说中对这些资源进行了怎样的创造性转化，还需要进一步探讨。”[①]前引张楚和徐畅的交谈中，也表现出对社会学、哲学并不排斥。《过香河》多次大篇幅介绍维特根斯坦的生平和思想，还有福克纳和萨特等人。粗浅判断作用有多个方面，首先是表明城镇不但在物质层面效法或山寨都市，精神追求也是亦步亦趋，当然叙述者是否真正通读甚至读懂了维特根斯坦，作者并不关心，在我看来可能只了解最粗浅的部分，从小说细节可见，这就包含了对城镇的都市化本质的隐喻。其次是形成反差，操弄这一套哲学和思想话语的男主，虽然比叶密稍显踏实，但其实也并不能称作精英阶层。小说开始讲述维特根斯坦时提到“主动性”，相比之下叙述者“我”和外甥叶密距离这个主动性还有相当大的距离。此外则是用知识性写作与部分

① 郭洪雷：《主持人语》，《新文学评论》2019 年第 4 期，第 9 页。

俗文化和惰性思维进行对抗，小说中提到的一些山寨娱乐和粗制滥造的穿越网剧，同城镇及其居民的命运有深层逻辑关联。最后也是一种反差，自启蒙运动以来张扬理性主义，直至发展到计划经济等一系列社会治理和经济制度。张楚无意于讨论大命题，但他确实看到理性在现实中的无能之处。《风中事》等作传达的理念正是如此，用理性解决情感问题和生活问题难以奏效。

阅读张楚小说提醒了我，城镇是个大问题，其地域范围不仅限于地理和行政区划。平日娱乐玩手游，经常看到一些游戏水平很高的“路人王”，获得过一些国服、全国、全省和市级排名，打开仔细看还有更多的区级标，定位往往都在一些县城或者县级市。游戏战区不能随意定位，必须人在当地，至少去过。这些地方大多不是景区，因此这些高端玩家很大可能出自小城镇，这从一些职业选手和大主播的籍贯也可见一斑。这些人可能一直在定位所在地，也更有可能定位在家，人在都市，毕竟网速更快、玩伴更多。这些人在都市游戏、工作、生活，自然也会把城镇的气质带进都市。从小城镇的角度理解都市就显得必不可少，站在这个角度，石一枫对张楚的城市书写的肯定，正意味着一个完整的城市文学模式。张楚在小城镇的税务局工作多年，虽然这段经历本身让他感到乏味孤单，但我相信客观上会给他带来一个不同的视野，“营改增”“县改区”这样的城市化进程会因为张楚的观察带来不同的认知，就像《梵高的火柴》等作品里的人文情怀，虽然点燃希望的物品最终被考虑用来装骨灰，但毕竟热情地闪烁过。

三、宇宙

在一次研讨会上，赵依说到很多人都在关注的现象：“《中年妇女恋爱史》补白的部分，我之前也想过，如果把这些都抽出来，比如放到最后，或者把每一部分置于年份的前面，大家的阅读效果会不会不一样？比如凤凰那一版就是把它们都删了,所以读者就会有误解。”[①]我庆幸的是看到了完整的《恋爱史》,且补白是放在每部分结尾处。如徐晨亮所言,这并非新事物,从张楚作品的整体样貌才能看到这部分的深刻意义。林培源提出的这个概括[②],无疑已获得较大范围认可。

《七根孔雀羽毛》里的宗建明是个身无长物的混子,有命案在身,与前妻离婚后换过多个女友,后寄居在情人家里,作者用第一人称叙述选取了非常贴合人物的暴躁的叙述方式。这么一个浑浑噩噩的人本无“宇宙”概念,在吃饭闲聊中李浩宇提到宇宙,其实是一种自我渺小化的悲观情绪,此后再讲述这些小人物的故事自然令小说蒙上了一层冷酷而温情的悲凉感。所谓的“刺郭”也通过当事人复述呈现出事情的真相,郭六先被滑稽化,并无“捞人”能力,宗建明最初的目标也只是钢钎戳屁股,不料失手戳进曹书娟的胸膛,笑的运用让小人物的英雄叙事失去了根基。之后借助蜥蜴、谍战、底层谣言等荒诞元素的插入,让原本可能成为悲剧、正剧的情节变成喜剧,写尽了小城镇无名之辈对命运难以控制和预测。最后对宗建明而言,“宇宙恐惧论”因为命运的荒诞反而显得正经,宇宙巨大的压迫感成了他最后的精神稻草,让他说服自己无助无能乃是因为自己不过是宇宙中的细菌,而不是一个具有能动性的主体。

从“宇宙”的角度可以将《中年妇女恋爱史》与《七根孔雀羽毛》进行对读。与宗建明不同,小说展现的茉莉从少年到中年的漫长岁月中,很难说什么时候不是在认真地生活,虽然算不上特别热烈、特别积极、特别有理想,却也对生活和情感报以希望,除了最后与蔡伟有较大波折,此前与历任男友、丈夫包括身边人的感情婚姻,大多都是小插曲。茉莉的半生与很多小城镇居民毫无差别,被生活翻来覆去地摆弄,填充生命的都是些细碎之事。就在这些细碎之上,张楚放置了大事年表,有国内国际政治和地外文明两个层面。阎连科在《日光流年》第四卷每节正文前,摘引了长度不一的《出埃及记》,并用不同字体作区分。《恋爱史》形式上与之十分接

① 杨庆祥等:《张楚的世界——张楚作品研讨》,《西湖》2019 年第 1 期,第 101 页。
② 林培源:《小说的“宇宙学”》,《文艺报》2018 年 11 月 23 日。

近，却有本质的区别。《出埃及记》虽作神语，却是犹太民族历史的加工再创作，并且内容与正文分别暗中对应，只在最后一节形成反差而造就反讽效果。《恋爱史》大事记则是虚实结合，国内国际政治部分是事实，地外文明则是作家几乎毫无依据的虚构，正文茉莉的恋爱史恰好属于中间状态，即基于事实的虚构。吕彦霖在参与组织的研讨会上也谈到正文和大事记的关系："我个人认为二者没有关联。张楚这样写是故意的，他就是在消解这种关联。……因为这种特别巨大的东西，甚至我们讲克鲁苏式的东西是有利于起到'离间'效果的。……张楚这种'宇宙学'的写法就是在提醒我们从所谓的现实的、理性的框架里出来，他就造成了这种'布莱希特式'的感觉，一开始就告诉你'你看的是戏，这是假的'，让你从这种秩序中猛醒，从而真正地重新审视这个世界。"[①]我赞同这种观点的原因在于张楚的先锋文学起点：大二时"模仿苏童所写的一篇先锋小说""对词汇和结构的迷恋印证了我曾经是个技术主义者"[②]。后来的转变只是形式上的变化，内里几乎很大程度上保留着先锋的内涵。从大约2010特别是2015年开始包括《过香河》等近作，张楚愈发熟稔而自信地游走于现实主义、现代派和后现代之间。大事记的纪实部分呈现了人类现代文明中灿烂的和阴暗的两面，光鲜之下也有痛苦，虚拟部分则展示了更高端文明中的低级面向文明伪饰下的野蛮。这些与小城镇里的茉莉毫不相关，放置在一起看出张楚的蓄意，通过与世俗的小镇故事强行拉开距离，以这种叙事的真空状态蓄积反讽和先锋性，施加外力迫使读者对人物命运进行凝视、对文明及文明所庇护和遮蔽的城镇展开反省。作者在大事记里扮演的是写作的暴君，在正文里扮演的却是人间的暖灯。

与这两篇小说相比，《直到宇宙尽头》里的宇宙虽然不很狂暴，却更冷漠。女主姜欣性格里的孤僻来源于童年，叙述中没有写到与同龄小伙

---

① 郭洪雷等：《宇宙观照中的日常书写——张楚小说集〈中年妇女恋爱史〉及新作讨论》，《西湖》2020年第11期，第101页。

② 张楚：《在南方》，《秘密呼喊自己的名字》，当代中国出版社，2015，第70页；张楚：《孤独及其所创造（自序）》，载《梵高的火柴》花城出版社，2016，第6页。

伴的玩耍场景，倒是特别强调对科幻、科普读物的钟情。正是在对宇宙的仰望和畅想中，有了参照系的人的形象和意识慢慢变得清晰，这一过程也暗合了文艺复兴和近代科学革命的历史。成年后依然对宇宙思绪万千，一方面是姜欣的性格令其未充分社会化，不似其他几个男人早已被世俗浸泡透彻；一方面是因为对社会的触感让她感觉某种清醒。巨大的仙女星系、漫长岁月形成的月球、天体间巨大的空间间隔，都是现实社会孤寂、陌生、疏离、冷漠的写照。遵循着“自然科学的数学原理”的宇宙“不为尧存，不为桀亡”，同时因为高温、辐射、引力场等因素而显得危机四伏，姜欣经历的人类社会也同样残酷而祥和。由此产生的漂泊感和不安感，也让她觉得社会中的个体如同宇宙中的星球。不过即使如此，“生活在别处”的文艺心态还是让她对宇宙充满着复杂的情感认知，毕竟个体类似星球，但还不是星球，个体直接置身宇宙反而安享静谧，作者巧妙地将多人错乱的关系并峙在一个喧闹的社交场景，之后跳出回忆冥想宇宙放空而得自在。为了报复前夫，姜欣与其多名好友发生关系，把自己的身体化为复仇的利刃，但是每次复仇后她都发现对方无法了解自己内心，只不过是被“反利用”享受了“免费”的女体，复仇无疑是失败的。理论总会有预设立场，优秀的作家能突破理论的藩篱，宇宙感的营造让姜欣复仇前后的心态变得真实可触。

较早出现“宇宙”的《夏朗的望远镜》，也将其作为“空间”理解。夏朗与方雯从开始就有不能顺畅交流之处，与岳父母住在一起后，非血亲长辈又无时无刻不给夏朗带来压迫感。因为共同的天文爱好，他与线下聚会认识的陈桂芬发生了婚外性，其实与他的宇宙观测本质相同，借以摆脱此界的焦虑、困顿、贫乏，幻想另一种生存形式。但婚外性注定难以常态化，回到家，自我连同彼岸的幻想一起得而复失重新坠入庸常。小城镇用这种方式实现自我气质的繁衍，生生不息。在这里，“宇宙”之于城镇是乌托邦般的存在，与“城镇”之于“都市”，“都市”之于“城镇”并无本质差别，是小城镇落寞、孤寂、无聊的精神寄托，是彼岸的城镇。但希冀是科幻片的复写，现实却是“宇宙”仍是小城镇的“宇宙”，深陷其中之人难以突破，故不可得。望远镜是夏朗通向彼岸的渡船，束之高阁后便与日常妥协，并认为理所应当，生活失去了波折和瑰丽的色彩。张楚对其给予充分理解和同情后，仍然让已经妥协的夏朗期待重新取出望远镜，保存了一线走出精神贫瘠的希望，这是作者的善良，一如《略知她一二》结尾将诗意赋予穷苦人。稍晚写出的散文中，作家说："宇宙这么大，我偏偏生活在地球上；地球这么大，我偏偏生活在中国的第一小镇上；而小镇这么小，我偏偏拥有一条从不属于我的野河流，倒真是意外的福分了。"①与科幻中宇宙的实在性不同，张楚的宇宙观其实是提供一个归属感，一个小城镇的参照物，或者一束观察小城镇的光源。与"都市"唯一的差别是，这束光源真正在形式上而不仅仅在内核上突破了现实主义的范畴。这在《盛夏夜，或盛夏夜忆旧》中更为显著，"宇宙"不只是"空间"，蔓延到"时间"范畴，在历史时空中强化了叙述的不稳定性，由此可见张楚技艺的精进。

纵观张楚作品，可以看出他是一个包容性很强的人，如同他眼里没有低贱的人，同样也并没有流露出对文学类型的褒贬。在他的作品中不但能看到各种外国文学经典，同样不乏美剧、香港电影、武侠、侦探、谍战、喜剧特别是科幻、科普等文艺样式。甚至在《在云落》等作品中还有大量时政新闻，这正是"宇宙"的另一种形式，或《恋爱史》的先声。在作家的诉说中，关于"地震"和"黑暗夜晚"的童年记忆，则是让后来丰富的阅历发展成"宇宙"的动力源头。同为 1970 年代出生的作家，燕垒生也有类似经历与经验："在经常会停电的 20 世纪 70 年代，暗夜里我拿着一盏极简易的油灯，沿着仄仄的楼梯走上去，门外的石板路上响过夜归人的跫音，而月光从紧闭的木板窗缝隙中挤进来，以致一种已被世界抛弃，这个地球只剩下我一个人的恐惧犹如利爪般抓在当时只有五六岁的我的心头。……在后来偶尔操觚，写一点幼稚的故事时，不知不觉地总是把未来想象成一个噩梦般的场景。……又总是在他们心底留下一丝善良与希望。"②物质的匮乏和转型社会的尚未到来，造就了这一代作家向星空和

① 张楚：《夜河》，载《秘密呼喊自己的名字》，当代中国出版社，2015，第 69 页。

② 燕垒生：《燕垒生未来幻想作品集 · 自序》，百花文艺出版社，2019，第 1—2 页。

温情的仰望。80后一代普及了电器特别是电视,90后一代普及了网络,00后出生即是全球化和信息化,10后看世界时已满是自媒体,在用想象力构建世界方面张楚、燕垒生等一代作家确有其优势。

四、平行宇宙

在对张楚作品进行研讨时,体裁也引发了不少人的兴趣,作家自己解释说:"《野草在歌唱》本来是作为后记,……把它收录在小说里面,把我的自序变成了跋。当时也很奇怪,它其实就是非虚构的。之后晨亮他们新开的栏目《开放叙事》又把这篇散文当成小说转载……里面的《朝阳公园》其实是《山花》约我写一篇关于读书的散文,《山花》认为这是小说,就把它当小说发了,我其实是按散文体例写的,里面有很多真实的东西。因为我是一个特别害怕知道我隐私的人,所以小说里极少有我自己的事情,但这两个是例外,因为它们就是非虚构散文的范式。"①除了这两篇,《莱昂的火车》被收录在《梵高的火柴》中,版权页印有"短篇小说集",同时作为《关于好基友们的一切》第三部分收入散文集《秘密呼喊自己的名字》,且该文第二部分也出现了"莱昂"。此外,《履历》《忆秦娥》《人人都应该有一口漂亮的牙齿》等篇目都带有程度不一的散文化色彩。或许可以认定,体裁边界的模糊不只是误会或误解,这与作家的先锋底色和城镇书写有深度关联。

如果规划一篇硕士或博士学位论文,张楚的文学观一定是理解其全部作品的基础和关键,其观念在创作实践中的体现并不仅限于表层,而是渗透到了非常深入的程度。《忆秦娥》当然不会被误认为是散文,其跳跃突转的叙事视角不仅仅彰显着作者对叙述技巧的追求,更是为了凸显父辈真情与当下粗鄙的反差。但同时运用大量散文化笔法营造"镜头跟拍"效果,贴近人物真实内心,作者观念中记录本身就是一种尊重、谅解

---

① 杨庆祥等:《张楚的世界——张楚作品研讨》,《西湖》2019年第1期,第103页。

和体察。《人人都应该有一口漂亮的牙齿》同样是因为并不刻意强调叙事的散文化文风，让这篇带有叙事理念探讨的小说①具有很高的读者友好度，历史的偶然性和浮动其上的人物的不安定感通过稳定的和不稳定的叙事娓娓道来。这些作品中的散文笔法，淡化了虚构带来的间隔感，传达出作者内心深处的孤独以及寻找同类的渴望。

可能发生误解的或许是作家在作品中的"现身"，像《夜是怎样黑下来的》里出现了老辛的同事"张楚"，但是出镜很少，几乎缺乏刻画，并且与张楚本人有明显的差距，应该只是提供一个视角以及陌生化处理的需要。《野草在歌唱》基本都被认为是散文，其中传达的经历与思绪与作家本人高度贴合，不过也不乏小说笔法，呈现出人生与故事高度的相似性，并由此强化作品本身的气质。《朝阳公园》中的"我"不但名为"张楚"，而且很会写作文、坚持记日记，但 1983 年的张楚肯定还不叫"张楚"，就如同《故乡》《社戏》里的"迅哥儿"带入了鲁迅却不能说就是鲁迅。除了提供儿童视角和第一人称限制视角的功能性作用外，应该还有用当下的目光审视历史，因为毕竟是后来的张楚回到了过去的时间。换句话说，作家的散文化书写方式营造出了一个平行宇宙，站在一个相似又不同的时空看小城镇的历史。

张楚更加明确地构建平行宇宙是在 2016 年以后，先后创作了《盛夏夜，或盛夏夜忆旧》《水仙》和《听他说》。张楚很多小说都在尝试处理历史议题，当下的处境或多或少都与历史发生着关联，不过从《盛夏夜》开始他走出了一条历史书写的新路。这篇小说涉及很多层面，包括现实的资本运作、重大历史事件、微观的家族史、城市化与环境变迁等，这些层面被作者用传统的志怪小说的方式加以演绎。有趣的是，不但志怪小说中的情绪及理念同小城镇若合一契，前者灵异的感官世界包括认识论，与现实世界的联系也似乎只剩下小城镇。能从城镇上升到宇宙和平行宇宙，与作家并不执念于特定区域的书写有关，注重一般性而非特殊性。关于

① 唐诗人：《"三心二意"与小说的挥发术——谈张楚〈中年妇女恋爱史〉》，《新文学评论》2019 年第 4 期，第 29-30 页。

“秘密”“信仰”和“忏悔”[①]的诸多问题，在平行宇宙处似乎达到了预期。应该看到，正是此前作家创作向轻松幽默、去虚无化方向的转变，实现了通向平行宇宙路径的达成。

张楚通过其孜孜不倦地创作，不但生动描绘出了小城镇从鲜活个体到动态整体的样貌，还生动展示了其与大都市的彼此交融，更通过宇宙和平行宇宙的高位视角，使小城镇及其背后庞大时空的陌生化成为可能。视角的抬升和下降，都是为了生活在他身边的那群熟悉又陌生的人，无论都市如何繁华、宇宙如何浩渺、平行宇宙如何奇异，张楚小说世界的地理中心与逻辑中心一直在小城镇。张楚已经为他所向往的长篇小说谨慎准备了多年，无论是艺术感知力、世界观或技术储备已经自成体系，许多人都在等待他的长篇的到来，那或许是一部关于改革开放以来甚至百年中国城市化的重量级作品。不过毋庸讳言，张楚小说中的某些构思和理念已经有了当代文学史上优秀长篇的感觉，但那些长篇虽然触碰到人性复杂，对善恶仍然具备有力的刻画。张楚视界如是高（宇宙和平行宇宙），人物如是渺小，善恶也就微不足道[②]，也因此使小说的厚重感有所缺失，进而令史诗性与灵魂涤荡感失去了依附的基础。这样的中短篇可称优秀，长篇则显疲乏。毕竟我们看到前辈作家为人称道的长篇小说，大多具备优异的道德穿透力。

在对小城镇表达体系的探索上，如杨庆祥总结的：“张楚的写作是真正的世界语的写作，同时又有中国作风和中国气派，在这个意义上我们是跟西方的作家们站在一起的，跟他们进行对峙或者对话，争夺对这个世界的故事的讲述和解释权，我们就能够找到世界语言的地位或者谱系。在这个意义上，无论用多少溢美之词来赞美张楚都是不为过的。”[③]通读之

---

① 张楚：《秘密呼喊自己的名字》，载入《秘密呼喊自己的名字》，当代中国出版社，2015，第114页。

② 饶翔认为张楚小说“道德暧昧”“善恶界限模糊”，并对此进行了解读。见其《作为美学空间的小城镇——对张楚小说的一种解读》，《知人论世与自我抒情》，山东文艺出版社，2017，第81页。

③ 杨庆祥等：《张楚的世界——张楚作品研讨》，《西湖》2019年第1期，第106页。

后，个人感觉张楚是文学的朴树，朴树是音乐的张楚，艺术上的节制精准和精神上的纯粹性与理想化，生如夏花之绚烂，死如秋叶之静美，卑微却从不放弃拼搏和希望，弱小却有行走在大地上人世间的勇气，不讳言弱点，不羞赧于自夸美德，历经岁月磨砺终于知道平凡才是唯一的答案。张楚的理想及其作用在创作实践上的效果，让我想到一句网络流行语对话范式："这波他在第几层?""他在大气层!"

第二节　理解人间的冷峻与温暖

在章元[1]最初引起文坛注意时，她的作品充满了年轻一代常见的小资情调，善于站在年轻人的立场描摹年轻人对城市的感知。从那时起，章元从容的叙事节奏和独特的叙事语言就预示着未来的发展空间。不过她并没有用稳健的步伐"踏实"地走同一条路，从体裁上多次尝试话剧和影视创作，取得了不俗成绩，同时在小说创作上以充足的勇气和创造力开辟了同之前完全不同的世界，这突出体现在其近期创作的一系列中短篇小说中[2]。

作为一名年轻的作家，代际感在章元这里显得十分清晰，一方面有明确的边界意识，认识到与前代人的不同；另一方面又不是强烈到决绝的态度。《她和她的万家灯火》(《中国作家》2016 年第 12 期) 中作为主角万科欣长辈的万之斋、陈爱玲、王桂云、彭茹、"疯老头"甄国柱，作为同代的刘梓罡、夏明、顾娜娜、甄珍，还有作为晚辈的丁丁和当当。《我是你的白

① 章元，生于天津，21 世纪初开始发表小说，先后出版长篇小说《我的痛已绝版》《空窗》《给我一把椅子》等九部，《什么是最重要的事》被选入白烨主编的"新世纪青春文学精选"《吉诺的跳马》。2014 年开始戏剧影视创作，编剧作品有《阿门，洋葱》《她和她的万家灯火》《当心你的狗》以及《爱在零纬度》等。小说创作多关注都市情感题材，本文所考察的近年文本有较大变化。

② 本节着重考察的是章元在 2016 年以来发表的中短篇小说，不过这种新变也体现在 2008 年发表的中篇小说《什么是最重要的事》中，因此一并纳入。至于章元小说创作的分期及具体转型过程与动因，则需要进一步考察，本节并不确认 2016 或 2008 年是作家创作的分界点。

内障》(《青年文学》2016 年第 7 期)里“我奶奶”寇大夫、“我爷爷”、窦树发、“我爸爸”、“我妈妈”。《他和他的》(《山花》2016 年第 10 期)中的百岁老人及其子女。与一些青年作家不同,这些长辈不是作为“对立面”出现的,谈不上“正面”或“反面”,作家愿意用客观的态度呈现他们的生活和思维方式。

比如《她和她的万家灯火》一开篇就不断地进行人物的“黑化”,“疯老头”的多次恶意“碰瓷”,婆婆王桂云的无理恶意中伤,丈夫刘梓罡的冷漠,继母陈爱玲此前则先后经历了两次备受伤害的婚姻,并带着两个难以与之正常沟通的子女。加上因为表妹而失业,万科欣的世界看起来一团乱麻、一片黑暗,并且统统都来自血缘或非血缘的家庭成员。但是随着情节的推进我们发现,看似全知全能的叙事者其实是一种伪装过的限知叙事,也就是说,叙述者、人物同读者一样是一点一点了解到事物的部分样貌,之后根据已知条件逐渐拼接出全貌。这样做的好处是令小说有了高度的认同感,开篇是绝大多数青年人的状态,处处不如意,处处受刁难,觉得如果没有这些亲属世界会更美好。但当我们逐渐了解了代际的差异,以及长辈们的想法和行为的来源后,隔阂便逐渐淡化了,至少能够设身处地理解对方。万科欣和继母陈爱玲放松地拥抱在了一起,这是她“记忆中第一次碰触到了一个女人真实的乳房”“感受到了一种温暖……一种可以依靠的温暖。”①即使多年没有肢体接触,童年也是有的,这种感觉或许是因为碰触到“一个女人真实的乳房”的部位恰好也是自己的乳房,也就与童年经验区别开来,意味着自己是作为与对方“相似”的个体同对方建立起了联系,并且这种“相似”正是建立联系的基础。不可否认,因为年长女性的胸部而获得温暖依靠的踏实,也许暗示了某种程度的心理不成熟,但正是这种不成熟蕴含着成熟的可能,象征着成熟的肇始。因为只有意识到了自身的有限性,才是突破这种有限性的起点。

当然这种理解并不以丧失自我为代价,王桂云多次被滑稽化,其中一

① 章元:《她和她的万家灯火》,《中国作家》2016 年第 12 期,第 79 页。

次是这位唱样板戏的“造反派”底气十足地说“谁才是这个时代的主人”①,用了时代感十足的话语,但却是逆时代的,后来因与“疯老头”发生冲突而报警声称对方是“殴打国家干部”的“现行反革命”,用这种过于极端的情境设计寓示了代际真正实现无障碍对话的不可能。这种历史态度同万科欣的情感态度是一致的:既已分手,就遵从情感,以当下为重,告别过去,不希望过去干扰当下。切断历史和联通历史的主动权正在年轻人自己手中,万科欣对“疯老头”甄国柱产生的就是主动追踪式的同情,心有戚戚,感同身受。有趣的是,由于甄国柱精神不正常,所以这种情感也是单向度的,并非真正的沟通,不是彻底意义上有效的方法。

如果说《她和她的万家灯火》采用的仍是用比较稳妥的模式增加说服力,《我是你的白内障》则显得格外别出心裁。叙述者讲述的不是自己的故事,而是自己的奶奶同爷爷及继祖父的陈年往事,讲述的基础是理解,不然情节逻辑都难以梳理,这是第一层。第二层才是真正有趣的地方,这些长辈们年轻的时候也不让人“省心”,他们在感情方面也存在各种问题,也都冲动和青涩,也都过于以自我为中心而丝毫不考虑他人感受,也都骄傲自矜,也都有得意和懊悔,由此看来“代际”问题无形中消失了,或者说,除却具体的历史背景和历史符号,人性的东西是共通的,理解前代人就是理解当下我们自己。继祖父窦树发和“我奶奶”寇大夫两人的姓,连起来正是“豆蔻”,青春是跨越代际的。我能想起来连缀双姓的方式产生寓意的构思,有《药》中革命烈士夏瑜、愚昧民众华老栓,《我的团长我的团》中昂扬奋发虞啸卿师长和善使政治手腕的副手唐基(“唐尧虞舜”寓意“华夏民族”)。正如同《她和她的万家灯火》中作为众人冷漠、世态炎凉的对照出现的作者温暖的叙述体现出了关切,《你是我的白内障》中人物虽然囿于生活和个人意识而忽略了其他人的感受,作者安排了大段回忆作为结尾,一样体现出浓浓的关怀:“我奶奶”寇大夫虽然一直在困惑甚至怀疑当初选择窦树发的理由,叙述者突破了儿童叙事的

① 章元:《她和她的万家灯火》,《中国作家》2016年第12期,第86页。

限制，全知全能地还原出历史场景，乃是两情相悦，互生敬意，老窦当众宣布让出住房，寇大夫如仰视英雄般遥望。在这里，通篇的现实主义色彩变换为浪漫主义风格，平凡的当下拥有的正是美好的起始，给人以希望，小说余韵不绝。

作于相近时间的《他和他的》展示出的是相似的构思。村里的百岁老人“他”拥有传奇经历，村民也乐于维持甚至哄抬关于“他”的神话。但是对于“他”的儿子而言，“神性”因为近距离接触而让位于“人性”，如何看待父亲、对待关于父亲的神话就是一个不可回避的问题。一方面儿子是清醒的，甚至知道真相以及制造神话的手段，但是另一方面又陷入危难，首先他是父亲神话的既得利益者，从而自感丧失了刺破神话的资格，或者说信任基础，另外即使清楚地看见作为“人”而非作为“神”的父亲，但毕竟还是自己的亲生父亲，许多真相就不能道出，许多痛苦就要与父亲一起分担。章元通过一则带有历史小说色彩的寓言，提醒人们关注普遍道德和家庭伦理之间的矛盾。当然，这种矛盾带来了痛苦，却也正因如此，儿子与父亲达到了相同频率的呼吸，相同频率的心跳，越痛苦，就越接近父亲的内心。其中体现的与《你是我的白内障》等作有相似处，即尝试进行代际的理解，但同时又有所警醒，不能丧失自主权而卑屈于这种理解行为。

章元讨论的感情问题是在代际的框架下展开的，而代际问题又有一个历史大背景，这正是其近期小说创作的重要转变与特色，具有强烈的社会观察意识及其携带的社会责任感。《她和她的万家灯火》关注再生家庭和失独老人，就能体现出作家敏锐充满抱负的选材能力，能够将以往的青春书写主题放置在更宏大的社会背景中探讨，既能通过情感和伦理问题理顺当下社会阶段的症结，也能通过社会视野更加清晰地纾解年轻人的情感困境。同时不忘面向社会发声，针对城市规划的千篇一律和不近人情展开批判，在这样的环境下年轻人尤其是年轻女性的左支右绌、左右为难就容易理解了。代表城市化最新进程的新城建设没有亲近感和独特性，不能秉承自身历史、自然和当下的优势与特点，正与每个个体不能清晰地认识自我、保守自我、认识他人、联通他人形成了呼应，甚至一定程度上构成了“影响—反应”的因果关系。

《最后一课》(《星火》2017 年第 1 期)很有传奇故事的荒诞外表，一个装饰城的保安，返回曾经居住过的外来务工者聚居地“下村”附近，绑架一名洗浴中心保安的女儿，而不是有钱人“王秃子”，具有十足的阅读吸引力。随着情节的推演终于发现，原来小曹是想绑了妞妞卖给瘸子做媳妇。按照常理绑架是重罪，必须有相应比例甚至更多的收益才能驱使人去实施，小曹的行为有悖常理，然而这样的设计是为了配合整体的构思。绑架有罪是事实，但是初衷却是帮助同事的瘸表哥买媳成家，自己再挣些钱，将害人、利己、利人拴在了一起。然而再看他的收益率，冒着绑架重罪的风险，只为了瘸子“托人说媳妇”准备的五万元，实在不成正比，可谓“贫穷限制了他的想象”。加之开篇连作案工具乙醚和毛巾都忘记携带，更令主人公的整出荒诞剧显得心不在焉、啼笑皆非。恶能转化为善，“下村”和“城里”能够穿梭游走，底层和资本家能互相关联，好与坏的标准往往是模糊的，人生就是悲喜无常、变动不居、苦尽甘来、物极必反的循环流动状态，当然也正因为流体状的不可捉摸、难以把握又让生活蒙上了一层淡淡的无奈感。所有这些情绪，在结尾小曹奋不顾身从王秃子女儿的车轮下救出妞妞时倾泄而出。

面对人生的无力，章元没有削弱小说锐利的社会批判性。关于“下村”这个外来务工人员聚集的城中村，作者极尽嘲讽，一方面是针对下村不堪的内部环境，一方面是针对决策者简单粗暴且自欺欺人的解决方案。同样的情绪也出现在了《他和他的》中，这篇带有荒诞恐怖的 cult 风格的寓言根本立意在于刺穿现代化的神话①，同时也指出在不恰当的发展模式里捍卫神话其实是维护精神支柱，但这本身是虚妄的。而且这种现代化的怪诞同时包含三个层面的内容：群氓的盲目簇拥与心怀不轨、无限膨

---

① 埃文斯评价巴勒克拉夫时总结道：“历史学家的作用是刺穿神话，而不是创造神话。”理查德·J. 埃文斯：《历史是什么？·导言》，载卡尔《历史是什么？》，陈恒译，商务印书馆，2007，第 18 页。由此可见章元近期小说中的现实主义精神日渐凸显。

胀的市场逻辑、神话人物坚决维持的威权思维。百岁老人“他”的儿子无疑是整体暗色调中的变异点，有较为清晰的自我意识，但却由于种种原因不能摆出彻底反抗的态势，很有左翼文学里携带软弱性的小资产阶级知识分子意味。除了彰显当代中国社会发展的畸形盛况，也流露出包括神化之人在内的一切个体难以摆脱无奈命运的无力感，虽然有压力，却很警醒而酣畅，意蕴大气磅礴。

《像电影那样》（《星火》2018 年第 1 期）就直接赤膊上阵了，披着一件反腐小说的外衣，不但有对官僚意识和新闻界风气的嘲弄，也有对愚民和官场八股的辛辣讽刺。原本会被用作粉饰太平的清洁工好人好事，被作者用来揭发出幕后政治的腐败堕落，是最具直面现实勇气的作品，显而易见作家近年的创作，尤其是短篇小说越来越自信沉稳、有勇有谋，跨越了性别和年龄的区隔进入了新的境界。这篇小说与《我是你的白内障》在表象层面迥然不同，没有纯情，只有现实，铁了心撕碎给人看。同时，这篇小说写了情感，却不是情感小说；写了腐败，却不是反腐小说；使用了性别视角，也很难说是女性小说。或许应该说这是一部众生画像，其中的主角是受伤的女性。的确，即使是独立女性依然受到了伤害，这就是现实，这就是作者乐于呈现的弥漫四处的无力感。

除了表现内容的多元而深入，章元的成熟与独特还鲜明体现在表现手法上。《她和她的万家灯火》用顺序和插叙交错的方式将对于中篇小说而言并不简单的人物关系娓娓道来，边阅读边画图，情节过半才完成人物图谱的绘制，在后半部分中途还将视角外移，中断主干情节，却并未使人物焦点偏离。《我是你的白内障》用儿童视角叙事，却又不受限制，跟随情节需要呈现全知视角突破认知局限进行回忆的插叙。《他和他的》采用双重视角叙事，两部分形成了某种形式的对话。叙述语言和人物对话根据灵活调整，表现力充沛，或沉郁顿挫，或妙趣横生，尤其是后者，如此较高频率地调动笑声，在当下的青年创作中也属突出。

每一个作家的创作都有脉络可循，章元的变化也能从其较早作品中看到端倪。《什么是最重要的事》（《中国作家》2008 年第 9 期）就表现了女主人公强大的理性,爱得深沉却并不依附,如果将主体性寄托于他人,他人不在自然会六神无主。但即使有如此清晰的认知,作者仍然认为人和鸡并无两样,面对命运的强大力量,都会被溺毙于饭盒、因烟蒂窒息、失足于楼宇,剩下一个侥幸存活还瘸了。结尾处宾娜妈面对丈夫的心脏病突发而亡,感叹人不如鸡。然而鸡尚如漂萍,人何以堪?无力感弥漫四处,虽不压抑,却很难逃离。不过宾娜还是保持了乐观心态,维持着独立心智,不断做着刺破神话和反抗世俗的努力。长篇小说《空窗》(四川文艺出版社2007年版)虽然憋闷,却并无过多重负,几个年轻人积极挣脱现代城市对人的各种束缚,建立多元视野,同既有的青春小说保持若即若离的距离。从那时到现在,脉络清晰可辨,并且越来越被章元摸索出了适合自己的路数。看到章元近期中短篇小说,我的第一反应是李陀提出的著名命题:“新小资与文化领导权”①问题。

不可否认,激变革新的过程中难免出现不稳定。章元近期小说在呈现日益丰富的状态之余,也存在一些探索的痕迹,在修辞的运用上有失当之处,对结构的把握有突然的失准,情节逻辑也偶有失真,最重要的或许是语言略显随意,尚有打磨的空间。这些可能同作家本人率真的性格有关,毕竟一位女性作家能够跳出俗见的规范,尝试自己的风格,一定不只是文本演绎的结果。

尚在探索中的章元小说重视代际的伦理问题,同时对社会焦点有鲜明的态度立场,并且配合相应的叙事技巧,语言风格轻松诙谐,便于引起青年共鸣,同时既能巧妙运用性别身份的优势,又不为性别话语约束②。可以说,她正在寻找一条适合自己的独特创作道路,有理由让我们翘首期待接下来呈现的作品。

---

① 李陀:《〈波动〉序言——新小资和文化领导权的转移》,载《雪崩何处》,中信出版社,2015,第289页。

② 白烨曾评价章元善于将年轻人“把反常当日常,把异态当常态”的状态和逻辑生动展现,并用“浪女”姿态“针砭现实生活之时弊”,堪称凤毛麟角。见其《“扯”与“浪”的背后——读章元长篇新作〈给我一把椅子〉》,《文学报》2010年2月11日。白烨的观感恰好是将章元放置在更广阔背景下进一步综合考察的绝佳切入点。

第三节　困在城里的人：徐则臣、甫跃辉、章元的城市书写

一座城市之外的人，尤其是从乡村进入一座城市，与这座城市发生关联，或格格不入，或休戚与共，一直是中国现代化进程中，自然也是中国现代文学进程中一个大问题。自从中国步入近代化以来，城市的崛起与乡村的破落同步演进，川流不息的人流在城市中出出进进。但是，在不同的时代，“城市”对于外来者的意义、与外来者的关系，似乎又不尽相同。在梁斌那里，城市对严江涛并不构成威胁，只不过是一处待改造的空间，是严江涛要主宰而非受制于城市，城市不过是革命的客体，严江涛则是历史的主体。在路遥那里，城市及居于其中的权力对孙少平并不构成诱惑，虽然充满向往，但他仍然通过劳动维持着历史主体应有的尊严[①]，城市不再是客体性的存在，而主体身份依然有坚定的支撑。在劳马那里，城市与乡村森严的等级秩序已经牢不可破地建立起来，但这仅仅是空间的固化而不是身份的固化，吴超然的农村经验被巧妙地改造成城市经验，令其在商场游刃有余，他没能改变城市，而是被城市改造，作为某种交换城市允许他成为这个坚固堡垒的一员并捍卫着这个堡垒。一代又一代的作家用不同的方式和语调讲述他们笔下的小人物各种各样地向城市进发的故事，向世人呈现了一部城市与乡村的变奏曲。只是到了近一二十年，这部变奏曲中的温情与诗意的调子似乎日渐稀薄，城市内外的紧张关系逐渐凸显出来。

---

① 黄平：《从“劳动者”到“劳动力”——“励志型”读法、改革文学与〈平凡的世界〉》，载程光炜、杨庆祥编《重读路遥》，北京大学出版社，2013，第 80-87 页。

一、城市的压迫感

徐则臣笔下那些坚守在北京打拼的漂泊者们大多从事一些角落里的工作，通过边缘人的视角更能凸显出大都市的巍峨与压迫感。焦虑、惊慌、恐惧、担忧、茫然、紧张，他们活得不自在是肯定的，不但有来自警察的追捕，也有警察和假警察对他们的敲诈。他们只有在一个市场化的社会体制下才能生存在大都市中，但市场机制的一般准则又因为他们所事的非法性而无法恩泽他们，他们同时感受着自由带来的福利和压制。这让他们不停地做梦又不停地幻灭，循环往复。神奇的是，他们的人格在如此摧残之下仍然能够保持相对完整而不至于崩溃。透过他们的眼睛，相比任何阶层我们能更加清晰地看到现代城市的本质，它是一种曼海姆意义上从乌托邦蜕变而成的意识形态，或是拉康意义上的“大对体”。作为一个巍峨壮阔的“他者”，每一个生活于此的人都能够比中小城市乃至县镇乡村更加体会到“自我”的存在，更真实地触摸到自己的呼吸，哪怕这只是一种残喘。让人在充分享受末端的“自由自主”的同时，还因为将每个人的行为铭刻在这个大对体上，如同注射吗啡一般忘记剥削压迫而只知道自己的光荣。即使是这些假证制造者，也通过证件的制造让许多中产或高层人士维持着体面的生活，也让城市维持着畸形的运转。这个大对体还经常释放出一些乌托邦式的许诺，或者只是被子午、边红旗这些人误认为许诺的闪烁其词，让他们觉得生活在大都市确实比回到家乡更有希望。从《奋斗》以来的影视剧作品大多是在加固城市意识形态的森严统治，徐则臣让我们看到文学的意义，就是把母体的隐秘统治暴露在阳光之下，呈现出现代城市作为大对体的暴君一面而不是温情脉脉的人类文明聚合地。

大对体下顺民如何应对压制是一件有趣的事。徐则臣笔下的人物缓解焦虑的方式大多是努力接近城市居民，这有点类似自我催眠。《天上人间》中“我”和子午拉活时遇到两个女孩，她们为了避免上当采取的也是模仿的手段,但立刻被识破:“那口音,我打赌出不了胶东半岛。舌头硬邦邦的,说话时拼命往后拉,普通话说得还没我好。”并且面对小地痞帮派势力,纵然是“老江湖”文哥也迫不得已交了保护费而不愿离开自己的活动地域,固然这是出于生存目的,但也未尝不是一种心理慰藉,好像自己本来就属于这里。弟弟子午以强势的姿态介入城市,认为自己找到了在大都市的生存之道,“我”也暗自佩服,有趣的是小说叙事从此也开始从第一人称限制叙述转变为全知全能视角。不过这种美好的泡沫常被真正的城市居民戳破:“我跳下车的时候听见女售票员啐了一口,说:‘什么人哪,丫就一傻逼!’”每当这时候主人公很清晰地意识到“北京人”是他们,并不包括自己,虚幻的“主体”破碎,自我沦为城市的客体,本想确立自己在城市中的位置,不成想反被城市作为证明自己独特存在的依据。子午认出了自己曾经的一个客户,一言不发就让这个心虚的经理送上三万元,似乎获得了独立的主体性。多次故技重施,其敲诈勒索受到的惩罚不是来自法律,而是受害者报复,被城市的意识形态奴役下的人的精神让边缘的外来者循环于施害者与受害者之间,即虚幻的主体和落败的客体之间。最终子午连换取生存资料的“肉体的主体”都不能保存,即被异化的客体都无法长久实现。在大对体的统治下,主体不可能得到建构,永远只是飘零的自我。

还有一种突破城市意识形态的方式是征服女人。外地游民想要找一个北京女孩做女友,在谁看来都无异于痴人说梦,但子午准确把握到了资本世界的相对“民主”,意识到只要有钱就可以进行身份置换。一座城市越发达,越应该体现出一些女性属性,包容、体贴、亲切、温婉,地面上高耸入云的突出物无非在强化一种简单的男权崇拜,美国大片高空俯视镜头中钢混玻璃森林无非在灌输国家化的男性侵略性,一旦去好莱坞化,城市的发展应该是向下的,地铁、地下车库、管道乃至负层中的生活商业场所。1990 年代的城市文学发现了女性/城市的文本同构,女性成为“旧有城市空间的生活方式的延续者”因而成为城市主体精神的象征[①],那么是否存在一种可能使现代都市同女性建立起某种关联?至少在徐则臣笔下的办假证者那里已然发生,他们希望用性别的权力关系克服空间的权力关系,实现自己的身份反转,不过子午最终也没能娶到闻敬而身先死,边红旗虽然跟北京的银行收银员沈丹打得火热,但最后也被逮捕入狱,怀上他孩子的则是同样北漂的沙袖。至于各自的故乡,也不能成为救治城市病的秘方。《风雅颂》中,杨科在事业婚姻、人格自尊等多方面溃败之后确确实实回到了生长过的乡村,当发现乡村在都市构建的文化模式下“被都市化”[②]后,再次毅然走向失落的诗经古城。在这一过程中,杨科虽然处处碰壁接连不得意,但其始终具有主体的能力,最终完成卡里斯马人物形象的塑造。徐则臣笔下的城市青年们却没有这一能力,虽然多次反问留在北京是否仅仅是一种“朝圣”的“仪式”而缺乏真实意义,但始终不能做出行动,孟一明得知女友沙袖怀孕而逃回香野地,但很快上演了一出“娜拉戏”。主体身份广泛而彻底的丧失,是这一代人的伤痛。多年前“逃离北上广”的口号轰轰烈烈,近年来却被“逃回北上广”的实践所暗淡,可能这一代人只剩了城市生存技能,也暗示着城市化进程滚滚向前不可逆转。边缘上的人们无奈了,只剩下了一条途径,那就是笑。沙袖初到北京,还没学会使用两套发音系统,脱口而出的东北口音造成了书店工作时与顾客的沟通障碍,乡村与都市、小地方与大城市的强烈冲突无法化解,连叙述者都说“北京越来越像上海了,口音不对就欺负你”,然后调侃道:“沙袖去菜市场买菜,一张嘴就露馅,卖菜的大妈就提价,爱买不买,好像外地人缺了这点菜就会饿死。”前苏联学者普罗普认为:“笑是一种毁灭的手段,它使那些被嘲笑的人的虚伪声望和虚假的伟大归于毁灭。”[③]边缘人

---

① 贺桂梅:《人文学的想象力——当代中国思想文化与文学问题》,河南大学出版社,2005,第 191 页。

② 蒋磊:《“都市梦”与“反都市”:清末民初留日学人的都市观》,载周宪、陶东风主编:《文化研究》第 17 辑,社会科学文献出版社,2014,第 83 页。

③ 普罗普:《滑稽与笑的问题》,杜书瀛等译,刘宝瑞校,辽宁教育出版社 1998 年版,第 27、30 页。

的笑声会在一定程度上冲击到大对体的威严,然而这里的攻击性只是闪现的,正是伯格勒说的“补偿性的佯攻”,更多的作用恐怕仍是“减轻恐惧的机制”,是“反抗恐惧的自我安慰的外在显现”①。

《西夏》中的形象更像是一个现代城市版的“田螺姑娘”。作者通过环境的设置,突显曾经的诗意、情感、美好的奉献品质在陌生人世界里频频遭遇出自私利的猜疑目光的审视。作者保存了人性中美好的一面不被大对体征服,撑起了不和谐的和谐角落。带着人性美好的传统记忆的女孩西夏,在进入城市前遭遇了后天性的喑哑,美好的记忆无法自证;只能寄希望于被异化的城市个体的悔悟,自身无力融入城市,更遑论改变城市。最终主人公接纳了这个遗失的美好,但放弃了手术,暗示了城市的不可攻破。

二、城市的无助感

上海青年作家甫跃辉,并未表现出过多对城市意识形态清晰的仰视和因此而来的焦躁,城市通过人的心灵折射而出。在他笔下,城市大对体似乎消失了,同时“自我”也变得捉摸不定了。《丢失者》是一个 21 世纪的“零余者”,比手机丢失对心理造成更大影响的是恢复跟世界的联系后,世界甚至不知道个体一度“失联”,个体存在的价值只有在工作的时候才会被大家注意,但这仅仅是对劳动对象的关注,而不是劳动者本身,就像顾零洲反不如他负责的封面设计更能体现自身价值及与城市的关联。小说结尾主人公将自己他者化,面对玻璃上映出自己的轮廓心底生出对自己的极大厌恶,这同样是一个失败的自我,城市根本不屑让他留下在此处的痕迹。

《动物园》中顾零洲介绍自己总是一句“我和老虎狮子是邻居”,无论对同事还是即将发展成女友的异性,乍一看这句话很无厘头,再看则充满

---

① 埃德蒙·伯格勒:《笑与幽默感》,马门俊杰译,中国人民大学出版社,2011,第 4、58 页。

了无尽哀凉:无法建立有效的交流,无法通过交流确认自己和他者,“动物园”成了对城市和心灵的一个绝妙隐喻。同徐则臣一样,甫跃辉也在作品里保存着文学抚慰人心的功用,但他也是警醒的,在他看来城市对人心的改变很难消逝。《晚宴》里顾零洲和前女友徐靓两个失败者互相发泄和抚慰,事过之后却再无相遇的可能。这个资本主宰的城市,一向标榜“冒险家乐园”和金钱面前人人平等的城市,似乎拒绝权力和意识形态落脚,其实城市这个大对体始终如幽灵般存在,《静夜思》这个宁谧温馨的题目覆盖下的一个个狰狞可怖的噩梦或许就是城市外来者受到精神酷刑的心灵创伤。

李敬泽看了小说不禁感慨:“他们在这个城市处于一种粒子般的飘零状态,有时他们忽然发现,除了那个不高不帅的肉身,原来他们并不拥有世界——汉娜·阿伦特意义上的世界,那个在交往中感受意义的空间。”还发现了甫跃辉和郁达夫“中国现代性演进遥遥相对的历史面相”,与早期创造社的零余者浓烈的思乡意识相比,甫跃辉的“意识中没有故乡和异乡,或者说故乡和异乡早已丧失意义。……自己是一个无可解脱的异客。”[①]同样是没有行动能力,徐则臣还有一个缥缈的故乡作为自我安慰的退路,甫跃辉则认为连心理上的退路都没有,只能任其飘荡在城市。如果说郁达夫还能把自身的溃败归结于民族的贫弱,排解内心的压抑愤懑,从主观性走上革命性的道路,建立起自身主体身份[②],那么在甫跃辉的时代,气势磅礴的钢混城市巧妙地把自己的权威隐蔽起来,个体的压抑愤懑无从宣泄,只能内转自伤。如果北京的城市大对体的风格是霸道,那么上海的城市大对体策略则是狡猾,揭露大对体的存在与所为已经无法对其构成威胁。

---

① 李敬泽:《致理想读者》,中国人民大学出版社,2014,第175页。

② 顾彬:《二十世纪中国文学史》,范劲等译,华东师范大学出版社,2008,第68页。

三、城市的可能性

在天津的现代化历程中，成熟而强大的青年阶层对城市文明的深化和国家民族的历史性发展具有重要的促进和监督作用。从 1970 年代末开始，青年逐步走向解体。近年来年轻人的自我认同更多以网络流行的“高富帅”“白富美”“屌丝”“富/贫二代”“土豪”等范畴界定，表明“青年”作为阶层的独立性已经丧失，个体分化在不同阶级之中，逃离了公众的视野。但这并不意味着这一消失了的群体从此无迹可寻、对其无计可施，新生代作家章元的《空窗》恰好能为我们提供观察点，并对未来的可能性作出启示。

《空窗》中现代化大都市中五位年轻人都带有鲜明的小资身份标识，有良好的经济状况，强调生活品位，兼具自由独立的波西米亚和享受舒适的布尔乔亚的双重特点。与情节内容一致，作者采用了一种缠绵的叙述语言和缓慢的叙事节奏，很好地配合了这种真实感的营造。小说的章节设置也体现出了作者的巧思：属于古典舞的芭蕾、玛祖卡，属于现代舞的华尔兹、狐步舞、探戈，属于拉丁舞的伦巴、桑巴、斗牛舞、捷舞和恰恰舞——组合成了一套较为完整的西方舞蹈体系，呼应了城市年轻人日益全球化的思想和行为特征。

在对全球化生活状态的展示中，作者不但真实呈示出年轻人普遍的思想状态，也表现出面对资本化和同质化的冷静，令《空窗》的一般性获得了饱满的层次感。虽然其中不乏较为奢侈和安逸的环境，但并不被引以为荣。由于“去历史化”，不显著的身份差异并不衍生出心理落差，“富”就丧失了可供“炫”的对比基础，彻底背景化。

有趣的是，无论出现什么情况，都是几位主人公内部解决需求。无论出现什么情况，都是内部解决需求，无论是 Colin 的礼堂设计，还是银子的项目销售和游戏开发，甚至是感情危机下的备选情侣。一般说来，现代化或者城市化进程伴随着乡土血缘被打破和人员流动的频繁，形成的是一个日益扩展的陌生人社会。另外由于社会分工日趋细致,彼此依赖程度更高。令人感到诧异的是,小说中的年轻人都不特别依赖他人,并且与以往成长小说十分不同的是,几个年轻人并不强烈感到"孤独",更不需要通过引导而成长为卡里斯马人物。从个体意义上来说,这种独立品格至少表面上越来越受到年青人追捧,而小说塑造的是一群独立的年轻人,意味着作为群体的独立品格被倡导确立,这是城市化进程中必不可少的环节。

作为代表,小说一开始就是庄美娴的一场噩梦,她原本有讲述虚构惨剧赚取眼泪的嗜好,但这次 Colin"没有耐心再去听她讲述那些改编过的梦魇、那些心碎的往事,她的眼泪不再成为他可口的甜点"。二人因情感和艺术上无法交流而心生罅隙。残酷青春和珍视艺术是许多小资写作的两个标志,章元在第一章全篇开始加入了这种心理压抑的表述,但随着情节的开展,关系逐渐恢复,残酷讲述和艺术偏执便不再提及,反映出对以往小资书写方式的有意偏离,从中能够依稀看到另一种书写的可能性。

萨卡和夏天这两个人物值得引起重视。萨卡先后协助 Colin 和银子做礼堂与游戏设计,即先后服膺于知识和资本的压制。很快他挣脱了 Colin 的束缚,转向银子的游戏制作。关于资本,作者的态度较为暧昧,庄美娴试图反抗然而未果,萨卡也感受到了不自在,但还是坚持完成了游戏。当然之前已经有过银子支持萨卡的铺垫,萨卡后来又发现计算机乃是兴趣所在,也就取消了"反抗"的必要。最终回到学校继续学习专业,令人感到本来就没有太强个人主义的萨卡多了些集体性色彩。勇于挣脱知识和资本的束缚,也就意味着试图摒弃小资产阶级的社会界定,从作为附庸的非主体走向"自在自觉"的主体。夏天这个角色的个人主义似乎最强烈,但其珍视的作品《不知所措的泪》关注的是垃圾堆旁的城市新移民后代。新移民意味着对小群体、小空间和传统意识的突破,表明他们愿意关注更阔大的空间和问题;其次也表明夏天和作者本人虽然享受着城市带来的舒适,但也清晰地意识到遵循西方模式的现代化及全球化带来的种种问题。作为在艺术独立性上最坚持的一个人,夏天对新移民的关注其实也成就了自身的反抗性。在这里，小资不是城市化进程的被动享受者，而是试图改造现实、扭转历史的主动参与者。

对《空窗》我正是想从这样两个层面进行理解，一个是现实性，一个是可能性。历史地看，在改革开放刚刚启动的1980年代、城市化进程开始加速的1990年代以及彻底加入全球市场的21世纪，蕴含小资情调的城市书写一定都因外部环境和内在心态的变化而产生不同的效果。章元的创作出现的既继承又偏离的现象，不仅仅是创作个性的美学问题。

城市年轻人中弥漫的小资情调并不是问题的根本所在，关键在于："小资产阶级如果不从自我的迷梦中苏醒，真正激活自我的阶级属性，改变文化想象和文化参与的方式，就不可能开辟新历史和新文化的可能性。"[1]谋求小资出路的时候，"再造青年"就成为一个可选路径："青年对国家命运必须承担的责任、义务作为一种天职，已由梁启超明确地赋予了意义。……'青年'这一角色类别自确立起，虽然它的意义结构在各个历史时期逐渐发生演变，但从它承担的使命来说，确是始终一贯的。"[2]青年阶层的兴起，重新承担起应有的社会、历史责任，重新塑造对政治重大议题的关心，重新发挥结构性的社会能量。

现代化标准高悬，使得从前北派通俗小说及后来津味文学的"反现代"传统[3]逐渐淡化，新生的年轻作家很多进行的是一种同质化的大都市写作，一定意义上甚至是某种窄化的城市写作，美国都市神话的逐渐被接受带来了本土城市意识形态的加速建立，天津也不例外。天津的城市发展不但先天带有北京和上海的特质，同整个城市化进程一样也以这两座城市的现状为目标，当然这种目标定位并没有、或许也无法剔除其中的意识形态化成分。区别在于，天津只是北京、上海的"过去进行时"，一方面

① 杨庆祥：《死去了的小资时代——读〈《波动》序言〉，《南方文坛》2013年第1期。
② 陈映芳：《"青年"与中国的社会变迁》，社会科学文献出版社，2007，第36页。
③ 王之望主编：《三星丽天——天津与京沪文学比较论》，延边大学出版社，2003，第51–52页。

是大对体尚未形成霸权统治，城市释放的乌托邦尚未蜕变成为意识形态[①]；另一方面天津的“本土”意识尚未彻底瓦解，也不具有北京、上海那样的包容性和流动性。章元属于天津最年轻的一批作家，跟一般的天津人一样无意离开这座城市，所以其笔下的城市无须向这里的居民释放出过多的乌托邦，也没有空间对比带来的压抑和焦虑，《如此性感》中的气氛诙谐轻松，“城市”不再是一种意识形态甚至不是一个具有政治意味的空间，仅仅是一个背景和场所，人物大都尝试着完成自己的各种可能性。同时，与徐则臣和甫跃辉不同，章元出生就在一座大城市，城市不是外在于“自我”，而是“自我”的有机组成结构，并且与“自我”同步发展，这种写作姿态令其获得了不同的意义。

如果从一地的城市及城市文学发展来看，这种视野未免略显狭窄，但是放在全境内的城市文学生态中，尤其是以近在咫尺的北京城作为参照，章元的写作反倒具有了某种颠覆性力量，因为对未完全大都市化的天津的坚守，事实上形成了对北京的城市意识形态的冲击，宣布了后者的无效以及对后者的蔑视。当然，按照天津的发展进程，不远的将来或许也会成为趋近北京、上海那样彻底的国际化大都市，那时天津的城市意识形态也会建立，居民也会退缩回过度敏感的“自我”状态受到大对体的严酷统治，那时的城市文学必然应该做出调整。不过现阶段的章元仍然具有其重要价值，她借着营造天津尚无过多危害的城市意识形态向积弊已深的北京城市意识形态发起挑衅，同内部对大对体进行显形的徐则臣、甫跃辉一起形成了里应外合的态势，客观上形成了抵制美国都市神话的统一战线。并且，章元是个很灵活的书写者，这从她不多的几部小说中可见一斑，闪转腾挪灵活多变，有理由相信她能够应对城市文学应有的发展

① 天津对于“自我”而言比北京、上海更有利于“主体”的确立，北京早已进入“一套房击碎一个中产阶层的迷梦”阶段，但天津的生存成本远低于人们心中对于“大都市”的预期，比如房山的房价略低于南开，昌平、大兴则能达到和平、河西的低线。城市的边缘/中心对个体阶层和社会定位的自我认知的边缘/中心有决定性作用，而后者则关系到主体建构的成效。

方向。

中国的城市化正以高铁般的速度向前飞奔，给中国乃至世界带来前所未有的深刻变化。然而，置身“高铁”车厢内的人们，并非都清楚将要去向的前方是怎样的景象，并非都对列车的奔驰充满激情，也并非每个人都对列车拥有归属感，许多人实际上是被“困”在车中，他们无法离开这列飞驰的列车，他们或许也从未想过离开列车，因为他们出发的乡村早已被列车无情地抛在了后面。

因为“去历史化”“去政治化”的声浪夺去了文学进入公共关怀视野的可能，文学不能发挥其独特的积极作用，社会缺失了文学的“补血”，青年也丧失了有效的引导而走向解体。经过 20 年的高速发展，对政治漠不关心的年轻人已成为国家发展的阻力，国家迫切需要既深知自身需求又参与热情的独立的青年阶层，以及提升和引导人们崇高精神追求的文学，这就需要重提文学的范导者功用及其对青年的塑造。再造青年，可以在城市书写处建立观察点，小资书写可以冲出一条血路，以期撼动城市意识形态的坚固统治，谋求一条个体的主体建构之路，而不是滑落为大对体下脆弱敏感的“自我”，从而脱离西方话语霸权，建设属于我们自己的城市发展和城市书写模式。徐则臣、章元、甫跃辉这一代作家的意义指向不在过去，也不仅在当下，更在可见的未来。

第四节　青年文化视阈下的历史逻辑与市井空间

一、全媒体时代的历史观照

也许全媒体对文学是个机遇，而不是灾难。诚然，文学的品质需要精英文学的驻守，也需要精英文学的探索保证不断前进的势头，但这并不意味着精英文学稳固的霸权统治。百年新文学一直通过不同形式进行着不同程度的雅俗文学高墙的拆除,文学早已是一项公共事业,而不是个人私产。甚至为了扩大自己的话语权力,精英文学不断对通俗文学进行兼容,出于同样的目的通俗文学也在不断进行自我提升,在这个互动过程中完成了不同阶层人们的谅解,以及社会和民族凝聚力的积攒。

另外个人的感觉是,无论是微信、微博或网络文学网站,都会因阅读时间过长造成身体的不适,导致注意力无法持续集中。太长的文章不愿意看,除非特别精彩或感兴趣的,这对文学或许也是一个机会。长久以来我们对长篇小说过于在意了,以至于许多新生的作家在没有基本并充分的短篇训练之后,就匆匆开启大项目大工程。片段式的阅读,或许会督促我们修复已有的文学观乃至文学等级观。

我们生活在一个碎片化的时代,全媒体正是碎片化的表征,但碎片化不是全媒体的错。确实,微博尤其是微信公众号推送的文章,会令本已碎片化的生活和工作更具碎片特征,随看随忘不走心,网络虽然没有篇幅限制,但阅读一样被安排在了边角闲暇的时间。不过这些仅仅是加固了既有碎片化,即使没有全媒体,工作生活的碎片化依然存在。文学的全媒体时代,不能让人们获得整合时间的能力,毕竟我们都处在这样一个社会或个人发展阶段。但全媒体给了文学一个机会,见缝插针让文学又回归了日常生活,而且不能只看到类型文学的借力,我知道有人下载了唐诗三百首在地铁上阅读。同样很多微信公众号,包括一些比较“正统”的机构或刊物,都在打造自己的虚拟阵地。在无法回收的碎片时间里,平时无暇倾顾文学的人反而有了接触文学的可能,他们愿意在这些时间内进行阅读行为,事实上也只能进行阅读行为,而这也可能是他们工作日中唯一有可能的阅读行为。

另一方面对于网络文学,一开始我是拒绝的。我想这一方面是文学史的等级秩序造成的影响,另一方面可能也不全怪我,网络文学刚出现时确实良莠不齐,但我错在忽视了这些新生事物也是一个动态成长的过程,现在的网络文学已经今非昔比。

最近接触到了两部网络文学作品,感觉很不同,其中之一便是《鬼吹灯》系列的第一本《精绝古城》。作为第一部盗墓类小说,网友不免要将其与后来者《盗墓笔记》比较一番,而比较的方式甚为眼熟,第一是文字功底前优后劣,第二是资源借鉴前多后寡,第三是版权归属前者原创后者借鉴,第四是情节线索前者完整后者破碎,第五是人物塑形前者不如后者饱满。我不想比较二者或者对这些判断进行再判断,我在意的是网络或纸质书读者对文学作品的品鉴回归了文学批评,虽然这种批评方式略显陈旧,但毕竟不是无理性的好恶或者简单的粉丝经济。

作为一种类型文学重要代表文本的《精绝古城》对文学脉络是有所继承的,我不想仔细探究,只简单说两处。首先是志怪小说的传统,选材方面自不用说,仅是开篇关于抓壮丁、鼠友、白纸人还有《十六字阴阳风水秘术》几乎就像是直接从《聊斋志异》中翻译出来的。其次是地方文学,创作带有地方特色本属正常,但逐渐成为各地刻意追逐的目标,甚至简单地罗列地名,网络的出现似乎又要抹平一切,《精绝古城》走的路有启示价值,一方面不以地域风格为主要构架要素,以至于很多人不知道作者籍贯,一方面书中诙谐的斗嘴、人物对话以及对民间资源的征用,直接关联到有相声、评书传统的天津文化,其中的世俗气息、乐观精神、传奇叙事也与早先的津味文学相仿,地方色彩就这样被吸收进了普泛性的讲述。

玄幻是网络时代新兴的文学类型,《精绝古城》号称盗墓小说的鼻祖,其实也是将盗墓的外壳嫁接到了玄幻的类型之上,可以说这部小说吸引读者的不仅仅是"盗墓"这个新鲜元素,虽然其中出现了不少盗墓的术语,从情节线索发展来看,这些精彩的盗墓元素只是一个服从于"真实观"的将玄幻世界合理化的导引器,或者是承担现实世界和玄幻世界无顿感转换的连接器。无论从哪一点来讲,这部小说表面上距离现实主义很远,但是相比那些以真实观、因果律为破坏对象的先锋文学,其实可算是一种"回归"。从早期的都市情感甚至狭隘的青春期萌动,到后来的玄幻,再到架空历史剧,网络文学走到今天基本有了一个比较明确的自我更新方向,现实主义的精神和体态逐渐为这个时代年轻的大众读者重新接受,无论如何都令人欣喜。

值得注意的是主人公胡八一的取名,其父曾名之为“胡建军”,后来因为叫“建军”的人太多,改名“八一”,这是颇具意味的。如果说“建军”指向的是关于历史的修辞建构,那么“八一”则隐含着更为原生态的历史。避开“人声鼎沸”的“建军”,选择标记身份却保持个性的“八一”,已经包含了作者的写作姿态。《精绝古城》摒弃了过去的彻底回避历史或者肆意狂欢消解历史的两种虚无主义姿态,坚定地认为“革命”同“当下”具有绵延不断的隐秘关联,这是应当受到肯定的。

这部小说对历史感兴趣,让我对这部小说感兴趣,尤其是“革命”获得了比较正面的意义。主角胡八一在1960年代做过工兵,虽然能力远不如专业的考古人员,但对土木作业、受力结构比一般人更熟悉,这一点不但受到倒卖、鉴定古董的“大金牙”的称赞,更时常洋洋自得引以为荣。当然作为士兵,射击技能也是主人公自信乃至自保的重要根据。可以说,“革命身份”虽然没有对人物经历起直接作用,但无法想象没有这个“前史”主人公还能不能完成那些历险。在这里,“革命”不是被装傻的人物视为怪兽,也不是被狂热膜拜的偶像,而是平淡地被接纳、不围观,也不视而不见。这种对“革命”的尊重顺畅地同对“日常”的敬意进行了接洽,胡八一用列宁在电影里的台词“忘记历史就意味着背叛”劝说王凯旋帮助自己询问丁思甜对自己的印象;在改编电影里则是同对誓言、行当——虽然是并不光彩的盗墓,当然作者明确区分了“摸金校尉”和“盗墓者”——郑重进行了接洽,王凯旋用这句台词劝说一心金盆洗手的胡八一,虽然使用的情景发生了改变,但态度都是严肃的。正因为如此,导演在电影中让负责喜剧部分的王凯旋用“革命情谊”指责胡八一不帮助昔日恋人丁思甜满足“遗愿”时,不仅言之凿凿眼中充满深情的王凯旋没笑,胡八一也是神情凝重面有愧色,可见是导演尊重了作者的设计,但观影中少许观众听到这句遗址式话语发出轻微笑声,反倒是没理解作者。

当然《精绝古城》不是革命小说,不会眼里只有革命,但这也正是值得注意的,作者拉来的历史很多,“革命”只是“历史”其中的一段,这其实也体现着一种历史观,虽然这种历史观没有表达连续性的意愿,只是简单的连缀拼贴，但终究不是戴着有色眼镜的摘取。首先是知青插队，几位主角最初的历险就从这里开始，同样终于告别了伤痕文学的哭哭啼啼，用独特的视角回望历史，简单来说就是爱慕女知青丁思甜的暖色调、历险的刺激感以及误入日军秘密基地和深入古墓的神秘感。

如果说批判过于自我，重温不够冷静，装沧桑未免不真诚，那么暖色调+刺激感+神秘感或许更适合作为重建历史现场的途径。如此说来，陆川在电影《九层妖塔》中编造的西部石油小镇和给了特写的大型工农石雕、闯入的巨兽红犼并列一处，或许是有意义的篡改。改编后的并峙暗示了当下一种普遍的心态，即“革命”“神异”和“西部”映射在人们心中的镜像是同质的，说不明白，似是而非，或许存在，距离遥远。原著并未表达如此内涵，也没有表达相反的态度，但作为艺术精英的导演仅仅维持、发散原著思想却并未深入，与原作者保持在了同一维度，难免令人遗憾。《精绝古城》中提到的“精绝国”曾是西域三十六国之一，在公元 3 世纪突然消失，或许作者就是看中了其中蕴藏的神秘性。

这部小说透露出作者存在一种多元化的三观，承认并尊重很多事物、意识和话语叙述，都被统一在神秘性的主题之下，当然这也是网络世界的简介归纳。甚至为了更加逼近“真实”，除了激进运动和知青下乡还大杂烩般地掺入了民国军阀混战、抗日战争、解放战争、抗美援朝、尼克松访华、对越自卫反击战等重大历史事件。讲述历史是个技术活，当然不能说作者完成得好，但确实有努力将民族宏大叙事和个体微观人生联系起来的意愿，仍然是现实主义传统。

作出同样处理的还有多民族问题，因为插队接触到了一些少数民族，由于是在 20 世纪六七十年代特殊的历史背景和知青下乡特殊的历史事件中，几位汉族主角和当地居民相处得十分和谐，甚至因为寻墓需要后者导向，从而产生一种信任和依赖的心理。虽然这种表面平等的民族关系是以汉族视角淡化他者独立性为代价，至少同历史观、世界观一样可算一种多元化的民族观，其精神结构甚至比《琅琊榜》更进一步，基本退回到了某种历史起点，撤出了此前误入的各种偏见的歧途，为未来的良性发展提供了空间。

当然如何将历史和个人更好地关联起来,是作者需要用力的地方,也是批评家和编辑需要深入介入网络小说创作的地方,而不仅仅是面对传统精英文学所做的遴选发现的工作。其实今天的现状并不新鲜,虚拟空间作为新媒体仅仅是载体发生变化,大众文化对精英文化的冲击、对后者既有体系的重新洗牌的实质在建国后一直在彰显。新中国成立后除了对老作家进行改造,更着力于对新作家的培养,换句话说是在文艺政策指导下、作协体制扶助下,写作前的培训,写作时的规约,写作后的争论,从专业作家、编辑、批评家、学者流水线式全方位的关注都对业余作家的成型发挥了重要作用。即使到20世纪70年代,作协被解散,但文学圈仍在作协的惯性作用下运作,工农兵作家的文稿有专业作家或职业编辑帮助润色。当然今天不再可能延续这种计划性很强的写作模式,但是否就应该让这些大众文化制造者放任于市场则是可以讨论的。

有一点或许可以肯定,如果说有什么是天经地义就应该为"全民所有",文学便是其中之一。文学创作的愉悦,文学作品的陶冶,应该让每一个人都有享受的资格。这样说,其实不是放逐精英文学,相反是加重了后者的责任,专业的作家,专业的编辑,专业的评论者,专业的出版机构,专业的文艺组织者,都应该与这些没有头衔的普通人深入互动起来,共同推动文学的发展,而不仅仅作一个旁观者或卫道士,不仅仅作一个站在一旁心不在焉挑挑拣拣的拾荒者。精英文学要积极介入虚拟空间,大众文化也不该被拦在殿堂格栅之外,这也是精英文学圈里各种身份的人突破圈子走向民众的良机。

虚拟空间的游戏规则不同于以往精英文学经典化流程和规则,见惯了家禽家畜的精英文学眼里新媒体孕育的艺术形式和艺术法则如同异形巨兽,然而这些异兽并非不能成为菩萨的坐骑。现在的虚拟空间形成了日趋乐观的发展路径,雅文学和俗文学,传统文学和网络文学,都在积极争夺读者,都在为读者提供虚拟空间的读物,并且在这个过程中实现着相互借鉴和融合。我们深处这一变革的进程之中,相比盲目拒绝,我想积极探索新的角色定位或许更有利于全媒体时代文学的健康有序发展。不是屠杀异兽,不是冷视异兽,而是驯服异兽。

二、青年亚文化的市井观照

以盗墓、玄幻类网络小说出名的作家天下霸唱,出版了一套现实题材的长篇作品《大耍儿》,讲述1980、1990年代天津青少年、青年野蛮生长岁月的故事。与《烟火》极为相似的是,小说不但也使用了说书人的方式讲述市井空间的生活,也大量使用了方言、俗语填充叙事。时间上,20世纪煞尾处的回忆也同后者20世纪前半段形成呼应。

在《烟火》里,市井空间是成体系的,街道上流窜的无业游民、团伙组织只是其中的一个方面,甚至不能算是一个重要方面,以来子、高掌柜为代表的个体经济经营者的活动才是这个体系的关键。不过在《大耍儿》中,玩儿闹、大耍儿不但是主角和主要表现群体,甚至几乎成了所表现的全部市井空间。其中有时代变迁的因素,毕竟从私有制社会已经完全蜕变成了公有制社会,附着在经济模式和经济结构上的社会形式也随之变更。《烟火》中市井空间与现代城市的抵牾,在《大耍儿》中仍然存在,不过已经不再激烈和明显。由于现代城市体制经过《烟火》所描述的20世纪前半叶和中华人民共和国建立初期的不断发展,到了1980年代已经初具成效,市井的空间被一再挤压,形成了两部小说表现对象的不同侧重。《烟火》结尾处显现的返乡革命者这一代城市居民在精神层面的传承,到了《大耍儿》仍能见其端倪,两部小说的关联不但体现在写法上,更体现在精神内核上,完全可作互文性对读。

《大耍儿》记录的回忆中的江湖生涯,在成熟的城市居民看起来多少显得幼稚荒唐,但如果放在当时的历史情境下,则有其内在逻辑,天下霸唱正是通过第一人称的沉浸式体验带领读者梳理其中的缘由。作者多次中断情节叙述,耐心讲解这一种生于市井空间的青年亚文化:“玩闹儿不是混蛋,越是大耍儿越得讲理。”[①]在访谈中,他给出了更详细的说明:“小说里的二老虎、老猫,他们不跟人打架,只有像墨斗、李斌那种愣头青才恨不得天天出去跟人比画比画。那不打架的人凭什么?凭的是他为人处世的能力、日积月累的口碑。……这也是码头文化里的东西,用天津话说就是‘说说道道’‘提提讲讲’,把事情弄个是非曲直出来。”[②]也就是说,当时这些年轻人追逐的是一种秩序感,而不是肢体冲突的混乱,制造混乱也是为了维护这种亚文化语境下的秩序,这便是他们的逻辑。类似的文艺作品像电影《古惑仔》系列、《阳光灿烂的日子》等,大多是发生在一个王纲解纽的时代,流行歌曲《黄种人》所唱“越动荡,越勇敢”也是这个意思,旧的社会秩序即将或已经废弃,新的社会制度又将建未建,市井空间就会有一批人主动探索一种能给人带来安定感的社会秩序。李敬泽指出:“《大耍儿》是一部有文学野心的书,天下霸唱以他的方式,确认这四十年来天津青年与时代、与中国大地的联系,探索建立理想生活的路径,其精神气质与武侠小说的磊落正义一脉相承。”[③]

同时,《大耍儿》借墨斗的视角表达了对市井空间衰退的反思,即敬仰西北角马涛那个时代对“点到为止”的“江湖规则”的严格恪守,规矩约束力的减弱也预示着市井空间的萎缩和现代城市制度的即将完全建立。大耍儿的江湖里,不但内部有一系列约定俗成的规约,同时不准触碰现代城市格局内的建制,比如打架斗狠不能触及公安、联防抓捕的范围,不能违反工厂内部秩序,不能扰乱学校学生的日常学习等,其实也就表明了市井空间的文化形式实际是被局限在现代城市体制内的,只能在后者的边缘生存,在特定时期有其独特的作用,一旦城市完成建构,市井空间的生存方式将不复存在。正像马未都所言,电影《老炮儿》其实不是真正的

① 天下霸唱:《大耍儿 1 · 湾兜风云》,上海文艺出版社,2021,第 261 页。

② 澎湃专访:《天下霸唱谈〈大耍儿〉:以少年之书,重塑一代人宇宙》,https://www.thepaper.cn/newsDetail_forward_14254192。

③ 澎湃专访:《天下霸唱谈〈大耍儿〉:以少年之书,重塑一代人宇宙》,https://www.thepaper.cn/newsDetail_forward_14254192。

“老炮儿”，只是“北京老大爷”“大耍儿”也是对过去市井空间的模仿。随着市井空间的衰微，“大耍儿”必将淡出视野，如此便多少带有一丝悲凉的色彩，《大耍儿》也是关于市井空间的一曲挽歌。

这类题材之前也出现过，比如 1995 年出版的《皮皮鲁全传》伴随了一两代人的成长，其中《大侠皮皮鲁》一篇的背景正是《大耍儿》开篇学生被社会青年拦路抢劫的桥段。由于目标受众是中小学生，郑渊洁用了童话+武侠/气功的方式，让皮皮鲁手劈高压锅蒸软的砖头，吓退了校外社会小青年，算是很早触及到这个话题。据称 2002 年韩寒的第三本书《像少年啦飞驰》原题为《一个流氓在他的青春岁月》，以主人公亲身体验讲述了一段浪荡学生不务正业、约架斗殴的经历，但由于该书的亮点在于作者本人的玩车体验，初中时期的“混社会”往事并未铺陈，并且整体完成度并不理想，点到为止没有深入这个话题。作为后来者，《大耍儿》从内部较为全面地呈现了这群社会游民群体的生存和精神状态，较为深入地讨论了相关话题，较为完整地展示了市井空间最后的发展历程，因而具有不同寻常的价值。

总而言之，《烟火》以一个中年作家沉稳的笔调描绘了市井空间的激荡及其与现代城市初步建立时的冲突，《大耍儿》则站在青年亚文化视角描绘了时代变动期市井空间在不断妥协退让中展露的最后的勃勃生机。两部作品的对读也让我们看到，区域文学的价值不仅仅是打开一扇供世界认识自己的窗口，更在于透露出背后历史发展的隐藏细节。

第五章　天津文学研究中的个性化作品

第一节　坦诚的对话与观念的互见

一、别具一格的谈话

研究者面临作家对话录这类读物时多少会显得情感复杂,因为作家是一个善于叙事的群体,不能确定其中是否有不经意的虚构,因此作为研究材料使用的时候需要时刻保持警惕。但这次的阅读让我很大程度上消解了这种紧张感,不能不说是一次惬意的旅程。

《牙齿是检验真理的第二标准》这本书很好看,首先是视觉上的好看。可以看出两个人都比较放松,都比较坦诚,一致处不掩独立精神,分歧处又不失和谐氛围。两人真正达到了“飙戏”的状态:一是敬业精神;二是合作精神,最基本的保证是学养相当,这是有效对话开展的基本前提。谈论以作家为中心,发散开来形散神不散,并且各自有专业擅长。在这样的状态下,作家如进入创作状态般口吐莲花,为对话增色不少。比如毕飞宇说到自己的健身经历,用“卧推”解释自己驾驭题材的自信,用“腰腹力量”形容鲁迅杂文的写作特点,作为一个同样健身的人我瞬间就领会了作家的意思,模糊的语言在这里实现了精确的表达。这是格外吸引我的一个非专业因素,而这种亮点在书中还不止此一例。

以往对作家的一般认识中,常常将疾病和创作风格、作家秉性相联系,甚至从中挖掘病痛的隐喻色彩,形成一种独特的批评形式。在毕飞宇这里,也有大病未愈状态下创作《哺乳期的女人》的经历,但总体而言他热衷于陈述自己的健康甚至精力充沛的状态,表达对健身、足球、乒乓球、篮球、田径和体育新闻的喜好,以至于随手拈来的举例论证都是体育运动。诚然这可以视为作家的自我形象塑造,但确实对作家的表达与观念造成了实际影响,比如他说:"《叙事》一定是一个'飞快'的作品,它有年轻男性的体气,很冲。"[①]对于写作难度的追求,根据不同的语境可以分析其与表达对象的需求相关,但无疑不能忽视单纯的力量的炫示:"从功利原则来看,所有的进球都是一样的,甚至可以说,最小的代价进球才是最好的。……因为难度,我们荡气回肠。乔丹说过一句话:'扣篮也是两分,可是,我们都认为它是六分。'"[②]不是顾影自怜,自说自话,而是将体育作为反观文学的外视角,为理解文学提供了更多的理解方向,其实是释放了文学更多的潜在群众基础,也是作家表述力量的生动展现。

毕飞宇不但是一个崇尚力量的作家,还有更多面的形象。在作家刚出道不久,被葛浩文看中并要翻译其《祖宗》,作家坦言并不知道葛浩文何许人也,也就没有在意。作家还设想如果在 1980 年代被建议描写日常生活,他则坦然自白"弄不好我会抽他,为什么?我觉得他在侮辱我。我他妈的怎么可能对日常生活感兴趣?那是多么低级多么庸俗的事情。我的小说必须面对哲学、面对历史你知道吗?……我得写'高级'的小说。"[③]作家活灵活现地描绘出了被陌生化的当时那个有所局限而志得意满的自己。但作家也不乏坚持自我的时候,2007 年称张爱玲是一个"身体没有温度的作家",多年后再次表达相似的立场:"我觉得夏志清在张

① 毕飞宇、张莉:《牙齿是检验真理的第二标准》,人民文学出版社,2015,第 97 页。

② 毕飞宇、张莉:《牙齿是检验真理的第二标准》,人民文学出版社,2015,第 145 页。

③ 毕飞宇、张莉:《牙齿是检验真理的第二标准》,人民文学出版社,2015,第 163 页。

爱玲这个问题上有些神经质,我就不太理解,怎么张爱玲就到了屈原、李白一样的地步了。批评家热爱一个作家当然可以,可你不要诗朗诵。"[①]不但爱憎分明,直率敢言,并且也很有表达技巧。作家的机智也体现在对题材的区分上:"长篇吧,就是农业文明时代的中年的男人,……长篇有极大的包容性,好像是没底的,滥竽也可以充数,这是典型的中年男人的魅力,也是典型的中年男人的无趣。……短篇是美少女,……必须保持她的骄傲和矜持,她格外含蓄。……中篇吧,就是一个职场的、风韵犹存的中年妇女,因为历练,她在某些时刻可以呈现出壮劳力的特征。可是,你不能以为她真的就是一个壮劳力,如果你发傻,信以为真,拿她当壮劳力使唤了,人家是不干的,她会提醒你,她到底是女人,……这样的中年女性说好处最好处,说难处也最难处。"[②]不经意间作家操练了他基于充沛日常经验的叙事,可以见到用模糊语言表达精确内蕴的难度,首先是对于表述者的认识能力和表达水平的完美结合,同时对接受者也有破解相应编码程式能力的要求。

透过对谈可以明显看到作家的机智跃然纸上,是毋庸置疑的。对于作家的否认,或许可以理解为作家拒绝被贴上标签,因为任何形式的归类描述都会限制他具体的创作和接受,但这并不妨碍我们对作家真实的形象形成一个全面的认识。首先这是作家自身身体特质决定的:"健康的身体和一切能造就'好心情'的东西,无疑都有利于造就自然的、畅快的欢笑。"[③]"健康的身体"指涉作家对体育的迷恋,"一切能造就'好心情'的东西"则反映出提问者张莉对问题设置、节奏把握和场面控制都令作家感到"得劲",笑意的实际生产和产生条件都清晰地呈现在读者眼前,更证明了对谈内容的真实性——或许"笑声"是检验真理的"第三标准"?

① 毕飞宇、张莉:《牙齿是检验真理的第二标准》,人民文学出版社,2015,第215页。

② 毕飞宇、张莉:《牙齿是检验真理的第二标准》,人民文学出版社,2015,第344-346页。

③ 詹姆斯·萨利:《笑的研究——笑的形式、起因、发展和价值》,肖聿译,中国社会科学出版社,2011,第68页。

另外这一特性对我们理解作家也有裨益。有研究者认为："笑在本质上表示满意。"[①]体现的不是对立，而是期待缓和，笑对世界观的重要影响在于对多元的包容性，而拒绝本质论。体现在写作上，拥有笑影响下的世界观的毕飞宇，一定乐于尝试不同的创作方式和理念，同时愿意同接受者对话协商，不能接受的是自身的一成不变，这样看来他对先锋小说的扬弃似乎是一种历史必然。

对作家的宽容和机智，作为对话者之一的张莉心知肚明，这才有不断的不同意见的"挑衅"。这种"挑衅"是对谈双方品性的良证，同时也是彼此激发灵感的基础。只有在自由放松的氛围中，才会有这样妙趣横生的谈吐。

二、深层的研究意识

这本对谈录不但有鲜活的形式，更有实实在在的"干货"。同样是饱学之士，张莉和毕飞宇各自的学养发挥的是不同的作用，作为幕后运作者的张莉通过自身的知识储备对毕飞宇的知识储备进行了全面细致的梳理归纳，让后者在对谈中清晰呈现出了三方面的价值：还原文学史现场、文学基本问题辨析和作家创作谈。

同许多作家一样，毕飞宇的阅读是从"伤痕文学"起步的，但模式化的创作很快令其感到不满足，这里就出现了一个衔接点：王蒙。作家对王蒙的理解经历了一个感性上更为亲近的"右派作家"向理性上更为认同的"先锋作家"的过程，而对王蒙价值的认识以及自己的模仿，也是针对"先锋的"王蒙。在叙述里，毕飞宇无形中将王蒙视为先锋小说源头性的人物，没有受到既有文学史叙述的干扰而尊马原作品为先锋小说发端，虽然也表示出当时对马原的格外在意。起点问题背后往往是一套认识装置的问题，起点选择的差异往往会导致对事物甚至整个历史脉络认识的差

---

① 拉尔夫·皮丁顿：《笑的心理学》，潘智彪译，中山大学出版社，1988，第79页。

异。虽然毕飞宇对马原的关注是在1987年到南京之后，也意味着他对马原的接受很可能受到了当时批评家或者编辑对马原进行的断结前史的“风景化”命名[①]，但将王蒙作为肇始的态度表明作家愿意用一个更为宽容的范围界定这一创作思潮，一定程度上是对文学史现场的还原，同时也包含了日后脱离先锋时的灵活性的奥义。

与先锋文学这条脉络并行的是另一条更为绵长的序列。作家回忆：“小男孩子读书有标准的，那就是打仗，有英雄，和看电影一样。……如果插图里有战争的场面，那就是好书。”[②]这种童年培养的兴趣支撑起了作家对“改革文学”的倾心：“我第一次读蒋子龙的时候就被他迷住了，他的文字不是哭哭啼啼的，他的语言男人气重，气场大。”[③]而且有趣的是，在中学阶段模仿“先锋作家”王蒙没被老师发现，模仿现实主义的蒋子龙却被老师圈出并做“模仿痕迹太重”的批语，这件不经意谈到的轶事也反映出文学思潮实际的，而不是文学史意义上的影响力。从长远角度看，传统现实主义的作用力在毕飞宇身上未见得不如先锋的启蒙和训练：“我们这一代人早年受过革命英雄主义教育，血管里头有一股蛮横的勇气。”[④]现实主义和现代主义的合流，而不是先锋派理所当然的延续，或许更符合文学的实际演变。

在这里张莉的引导颇有巧思，引入期刊和批评的纬度串联起作家对创作历程的回顾，相比只见思潮和作品的文学史叙述倒是颇有补正的意味。比如针对20世纪八九十年代之交的《花城》作家说：“相比较于《人民文学》和《收获》，它是不稳定的。……它要实验，它要推年轻人。”对于1994年的文学界，作家回忆：“萧条嘛，没有笔会，没有研讨会，没有媒体的大力鼓动，这些东西都没有，人们甚至都不谈文学。”[⑤]这些对没有经历

---

① 虞金星：《以马原为对象看先锋小说的前史——兼议作家形象建构对前史的筛选问题》，《海南师范大学学报（社会科学版）》2009年第2期。

② 毕飞宇、张莉：《牙齿是检验真理的第二标准》，人民文学出版社，2015，第13页。

③ 毕飞宇、张莉：《牙齿是检验真理的第二标准》，人民文学出版社，2015，第22页。

④ 毕飞宇、张莉：《牙齿是检验真理的第二标准》，人民文学出版社，2015，第239页。

⑤ 毕飞宇、张莉：《牙齿是检验真理的第二标准》，人民文学出版社，2015，第79、317页。

过那个年代的读者和研究者重建现场感至关重要，而意味着将问题历史化的现场感重建则对深入理解思潮和作品也有非同寻常的意义。

毕飞宇在对谈中给人更深的印象是一位毫无疑问的、很懂小说的作家，这主要体现在他对经典作家作品的独特分析中，也就是张莉对这部对谈录尤为着意的作家书单部分。比如谈到鲁迅，作家说道："我最感兴趣的是鲁迅的杂文，也就是肉搏。说他是战士，真的是。鲁迅为什么迷人呢？他的爆发力和耐力一样惊人，这个很难得。他可以靠他的爆发力一招制敌，同时这个人的耐力又极好，他在搏斗的时候非常草根。"[①]同样是力量型的海明威也展现出了作家专业性的喜爱，以《老人与海》谈论其大师级的语言，以《乞力马扎罗的雪》谈论作家个性气质和思潮的关系。但毕飞宇是清醒的，不因喜爱而盲目，这是专业性的体现，比如《老人与海》里桑迪哥与鲨鱼搏斗后又梦见了狮子，被作家认为是"性征"伤害小说的蛇足。有趣的是作家表达这种观点时具体的措辞："我真想抽他！当然了，我打不过他。……太小儿科了。这个结尾全是虚荣心害的。"[②]中西方作家建立起了对话关系，而不是单向度的顶礼。毕飞宇在这里体现出了难得的冷静，同时还也闪烁智慧，比如他评价《包法利夫人》就是简单七个字"看不到无效劳动"，直中命脉。

最令人击节的当然是毕飞宇思想性一面的展现，他不但谈论创作过程中的细节处理，更站在社会历史的高度指点江山激扬文字。比如他以莎士比亚对犹太人的看法和对人类的赞美仅限于基督徒的事实说明经典作家的历史局限性，比如他说"15 世纪后期，大航海开始了，换句话说，殖民主义时期开始了，从此之后，对一些作家来说，生活的语言和写作的语言从此剥离了。"甚至他毫不掩饰地挑战影响巨大的文学成规，宣称"我从不认为'观念先行'是一件可怕的事，不是这样。对一个小说家来说，最要紧的事是这样的，你有没有能力把你的观念纳入小说的思维里去，我

① 毕飞宇、张莉：《牙齿是检验真理的第二标准》，人民文学出版社，2015，第 206 页。

② 毕飞宇、张莉：《牙齿是检验真理的第二标准》，人民文学出版社，2015，第 279、247 页。

强调的是小说的思维，而不是小说的出身。……我不喜欢没有观点的作家，也不喜欢没有立场的作家。”①很多时候，有勇气和有见解似乎比有技术更重要，这决定了一个作家的发展空间和体量格局。

三、谈话主体的多重身份意识

应该说，这本书其实是三位作者：作家毕飞宇、学者张莉和批评家张莉。一本书从中间分开，上半场是学者张莉主场，下半场是批评家张莉主场。相应地，这本书也有两方面的价值，即文学史研究和史料方面的价值，以及文学批评方面的价值。开始阶段张莉基本在铺垫，引导作家展开话题，但并非消极的引导，而是积极主动的引导，多次促成作家谈论对文学史上一些重要思潮的看法，尤其是伤痕文学和改革文学，以及不同阶段的重要作家。所有这些文学史的节点梳理，同作家的成长经历结合在一起，形成了十分高效的叙述。这样一来，关于毕飞宇自身经历和创作起步的史料，毕飞宇站在亲历者和作家立场对文学史的见解，张莉自己对文学史发展脉络的辨析，便融合在一起，形成了角度不同的文学史叙述。在处理文学史的时候，张莉表达了一种独特的历史态度：“作家的气息和他所处的时代气质相伴而生是对的。不过，一个作家如何超越他的时代，感受到不一样的东西更重要，更有挑战力。”②这就跳出了“苛求历史”和“历史的同情”两极态度，一方面对作家的时代性予以理解，另一方面又对作家提出更高的期许。

张莉对文学史的关注不仅限于当代小说史，而是扩散到现代文学、外国文学乃至批评史。谈到李敬泽的文学批评，张莉实际上在表达自己的批评观：“他的批评使评论不再枯燥和乏味，而变成了丰富的、有趣的阅读享受。……他的很多评论都有脱离对象独立存在的能力，他的思索和

① 毕飞宇、张莉：《牙齿是检验真理的第二标准》，人民文学出版社，2015，第323～324页。

② 毕飞宇、张莉：《牙齿是检验真理的第二标准》，人民文学出版社，2015，第80页。

思考不依附批评对象本身。这对一个批评家来讲太重要了。"我不能确认张莉是否一边师法王富仁的学术研究，一边借鉴李敬泽的文学批评，但可以肯定的是，她的评论也是有明确追求的，就是"丰富的、有趣的阅读享受"①，她的评论不会因为学理性牺牲可读性，反之亦然。站在创作、批评有机互动的文学场域中，她进一步提出批评家和作家之间应有的关系，"一个批评家如果不对作家口诛笔伐就好像缺少风骨似的。这是有问题的。重要的不是距离，重要的是批评家本身的独立性，他本身是否有品质。"②足见其可贵的独立精神，释放了批评界长期存在的焦虑，即对批判或是赞美的态度选择。张莉让我们看到，这种对态度立场的取舍其实毫无必要在意，她希望能够回到本质意义上的批评，好就是好，不好就是不好，至于文本以外的因素不是她评判的依据。这就是张莉关于文学批评的"童心说"。

的确，张莉是一个坦诚的学者和批评家。她和毕飞宇一起对先锋小说进行了历史性的总结："小说中的人沦为写作/语言实验的工具和道具，小说的枯燥和无趣便开始了。回过头来看，先锋小说中的人太平面的。它完成的只是词语和形式的革命。"③除了技术层面，张莉的反思还深入到精神层面："一个作家应该有他的历史感，应该有他的历史情怀。没有历史感的作家，很容易滑进历史虚无主义。……我对那种纯粹脱离历史的写作很警惕，也反对。"④毕飞宇自己就有先锋的阶段，阎连科也被誉为先锋文学传人，但他们都明确表示对卡夫卡的排斥，都明确表达了对现代派文学的质疑。如同阎连科在《发现小说》里最精到地分析出自传统现实主义的"全因果"一样，毕飞宇最出彩的点评也是针对 19、20 世纪欧美和俄罗斯的现实主义小说，他们熟练操练着现代派的基本技能，却对现实主义流连驻足。同样的情形也体现在余华、苏童的所谓"转型"中。

① 毕飞宇、张莉：《牙齿是检验真理的第二标准》，人民文学出版社，2015，第 86~87 页。
② 毕飞宇、张莉：《牙齿是检验真理的第二标准》，人民文学出版社，2015，第 89 页。
③ 毕飞宇、张莉：《牙齿是检验真理的第二标准》，人民文学出版社，2015，第 159 页。
④ 毕飞宇、张莉：《牙齿是检验真理的第二标准》，人民文学出版社，2015，第 134 页。

正如孟繁华所说，阎连科自称“现实主义的不肖子孙”，但作品的深度和力度未经现实主义训练是不可能达到的①，这样的判断也基本适用于毕飞宇。似乎现实主义无论如何饱受诟病，仍然是成就大作家的必经之路。对现实主义的重要性和缺陷，张莉了然于心，对现代派的先天缺陷和历史贡献，张莉也毫不讳言，这正是学者和批评家的混搭效果。

张莉在对话中还有一个特点令人印象深刻，那就是真正的平等观。关于书写语言，她说：“尊重非汉语的表达，就是对非汉族人的尊重。”②说到拉美魔幻现实主义的时候，她表示：“一个作家最幸运的地方就在于它能够处在两种文明的衔接处、交集处。”③这个说法获得了毕飞宇的赞同。张莉尊重多元文化各自的存在，这种包容性可能来自她对女性主义的研究。20世纪的女权运动追求的正是纯粹的、充分的谅解与平等，而这种意识深刻影响了张莉，成为其思想底色。有趣的是，当某一问题引发争论时，毕飞宇是旗帜鲜明地亮出观点，张莉则是“桑格塔怎么说、纪德怎么说、纳博科夫怎么说、萨义德怎么说”之类，充分包容进不同的观点，再表达自己的意见，这是性格使然，当然也是学者气质的影响。

书名很有趣、很独特，初看不知所指，直到最后才明白，所谓“牙齿”是在标记位置，越过牙齿的语言即为真相，退守牙内的思想则不是。毕飞宇做过教师，现在又是南京大学教授，完全相信语言的力量，这同多数作家主张“言不及义”“语言的模糊性”有所区别，但推想跟同为教师的张莉心有戚戚焉。并且吐出言论，也是积极行动的表现，这对思想界、文学界无疑都是有良好促进作用的。总而言之，这本书覆盖面广，兼顾深度与活泼，确实值得一读。

---

① 程光炜、邱华栋等：《重申伤痕文学历史叙述的可能性——阎连科新作〈四书〉、〈发现小说〉研讨会纪要》，《当代作家评论》2011年第4期。

② 毕飞宇、张莉：《牙齿是检验真理的第二标准》，人民文学出版社，2015，第102页。

③ 毕飞宇、张莉：《牙齿是检验真理的第二标准》，人民文学出版社，2015，第296页。

第二节　诗歌研究者的别册笔墨

一、小说的诗性研究

卢桢对赵玫的创作评价不是简单地从女性写作等标签切入，而是还原了其先锋小说的起点，这很重要。起点的选择往往对评价产生根本性的影响，还原起点，可以更逼近真实，也提供了另外一种观看的角度。事实上，这也是卢桢考察赵玫作品的一个基本出发点，即使后来脱离了先锋阶段的创作，有时候研究者任性一点，就能有不同的收获。

卢桢多次使用“极端”概括赵玫的小说，无论是“女性情感”系列或是“唐宫女性”三部曲，既表明了作家创作内在的一贯性及由此体现出的个人风格，更是一种颇具启发性的研究视角。卢桢是熟悉女性主义理论的，但现在的阵地并不在于此，这“一进一出”既保证了对研究对象深刻而准确的辨析，又具有一种超越的立场。他多次论证当女性用自己的身体去颠覆男性秩序时，一方面能够形成快速而精准的攻击，而且往往凭借主人公高超的技巧对男权秩序形成毁灭性饱和攻击，但另一方面存在一种“过度”的可能，这将女性萌生性自觉的身体拖向工具化的危险边缘，甚至形成一种新的霸权。卢桢指出了“武则天们”关于身体的一个悖论：先破坏再保护，破坏是为了保护。

其实赵玫的创作自有分寸，如果在一个更宽阔的背景下看，对武曌的叙述也可以视为一个权力对人的异化的故事，异化的表现形式就是登基后的滥性。这种异化是不以性别为区分标志的，男性如此，女性亦然。既然赵玫并非一个无条件的女性至上者，那么卢桢为何要反复纠结于其创作的“极端”呢。

武则天忍辱负重保守奴役，是为了有朝一日站在权力顶峰，但在一个专制集权社会,不受压迫只有一种可能就是成为压迫者。这种反转在今天十分常见,比如贪官行贿,是为了有一天敛财;女友抡起女权大棒,是为了指使男友任劳任怨。

其实我也一直有一个疑虑,那就是如何辨别“女权运动”和“女性主义”或者“女性写作”,因为我是个外行,所以想当然地将作为政治运动的前者作为人类文明进步的必要一环,实现男女同工同酬,权利平等。但对于后者我的疑惑在于,如果过于强调女性身体和意识的独特性,是否有可能强化作为男性欲望客体的被观赏物这一传统女性观。尤其糟糕的是,女权运动之后,合理的政治主张经过日常化蜕变为一种机会主义思维模式,即享受权利的时候,女性必须同男人平等,履行义务的时候,女性恢复了“弱者”身份需要受到保护。但这些我还都能理解,最为不可容忍的是,正如同赵玫小说里写的,一部分女性所追求的她们臆想出来的“女性主义”并非公正、平等,而是女性的享乐主义,一切决定男性做,一切劳动男性担,一切生计男性维持,其实就成了男权秩序的完全翻转,不是男性霸权,也不是男女平权,而是女性霸权。

作为历史小说中的人物,她们可以用现代人(作家)的视角看到历史和人物关系,但不能站在历史时空中直接干预当下,毕竟赵玫的意图还是严肃的纯文学创作而不是穿越剧。题材体裁的差别,让赵玫不能直接发言的部分,可以在卢桢的学术著作里鲜明呈现。因此,卢桢的《赵玫论》当然是“我注六经”——毕竟是在评论赵玫的创作,但也不妨视为“六经注我”——借研究表达自己的观点立场。但就泛滥至于变质的部分“女性主义”时潮而言,这部论著是有价值的,由此也可看到赵玫小说的普适性:无论任何代际,只要牵涉到两性,都需要从中体验真正的男女平权。

卢桢在谈论赵玫的时候是纠结的,一方面他对作家的欣赏跃然纸上,另一方面也不掩饰对瑕疵的不满,这是一个优秀学者的考验良机。其实翻开第一页我就看出来了,他的签名很潇洒,但书名却是“走向优雅”,一如他的分析论述。这也是研究者和研究对象契合的地方,研究者的纠结体现的是严谨,作家的纠结体现的是丰富性。赵玫无疑是具有丰富性的,这在卢桢的论述里也得到了很好的展现。

卢桢为了撰写这部著作，可以看出花了很多工夫，阅读了大量作品，连同一系列的其他女作家的作品都涉猎到了。但他一定有看到没说出来的地方，比如他将这些女作家的共同点梳理出来，而这恰好是不同于男作家的地方，不过在女作家群体内部，赵玫的独特性在哪里呢？一个达到一定丰富性的作家，一定可以做到跟任何类型的创作相比都有自己的特点。我马上可以举出一个很简单的例子，为什么除了赵玫的《武则天》和《高阳公主》，“花非花”同系列的其他作品我了解得很少呢，我想除了我孤陋寡闻之外一定还有其他的原因。

或许赵玫的这些作品可以同冯唐的《不二》进行比较。同样是写男女两性的情爱，冯唐写得就很“娘”，无论是语言、节奏还是内容，徐徐道来，让人觉得即使是和尚和尼姑的偷情也变得美好了。但赵玫的丰富性就在这里，她也喜欢写男女情爱，作为一个女作家，自然有温婉的一面，但同时还混杂着清晰可辨的一股粗粝之风，对情爱中人物感情的把握也不是简单的沉溺或者拒绝所能概括的。

卢桢用“极端”概括赵玫让我想到了蒋子龙对李治邦的评价，认为李治邦因为人太善良往往缺少把人物逼到死角的狠劲。这一点与赵玫形成了鲜明的反差，其实也破解了传统观念下的男女两性性格特征。我想到的是另一个问题，就是风格流派。李治邦不写天津也多少透着点“津味”，而赵玫即使写天津，也没有严格意义上的“津味”。不过要论深入地描摹这座城市，赵玫不用方言，不用“津味”依然把握到了其中的精髓，所以我也在想方式方法的重要性。当然一些书写方式十分契合书写对象，但并不意味着只能有这一种最佳方式，风格本身更不能代表书写对象的本质。我更期待不失“津味”的天津小说和“津味”的外地小说，从这一点来说，赵玫用她自身的丰富性丰富了天津文学的构成，这也提供了研究和继续研究的重要依据。

二、旅途的诗意观察

如果用一个关键词概括卢桢的《旅行中的文学课》,我想应该就是“世界”。这看起来是一句正确的废话,毕竟这正是一本作者在世界各地寻访种种文学元素的游记作品,但我想说的也恰恰是通过这样一句废话引起我们对于世界的重视。

我们生活在20世纪和21世纪,全世界的联系从未有过地越发密切,甚至很大程度上彼此依赖。自从中国加入世贸组织后,我们和世界其他地方都感受到了作为联合体的世界的重要意义,甚至我们还要跃跃欲试地做下一阶段全球化的领跑者。然而假使抛却所有已了然于心的宏观政治的规划,对我们每个个体而言,我们真的敢说我们了解这个世界吗?的确关于这个世界的各种知识,早已充斥在生活的各个角落,可以毫不费力获取到任何一个地图上明确标示的地理位置的各种信息。但是这些知识总是显得苍白无力,记得在一次电视节目中评论员李晓宁愤愤地说,现在一些国际关系专业的学生连亚欧大陆分界线都难以清晰表述。网上也常见这种被讥为“九年义务教育漏网之鱼”的人,引来不少用正确答案进行“知识(常识)炫富”的评论者。然而,就算获取了这些碎片状的知识,意义又在何处?特别是看起来更加虚飘的文学知识,与关于世界其他方面的知识相比,格外引发类似共鸣,于是“知识虚无主义”便有所风行。

卢桢在这本书里如实记录了自己纵横于欧亚大陆、非洲和南美之间的行迹,诗意的语言和富有哲理的感悟,或许是理所应当的游记标配,关于历史和艺术的知识性描述也只是应和了书名“文学课”的界定。虽然做得都很不错,但并未让这本书显出特别与众不同之处。更有可能引起注目的,是他多少有些自然主义地描述他自身在旅途过程中的各种决定、选择和脚踏实地的行走。他既不像导游或者常年旅居者那样熟练到机械化地面对旅途中的各种人事,也不同于一般文人游记那样大多处于主动的被动接受状态,被带领到哪里便游览哪里。他会根据自己所有的知识储备,包括作家的作品,特别是带有自传性质的作品,旁人的传记和研究,以及相关各类艺术作品乃至传说的对读,提取有效信息规划线路。并且在执行规划的时候还免不了要克服语言障碍和方向辨认。最让人印象深刻的是他在缅甸寻找穆奥墓的过程中,发生的一系列让他狼狈不堪的细节。一位青年学者、旅行博主在制作自己的旅行 Vlog 中不使用美颜滤镜和剪辑,真实展现旅途的艰辛并由艰辛衬托愉悦,确实不算多见,似乎是一种身体力行验证人的有限性的举止。在这样的过程中,“世界”不再是平面化甚至单纯符号化的知识,而是同寻访的人物、城市、文学事件一样变得立体和丰富起来。“尽信书不如无书”肯定不是倡导一种漫无边际的怀疑主义,或许更应该是主张一种演绎式的实践精神,在用脚步丈量、用心感知的过程中,重新恢复已经被高度概括的知识原本的充实感,描绘出一幅 3D 版世界地图,并且建立起自己同世界的关联。如此看来,卢桢对旅行的热衷似乎表明他不是在信息化的层面,而是基于一种古典主义的立场理解世界以及关于世界的知识。他对自己的要求从来不是满足于知识化,而是要经历一个颇为费时费力的反刍过程。从这一点来看,他作为一名教师令人感到十分安心,因为他传授的不只是知识化的知识。

书中描述的个别国家我也去过,但看后有若即若离之感,正是因为我等普通人去的都是普通景点,卢桢则是沿着文学的路径观光。在他的叙述中,往往跳跃在历史背景、现场感官、文本阅读与释义中,确实有场景化教学的氛围。卢桢喜欢给自己的旅行活动“加戏”,比如轻抚棺木、朗诵作品、清扫墓地等,让普通的游览变得更有仪式感。同时他还喜欢登高望远,并且选择的角度往往都是前人站立过的地方。此外,他还会沿着作家们的足迹重走他们走过的路,以及品尝作家吃过的食物,这些都是让自己模拟当时当地对方的眼界与心境,站在人物内心体察其本人的心理与创作动因。如果我们不以跟随旅游为目的,而是以场景教学的角度看待卢桢这一系列“加戏”行为,或许可以认为他其实是把文学史研究和文学批评两种介入文学作品的模式结合在了一起。卢桢较早的研究方向是城市诗歌,后来学术兴趣转移到域外行旅角度下的新诗发生学,贯穿在其中的正是“旅行中的文学课”。在一个工作压力日益增大且烦琐、越来越多的人对工作逐渐滋生厌倦情绪或者热衷于工作时间“摸鱼”的社会发展阶段,卢桢通过兴趣激发学术热情、寻找研究方向的努力,应该引起我们的注意。固然这是一个不能再老套的话题,卢桢的可贵之处是找到了一条适合自己的老话题的新路径。

说到卢桢“城市诗歌”这一研究方向,就不得不说《文学课》中对文学的“此岸理解”。一般认为,文学作为一种精神性的创造物和消费品,其价值生成往往是一种“彼岸性”的结果,这也是很多关于“文学之用”无休止争论的源头。卢桢在旅途中寻找文学的痕迹,不仅仅是考察物质世界对文学的外力作用,而且特别留意于文学在物质世界的“物质化”。比如《浮士德》中关于“阿尔巴赫地下酒室”的章节和“浮士德餐厅”的互相成就,《格林童话》对不来梅城市建设的影响,作为彻底人造景点的朱丽叶故居对维罗纳城市旅游的拉动,由于诺奖获得者安德里奇的描述而入选世界文化遗产名录的德里纳河石桥,都柏林的城市地图上叠印着“尤利西斯地图”,《瓦尔特保卫萨拉热窝》让曾在影片中出现的老铁匠“获得”了遍布整条铁器老街的以售卖旅游纪念品为生的“后代”,迈恩菲尔德镇为虚构的童话复原出的海蒂村,哈菲兹广受欢迎的诗歌造就的职业群体诗句占卜,甚至单纯为吸引游客而得到官方凭空认证“吸血鬼德古拉城堡”的布朗城堡。通过卢桢的实地考察,我们看到了文学超出惯常想象的改造世界的能力,这些都是知识化的“文学”难以带来的认知及其冲击。

最为可贵的,不得不说是卢桢在行旅途中为我们贡献了大量的人文知识分子对历史及社会的反思。针对雨果热爱的作家想象出的“中国风”,反问到底什么是真正的“中国风”,其实游走世界各地,卢桢的中国主体意识始终鲜明,他观察中的诸多世界文学元素的落脚点仍然是中国。他在切尔诺贝利“历险”中警惕被设计好的边缘与生死体验的线路,认为这种强烈的主体性多少带有被当作提线木偶的表演的性质。当然我以为这种可贵的思考并不会让主体性有所衰减,毕竟摧毁“母体”实现革命成功的尼奥也不过是反复出现的被设定好的“余数”。反思动摇了主体性的根基，却也因此稳固了主体性存在的依据。在缅甸，他感受到了多元文化的诗意，并立刻自省或许这是对“风景”的消费。在秘鲁，他坐在离开马丘比丘的火车上耐心等待铁路工人维修断路并互相挥手致敬，则冲脱了紧凑时间表的禁锢与文化政治及身份政治的束缚，这无疑是华纳比丘的自然伟力和聂鲁达卓越诗句双重洗礼的结果。对于生活在 21 世纪的我们而言，政治性认知当然是每个人的基本构成，但除此之外，具有世界性和实践性因素的文学修养同样格外重要。

卢桢是一个温文尔雅的人，整本书除却勃朗特姐妹一篇流露出感伤情绪，基本保持了理性、客观、冷静的态度，甚至时常还会开一些机智的小玩笑。这种书写方式及文字性格，必然有助于我们重新发现并理解世界、文学特别是我们自己。

第三节　时代交替中的学术增长点

随着学科建设的不断深入，文学史体例日益成为学界关注的焦点。针对“现代文学史”内涵与外延的惯式性局限，诸多学者一直在思考旧体诗词、少数民族文学、通俗文学、华文文学等内容如何介入现代文学史的书写。其中通俗文学或许是进展最有成效的领域，不少学者确认了《海上花列传》的现代性意义，甚至声称其起源性价值。严家炎在 2010 年主编出版的《二十世纪中国文学史》吸纳了最新学术前沿成果，用更开放的文学史观叙述整个世纪的文学发展历程。在描述 20 世纪现代文学的发端时，这部著作专节分析了两部著作——根据唐传奇《霍小玉传》创作的法文长篇小说《黄衫客传奇》和被认为具有“断代价值”的《海上花列传》。客观清醒地认识近现代通俗文学作品，无疑会开启历史观的全新局面。

一、创作者视角的探寻

其实最初我是拒绝对管淑珍新著《刘云若传论》发表意见的,因为这仍是我专业方向范围以外需要拓展学习的地方。作为一个纯粹的外行,对一部作品煞有介事地指指点点很可能将我拖入一个甚为可笑的境地。当我抱着极大的兴趣阅读完全书后,我忽然觉得或许我正是这部书的"理想读者"。并非此间极大充实了自信,而是觉得这部书的体例或许正是以我这样的普通读者为预设目标,普通读者的普通阅读可能比各种炫技式的文艺阅读更能体现它的价值。

阅读《刘云若传论》的过程中,最强烈的感受就是作家范作家论同学者范作家论之间的巨大差异,后者看重学术规范和理论创新,但表达很有可能佶屈聱牙,有的学者正是用这种语体确保描述的精确,并通过阅读的障碍充分刺激思考。然而这部《传论》则体现出了作家写作的风格,语言明快,语流顺畅,很能体贴读者的阅读体验,一旦看进去就自然顺流而下,别有一种愉悦。《传论》基本分两大块,主体部分是管淑珍对刘云若其人其作的解读,谈论的基础则是学者关于刘云若的研究成果。纵览这些成果,会惊异地发现,关于刘云若的大量资料收集、文献汇编、考证研究绝大部分都是来自天津数位民间学者。原本应该学院知识分子完成的工作,被这些民间学者利用工作之外的业余时间出色而源源不绝地产出,实在令人敬佩。尤其是并非组织严密的"问津"系学者,其研究以及其群体,假以时日一定会成为学术研究的焦点。管淑珍在这些学者的基础上,进行着自己的探索,我看到的正是这个群体的延展。

实话实说,读到接近一半的时候我积攒了不少疑惑,因为我一开始按照"传"或"评传"的预期进入阅读,发现《传论》的主体叙述线索并不连贯,顺畅着顺畅着就突然缺了一块,如同情节跳跃的小说,不知道怎么回事就进入下一阶段或下一板块的讲述。细究起来,应该是缺了一部分史料,导致"证据链"的完整性受影响。描述一位作家的人生和创作历程,如果不是亲历者的回忆——虽然记忆也不一定彻底等同历史，但至少记忆持有者坚信如此——同侦探断案有某种程度的类似，能否让阅读者看明白并且相信，就必须要有符合逻辑线索的史料进行前后链接。当然有时确实不可避免有“证据链”缺失环节，也可以通过逻辑分析补全环链。

客观而言，管淑珍的史料选择有其亮点。开篇采取了倒叙结构，很能吸引深入阅读。刘云若逝世前正处于中华人民共和国建立伊始，摘录天津市文化局干部招司的悼念文章既保证了全书叙述基调的一致，又极为迅捷地展示了刘云若最后日子里的文化氛围，紧接着作者用了肖海地的描述，说明这篇悼文引起的争论。直到这里，我的心情仍然保持着持续上升的震惊，如果照这样的叙事节奏发展，这部书稿必定会成为学院派视野下一部非常厚重的研究著作。然而作者笔锋一转，就“令人扼腕长叹”了。因此我心中的巨大好奇和阅读冲动就被卡在了半空中：究竟引起了什么样的争议？争议双方分别是什么人？刘云若的亲朋好友作何应对？这对刘云若的安葬及其身后评价产生了什么影响？这些历史细节是无处可查还是相反？没人回答我。1937 年晶社成立以及作家同城南诗社的联系，这个片段插入的时机非常好，先从细节谈论诗歌，让读者对作家的诗词功底有了大致了解后，开始叙述作家的诗歌活动。但是太过简略，可以从陈诵洛等诗社成员的描述中勾勒刘云若的诗歌交游，并接入诗社成员对刘云若小说创作的态度和评价，包括诗社活动对小说创作可能带来的影响。

作者注意到了一个多面向的刘云若，第二章就介绍了他在戏曲、诗歌等方面的艺术修养，由此我就想知道“多面”之间如果不是互相平行的话，是怎么互动的呢？作者对“云破月来”做了索引式阅读，令人眼前一亮，体会刘云若在不同时期的变与不变，体察了作家心境，也贯穿起了创作脉络。这个词来自“云破月来花弄影”，刘云若有没有对这句词做出点评？何以如此喜爱？不同的作品在哪个层面上承载寓意？对小说构思立意起了什么作用？都是我想通过阅读了解到的。这里说到了刘云若的艺术积淀，也是个非常有价值的话题。《传论》写道：“刘云若的诗歌创作更多的是继承传统，而他在小说创作方面则杂糅了中西方文学作品的特点。”那么继承的是哪个传统？杂糅的又是哪些特点？这个可以从他具体的阅读中得到体现，前文说到刘诗像纳兰容若和黄仲则，那么师法清诗？是否有过专门分析或业内认可？刘云若有没有相关诗话，尤其是评点清诗的部分？清代诗词集大成，却无特色，仍以小说名世，刘云若为何专选清诗，而非有特色的先秦、汉、唐或宋？是否与童年蒙学有关？当时谁在教刘云若诵诗、学诗？前文也说过刘云若读林译小说，但语焉不详，看过多少？哪几部？有什么评价？如果只是看林纾、严复，满眼的传统技巧，如何学习西方文学的思想、体裁和文体结构？首先体裁就没法学，小说、诗歌不都是章回体、近体诗？尤其是诗歌，作为西方诗歌特定模式的句头、句中和四音节押韵，恐怕只有当下的地下说唱实现了其汉语化的转变。西方因素从哪里来，体现在哪？刘云若的“转型”是点转型，还是持续不断的线转型？如果是带有西方因素的章回小说，则应是后者。材料不足，阅读就不会明白，虽然管淑珍可能自己明白。作家的阅读书单和阅读倾向，是进入其创作的一个有效且便利的途径，我们可能需要避免现在一些不好的风气，比如对“原创”的纠结，恢复到过去的那种认知，即化用、改写甚至“集句”都可能是体现一个人天才之处的创造。

二、城市文学研究的新空间

刘云若在近代天津的出现并非偶然，《传论》选在刘云若初登文坛的时刻，用主次得当的篇幅基本勾勒出了当时的文学生产背景，又一次体现了“叙述的经济”，效益最大化。那么问题又来了，刘云若最初在《大公报》的刊发率是多少？刘云若是在什么生活状态和心态下投稿的？编辑部对这个新人作家有什么评价？有无编者按、读者来信，反响如何？同时更让我感兴趣的是当时甚为活跃的平津文坛：刘云若发表小品文的1927—1930年，正好是语丝社（1924底至1930初）的活动时期，平津地区联系密切，1933年沈从文加盟《大公报—文艺副刊》，1935年担任《副刊》

主编。刘云若与新文学圈子有无联系？互相评价如何？管淑珍在后面的篇幅里介绍了刘云若对新文学和新女性的态度，这也是让我感觉很好的地方。真正意味着作为“刘云若”的刘云若以《燕蹴红英录》为开端，这部作品的创作动机是什么，是什么促使他决绝地从新文学转到了章回目并在这一领域开始了长达一生的耕耘。至于他没有跟新文学阵营发生论战，是性格原因、经济原因、人际关系原因还是有其他考虑。这些背景材料如果能够披露，非常有利于考察文学史中两个阵营的关系，进而设计出文学史观念框架的调整思路，意义非常。

另一方面是作家在通俗文学圈内部的活动，对此管淑珍几次写到了刘云若和宫白羽、还珠楼主、郑证因的交往，甚至还有书信摘录，这个又让我眼前一亮。更好的还有第五章涉及的中华人民共和国建立的一套新的文学组织体系对传统通俗文学的评价，以及在这种情况下刘云若对张恨水的看法。遗憾的是这部分内容应该更多，如果说通俗文学和新文学两个阵营距离还相对较远，那么通俗文学内部的社交圈理应密切很多。当然，管淑珍也观察到作家很长时间内与人隔膜的孤寂，但其实“没有朋友圈”也可以成为“朋友圈研究”的方向之一。

第二、三章都涉及刘云若作品的广受欢迎，也提及生活水平的大致情况。对于通俗作家而言，经济收入是重要的研究材料，直接体现作品传播程度和生活状况，并侧面体现社会发展情况和社会阶层收入。到底刘云若稿费如何？日记、书信、直接的收据票据证据、旁人的描述，具体某个报社、出版商给多少？每篇多少？每部作品连载时多少？是否有其他收入来源？这条思路也是学术界一种惯常的研究方式。

当然说这么多，可能是我的欲求太多，也是基于《传论》恰好刺激到了我的阅读兴趣点。实事求是地说，不是管淑珍做得不够，恰恰是史料的放置都恰到好处，与整部著作很贴合，只是对学院派思维来说“浪费”了一些巧妙的设置，未能充分展开。其实在很多细节上，《传论》都体现出了自己的新意。管淑珍读旧报工夫细致，比如《天津商业画刊》上的再版广告也被留意到了，全部摘录在著作中。文学广告研究是现代文学研究新兴的学术增长点，具有重要的学术意义。又比如从《大报》刊发的时评反观刘云若办刊风格，进而折射刘云若的人格立场，是比较生动有特色的方式。从其中反日情绪浓烈的文章可以启示读者，用这些材料能够进行许多社会学、舆论学、思想史等领域的研究。加上《大报》对新文学作家的介绍，提示着重要的文献线索和研究焦点，以及将天津近代通俗文艺的不瘟不火归因于出版机构力量的薄弱，颇具新意。天津近代媒介研究还大有可为。

这种“断点”叙述看多了，倒也感觉可以自成一种行文方式：我不管那些复杂的七七八八，我只看里面纠结的咸淡冷暖。或许是为了区别于已成书的《刘云若评传》？不管怎样，这种行文方式不但打破了学术研究的范式，连随笔的套路也一并抛弃了。虽然简略，却也专注。如同电影最后那个黑幕的收束，遮蔽了所有的环境和人物，只留下一个洞仅能看到主人公的一张脸。管淑珍在很多地方对刘云若人生的讲述，有种这类洞幕贯穿的效果。这个洞时大时小，如同一种写作实验。

总体而言，管淑珍这部著作有其个人特色。首先不是重材料的“传”或钩沉研究，其次不是带有文学史或社会学背景的“论”，也不是20世纪80年代侧重美学风格的作家论或批评，更不是“六经注我”式的个人文学观的表达。感觉管淑珍用于搭建这部《传论》的基础不是“年谱”而是“简表”，人生线索不能详尽展开，却为自己的体察感怀留出了空间。最重要的特征是个人情感的代入和体认，将刘云若设定成为一个能够为普通文学阅读者所理解的作家，用平视的理解贯穿起全部作品的审读。为了方便阅读，管淑珍践行的是“文本中心观”，采取以作家全部作品的发表时间为序构架全书，用基本的资料交代作品的产生状况，之后便全身心将自己带入作品，对其中的人物作出解读，近距离观察那个时代的故事和那个时代的刘云若。毕竟，管淑珍自己也同时写作小说、散文和诗歌，并对戏曲和楹联感兴趣，这些都是通向刘云若的桥梁。我想也是因为这种特殊的文体，管淑珍将自己的著作命名为“传论”，以区别一般意义上的“传”或“论”。

这种写作方式的好处，首先是打破了“文学研究”的藩篱，继承了“问津”一系民间学者的精神，让刘云若活在相对更普遍的民间世界，获得更多的知音，真正体现文学的全民共享共有。即使在这些学者中，重情感体认的管淑珍也同重考据的“问津”系学者区别开来。其次便是随之而来的对学院派固有研究模式的拓展，证明作家的创作能够用更多的方式展开理解，并且很好地保存了原作和解读的体温，避免被理论肢解，呈现作品的完成性，为刘云若研究提供可以被复制并由此获得更大范围传播的可能。同时也是推广刘云若比较好的读本，具有读者亲和力，让普通民众不会望而却步，令专业读者也有所启发。

三、城市文学的时代错位

这种无所顾忌的强化代入感的理解和写作方式，如果摒弃固有偏见，也是瑕瑜互见的。刘云若本身是新旧之间的人物，如果同新文学作家相比可能被划入旧文人行列，正如20世纪50年代来自文学组织体系的评价：思维略显陈旧，如何提供新东西？管淑珍比任何人都更贴近作家笔下这些有操守却“黯然收场”的人物，产生了一个非常好的观察角度。包括新文化运动在内的现代政治与社会革命滚滚向前，人们只看到新青年和革命党人，却忽略了遗老遗少和普通市民。社会转型就是会牺牲一些人的利益，前进的社会没有错，只是如果文学也忽视了这些人，就是文学的错了。记录转型期的社会，从哪个角度看都是非常有价值的。

但另一方面的问题在于，过于介入的姿态有可能会干扰独立思维，这一点在《传论》里同样有所体现。在承认租界的城市管理“并非乏善可陈”的基本前提下，管淑珍认同刘云若趋于绝望的城市观。问题恰在这里，管淑珍未对刘云若的思考作出检讨。怀抱传统思维甚至归隐念头的刘云若对现代城市文化必然是拒斥的，他看到的城市文化没落，乃是中国本土城市文化，或者确切地说是传统“都邑”不可避免的衰退，并让位于现代化的城市模式。刘云若的意义恰恰在于让我们身临其境地看到“都邑”与“城市”此消彼长的动态过程。与之相应的是旧式文人等“都邑人群”的颓败，由此可见刘云若对时代的观察是整体性的，虽然他自己对此并无清晰的认知。好在管淑珍也有针对这种情况的挣扎，在刘云若行为不检点之处，还是秉持了史家精神。或许正是这种非贯穿性的独立，《传论》在首肯传主的同时，暗示了其内在困境，比如从对“女混混”的单列分类可见，以刘云若为代表的近代通俗文学简单说就是金瓶梅与水浒气的合体，仍从传统思维中寻找时代出路。

抛开对过强的情感代入性的理性分析，应该看到还有一个好处就是互动感强，这正是我获得良好阅读体验的原因。关于《传论》多次对刘云若“如果生命延长”的喟叹，我也有兴趣再说几句。刘云若的未经典化，或许最重要是因为时代转型，“新英雄传奇”的兴起和文学组织形式的更新，加上本人的过世，以及研究的不充分等多方原因，绝不会是“排斥异己”这种意气式的结果。即使刘云若有幸亲历当代文学的“前后三十年”，也很可能无所作为。作家自身的健康因素是必须考虑的一大原因，同时从沦陷区到收复故土的转型都是未完成之作，说明他不会是闪转腾挪的多面手。参照“跨代”的茅盾、郭沫若、曹禺、巴金、老舍、沈从文等大家，作家晚年多无稳定佳作持续问世，一方面因为写作模式确实难以转变，一方面因为外部格局的压力，还有一点很重要，即新兴的中华人民共和国要培养自己的作家，首先是“三红一创、保林青山”，之后是工农兵业余作家。艺术纯熟如孙犁，尚没有很高端的位置，何况刘云若？至于新时期，纵使高寿如巴金，也未见得能有《随想录》，因其身份经历既不可能具备忏悔的理由和资格，也因其性格不可能如知青一代作控诉声，“归来作家”大多属于20世纪三四十年代出生的“百花”一代，在天津还有声誉遍布全国的蒋子龙、冯骥才，未必能留给刘云若多大的空间。因此刘云若亡故于彼时，或许也是命运的怜悯。

20世纪90年代后，市场开始活跃，消费文化兴起，电视的普及，都呈现了二三十年代通俗文学生长的土壤，琼瑶、金庸的广泛传播，张爱玲、鸳鸯蝴蝶派、张恨水重新成为热点，通俗文学研究的繁盛，《今古传奇》的火热销售,“民国热”的波及,现代文学史料学研究各分支的开拓等等,直至九世纪末最初一批80后青春文学走的仍是这条路,诸多因素都没有造成刘云若的再认识,其中有原因,也有必然性,可以深入分析。

说至此顺便做一些反思。谈论一位作家及其作品,无论怎样喜欢,落成文字终须以事实说话。刘云若的影响有多大,就实在地去看他的影响与成绩就行了,不在于怎么说。目前见到的对其赞誉的语句,分别属于两个群体,首先是有天津经历的学者、作家或相关从业者,如周骥良、刘叶秋、吴云心、宫白羽、吴秋尘、赵元礼、方地山、肖海地、招司等;其次便是通俗文学研究界的学者,如范伯群、吴福辉、徐斯年等,当下“问津”系为主体的学者群体大多同时具有这两种身份。“南有张恨水、北有刘云若”的说法据侯福志考证,也是天津本地出版机构励力出版社推出《海誓山盟续集》的编辑推荐语。首先要问:为什么文化输出太欠缺?其次要问:为什么必须是区域研究?区域研究很重要,比如王安忆的淮海路、梅家桥等,但同样重要的是葛兆光所言“中国的整体性”。从天津的地方书写观察整体格局的一般性问题,也是阐释丰富性的重要一翼。或者说,区域应当是着眼全局的区域,整体应该是突出区域的整体。民间学者所做出的巨大贡献足以令学院派自励,同时也应该考虑区域的研究是否会局限刘云若的理解空间,并夸大刘云若的历史位置?试举简单一例:《传论》说到刘云若笔下的旧式文人的“视野狭窄”,当然“羁绊发展”的悲剧自有时代特性,其实我们正在目睹行动力匮乏的历史重演——1930年代旧式文人与新世纪的白领青年,当下的青年作家多次写到年轻人面临的这一困境,这是否具备历史对话的契机?我想可以更直接一些:坐实了“天津城市代言人”地位的刘云若,有没有可能成为民国市井空间的代言人?这个意义大抵比“为天津卫著书立传”“代言近代天津城市”更为重大。

无论如何,我信奉姚大力所言,“大众史学作品”不出于专家学者恐怕更多不是“放不下专家身段”,仍是能否写得出。大众史学并不比专业化写作要求低,没有“大众史学作品”的学术界值得被怀疑。这部《刘云若传论》优劣处都很鲜明,作为大众史学性质的作品,价值应当被充分肯定。此前通篇的种种妄言,不是苛责这部作品,而是激发了我关于这一领域深入研究的思考。最后要说的欣喜是,在王振良、张元卿、倪斯霆、侯福志等诸位先生后,管淑珍的著作让我看到传承与延续,这不正是我们所期待的生生不息的未来吗?

附　录

我们时代的英雄万樱

张楚的《云落》自从问世就引起了广泛关注，同样深深吸引了我。这部作品的可读性实在太强，但正如不少评论者所言，《云落》最突出的特点在于它的“日常性”。这或许就是这部小说最有意思的地方之一，“日常”和“传奇”巧妙地融合在了一起。同样，一个默默无闻、整日忙碌琐事的万樱做了小说的主人公，并且成功化身成了我们这个时代的英雄，这样的张力也为小说增加了不少魅力。

一

张楚塑造过很多栩栩如生的人物，《云落》依然如此，许多配角都活灵活现，甚至一些只提到名字并未出场的人都给人留下了深刻印象，但是偏偏万樱过于普通。她不但相貌平平、性格寡淡、不善言谈、行事稳妥，属于走进人群中都会消失的那种。这部小说情节紧凑，张弛有度，比较紧张激烈的部分基本都分布在罗小军、万永胜、常云泽和徐天青的经历中，一些较小的矛盾冲突也体现在来素芸等人的身上，整体可读性非常强。但这种好读似乎与万樱并没有太大关系，即使同样平稳的蒋明芳也比她更显出正常成年人的智慧。张楚曾说万樱是他写作《云落》的最初动力，想把少女樱桃成年后的故事讲完整，这便不难理解为何如此一部贯穿了当代中国数十年发展的宏阔历史的小说，第一主角是一位貌似并不起眼的女性。只有读完整部小说，才能体察作家如此行为的妙处。

要说清万樱的作用，可以从小说里的几段情感着眼，特别是罗小军和万樱之间，我并不觉得他俩有过多么深厚的两性情感。童年时候，万樱对罗小军的期待很大程度上来自继父带来的不安定感，除此之外两人恐怕更多地还是玩伴。说到底罗小军虽然也欺负万樱，但他仍是一群小男孩里最富有同情心的那个，万樱当然也看到了这一点。我感觉，他们的相互追逐其实是在用孩童的方式表达着微妙的情感，通过奔跑证明自己的努力和实力，借此修复自己的自尊和自信。他俩其实形成了一种奇特的相互依存、相互陪伴的关系，宛如一种异父异母的亲兄妹般的感觉。张楚用自己的方式侧面回应了多年前青春写作出现过的残酷青春的模式，在他看来青春总有不完满，但是总有自己的补足之道，就像万樱会有罗小军，罗小军也有万樱。他们追逐奔跑的行为以及罗小军对地图的喜好，都暗示着二人想去更广阔天地一看究竟的蓬勃青春活力。童年固然有贫瘠和困惑，但是青春的力量无法被抑制，如同破土而出的幼苗。到了成年之后，两个人逐渐走上了不同的路，罗小军四处奔波，走南闯北摸爬滚打，逐渐建造起了自己的商业帝国。相反万樱不单性格一直没有远离县城，自身也没有走出县城，一直与县城里熟悉的人们过着熟悉到几近千篇一律的生活。为了维持生计，高中肄业别无所长的万樱体验了两年工厂生涯后赶上了下岗潮，去餐厅打工，后来又同时做着环卫工、维持按摩店、在驴肉店和窗帘店帮忙，还照顾着独居老人。如此繁重的生活，仅是看看就能吓退不少人，但万樱一直在坚持，并且没有听过她一声抱怨和哀嚎。特别是做这一切的前提，是她的丈夫华万春是个瘫痪在床的植物人，忙完一天繁重工作的万樱还要擦洗照料病床上的丈夫，似乎完全超出了一个普通人所能承受的极限，然而万樱不声不响地承接下来了。

作为成功的商人，罗小军所涉足的领域不仅不是万樱能插手的，还是她所不明就里的，这是县城里个体发展的差异，又何尝不是县城与县城、城市与城市、区域与区域发展的差异，因此《云落》的立意是很高远的。更何况万樱其貌不扬，罗小军身旁又不乏美女，因此，小说主体脉络中的罗小军应当是很难对万樱有异性之间的情感。然而罗小军依然无法离开万樱，首先是万樱的按摩手法令其很受用，其次是万樱帮助罗小军解决了钉子户老太太这个难题。不过仔细揣摩，虽然万樱的作用不可替代，但并非做了多么惊天动地的大事，按摩本是其安身立命之道，劝说老太太也不是依靠威逼利诱或巧舌如簧，单纯是长期的情感投入得到了对方信任，三言两语便解决难题。万樱带给罗小军的，绝不是李李带给宝总的，前一对关系并不对等，表面上罗小军独当一面，万樱微不足道，但内在于精神层面，万樱则一直是罗小军的支柱，这也是为什么在罗小军失败后与万樱同骑自行车，正是想从中获取能量，避免走向自我毁灭。在《云落》里，万樱及其象征的县城，更像是后退了一步的地母，她带给罗小军的并不在于实实在在的相助或者启发，而在于她踏实的性格给人强烈的安全感与稳定感，正是这种看似飘渺的感觉让身边的人特别是罗小军能够历经坎坷、翻越鸿沟，在经历不断的生活脱轨后又一次次重返生活。如果将罗小军看作不断增长又不断面临危机的现代中国，万樱正是代表着传统中国或者说精神和意识层面的中国的强大向心力和定力，这正是小说透露出来的中国稳定发展的奥秘。

二

当然，如果认为万樱只是一个守旧、迂腐、短视、无知的传统女性，无疑是错误的。她和常云泽发生的不伦恋情，正是她性格多面向的重要体现，并且某种程度上与她和罗小军的追逐有着异曲同工之妙。常云泽从小缺少母爱，从作为长辈的万樱这里寻求某种替代性情感。常云泽这个人物的设定很有意思，他在一定程度上可以说是罗小军在社会阶层的另一个象限几乎对称的对应物，两个人都吃过苦，都敢于冒险，也都胆大心细，从他们身上能看到这几十年中国社会滚滚向前的动力来源。甚至在追求目标的道路上，敢于拼狠，敢于置之死地而后生，善良并不构成杀伐决断的障碍，并且两人都热衷口舌之欲，正是这样居于社会阶层两端的人还都贪恋生理欲求，充分表明作品反映的这个阶段中国还不像欧美日韩那样经历了高速发展后进入了低欲望社会，而放缓了社会进步的节奏。同样，在与万樱的关系上，常云泽也同罗小军一样，是一个不缺乏女性甚至不缺乏外貌姣好的女性，不缺乏性经验和异性缘的人物，没有任何理由会与万樱有密切的关系，更别说依恋。被公众认为美色的霍起芳对他的依恋便是最直接的一个例子，但事实却就这么发生了。

按照常理，婚恋市场中像罗小军和常云泽这样高阶层和低阶层的男性，在性选择方面都比较广泛，罗小军自不待言，掌握着更多的社会资源，常云泽单纯因为所在群体人数众多，又没有过多贪欲，因此便于寻觅。但两人还有一个共同点，恰恰是这个共同点让他们倾向于对万樱的依赖，那就是他们都处在动荡的人生中。罗小军是因为资本市场的裹挟，当然在这方面他有更多主动权，撤回投资、收缩商业版图就能安定，只是他的性格决定了他没有这样做。常云泽深处下层，社会变迁的红利享受不多，却被社会变迁来回推搡，如同海底板块运动频繁发生火山的环境。甚至在他的隐藏真实身份的童年回忆里，还有险走鬼门关的惨痛印记，在天青回来后身份的真实性以及来之不易的稳定生活又有了潜在威胁。在这种情况下，不明真相又不愿深究的万樱既能给他提供身份保护的稳定感，又能给他提供超越动荡的稳定感，对他实现从现实到精神的庇护。所以虽然与罗小军不同，常云泽同万樱保持着长期的肉体关系，但本质上是一样的。

万樱则通过常云泽，在生活的重压与规律之下呼吸到些许新鲜空气。因此他们也是互取所需、相互依偎的状态，彼此都承担某种拯救的角色。可见，万樱不是一个只能负重生存的个体，虽然不善表达，但她也有鲜活的主体性，有自身的需求也有抵达目标的勇气。这样便能理解，为何万樱背负如此沉重的压力，也能尽数化解，并且还能帮助身边其他人化解各自的压力，乃是因为她从他人身上获得的不仅仅有各自的负面感受，而且通过将这些不稳定感转化为突破禁锢、突破执念的勇气与力量，与她自身的循规蹈矩、不动如山形成了对冲，达到了巧妙的平衡。所以说这几人实际构成了相互依赖、彼此救赎的稳定结构，以此应对社会变迁带来的不稳定因素。

三

万樱身边还有一个主要的男性角色，即承担部分叙事视角功能的徐天青。小说是以徐天青回云落为起始点，这是饶有意味的设置，对读者来说，云落的风土随着徐天青的视线徐徐展开，但对徐天青本人却并非如此。他清楚地记得自己在这里的童年经历，也清楚地记得万樱的样貌，他是带着目的来云落的，并非单纯因为好奇而走进云落，甚至连清楚自己身世而比较敏感的常云泽都没在一开始就看明白徐天青的意图。从社会阶层上来说，徐天青居于罗小军和常云泽之间，虽然故事时间内他还是学生，但他的命运早已被规划好，考上博士，出国交流，四年后在体制内做一名研究者，这是妥妥的社会中产知识精英。但从根本上来说，他还是一个缺乏稳定感的人，原生家庭、寄养家庭、国内大都市学校、实习公司以及即将来临的海外学校，让他感到了不适，在出国之前来到云落，像是一次寻根之旅。但是改革开放的春风已经给这里带来了新的生机，熟悉感与陌生感交叠，海钓的波涛汹涌是其内心波澜的形象化表征。在这种时候，万樱不仅仅是童年记忆向当下的延伸，更因为她多年不变的特点，让徐天青格外有安全感。或许对罗小军和常云泽而言，万樱是外在于自己的稳定器，但是对徐天青来说，万樱就是县城、回忆以及自己跟世界发生关联的一种本来物、内化物，某种程度上来说他寻找的就是她。

张楚经常被认为是很善于刻画女性的作家，他细腻的笔触也同多数男性作家有所区别。更重要的是他通过对这些女性的细致描绘，摹画出了一幅带有鲜明女性色彩的世界。当然这么说可能还是带有男性视角，因为男作家的女性世界同女作家的女性世界当然会有所差异，但正是这种差异令文学的世界更加丰富，并进而因为这种丰富更能印刻出更接近真实的女性世界以及包括男性与女性的现实世界。在《云落》里，不乏男性作家热衷于追求的性格上的杀伐果决，也不乏大历史的激荡波澜，但是这些形形色色的男性角色都围绕着一个最为普通也最具代表性的县城女性。罗小军、常云泽和徐天青代表着中国近几十年发展的各个方面、各色人等，他们有不同的性格、不同的经历和不同的追求，但是都没能避开各自的风雨蹉跎，内心都有难以遏制的波澜，因此他们都对四平八稳、循规蹈矩却并不因此失去个性主体的万樱产生了巨大的身体和心理依赖。一个气场最弱的角色成了整部小说架构中最稳定的点，联系着方方面面的社会关系。万樱不但能坦然面对不安定的心灵，而且能够吸收他们过剩的能量，将他们重新调整到不会离经叛道的轨道上。但同时，万樱内心也有能量，在华万春失去知觉的漫长日子里，她坚忍地支撑起家庭责任，当意外怀孕后恰好华万春苏醒，面对同华万春的离婚压力，没有畏缩也没有激动，而是平静度过，未尝不是一种勇武。特别是她与常云泽的突破传统伦理的恋情，难免让人恍惚，这个传统的县城中年妇女为何内心住着一个观念现代的个性强悍的独立女性？这种强悍意味着对既有规则的不满以及无声的反抗，也意味着对内心追求的清晰认知与果敢抉择。有意思的是，这部沉浸于口舌快感与身体之欲的小说，不但没有降低水准，反而获得了意义的飞升。这飞升就体现在万樱的身上，她不但没有沦为一个可怜的、没见过世面的中年妇女，而成为一种新颖的英雄形象，一种新颖的引领罗小军、常云泽和徐天青这样代表着绝大部分世事变迁中的中国人走出精神泥淖的女神。

作为小说的主角，万樱显得过于普通，但普通之下还有传奇。罗曼·罗兰曾说，世界上只有一种英雄主义，那就是在认清了生活的真相之后依然热爱生活。关于英雄主义或许有不同的定义，但无疑我们永远都需要英雄主义。《云落》没有采取史诗的模式，却有史诗的气魄，万樱则是这部别册史诗中独一无二的英雄人物。万樱对困顿的克服和超越，以及她给我们的历史理解力,正是我们这个时代应有的英雄主义的一种形式。

《云落》:“县城感”与当下现实的历史脉络

《云落》在刊物刊发已久,书也正式出版,引起了不小关注。现在还记得一年多前等待《云落》时的心情,既期待又不安,既有底又没底。阅读了张楚此前一系列中短篇小说,对他的风格已经比较熟悉,虽然他在不断调整,呈现出来的样子有明显的不同。当时经常想的事情是,这一部牵动了很多人心思的长篇,会以什么样子出现呢?虽然之前已经从作品中看到过不同的“张楚”,但基本是熟悉的,他会采用哪一种路径,哪一种方式,还是有所结合,都是让人兴奋又茫然的事情。直到靴子落地,拿到书的时候,好奇心才得到满足。不过应该说是过去的好奇心得到了满足,新的好奇又被调动了起来,因为小说实在是太好看,那段时间头脑中天天都是云落的人和事,无论是县城的日常,罗小军的商业帝国,还是天青的身世,都吸引着我不断探究他们的生活与命运。

张楚是公认的写县城的能手,以至于他笔下的都市反而被忽视。这或许是一种不公平,但也是一种莫大的肯定与赞许,毕竟无论从人口还是数量来说,县城都比都市更为广袤无垠、繁复绵密。《云落》以将近四十万字的篇幅,讲述的故事超出了县城,但给人印象更深的却也还是县城。《云落》更大还是云落更大,我想或许差不多大吧,我的意思当然不是书名号不占空间。《云落》的叙事空间从东部海滨直到西部荒漠,天青的主要活动场景还是大都市,没过多正面描写而已,省内也多次有省城、兰若市、青龙县、乐町县、孤竹县等地,自然远远大过云落县城。然而根据我的阅读体验,虽然小说有较为明确的地理环境,然我总会用自己的经历强行脑补,最顽固的是罗小军追逐万樱的画面,我总会带入我在 1992 到 1997 年上下学的那条漫长的路。我生在乌鲁木齐,不但是西部内陆,而且是省会,与东部的县城云落几乎没有任何地理、历史或习俗上的相似,不过这丝毫没有影响,这个场景像抽搐卡碟一般反复闪现在我的脑中。后来我想明白了,不同地方出现的差别在20世纪90年代只是刚刚萌发,对于西部边疆和东部县城,当然不会随着沿海开放城市的最早浪潮一同变化,21世纪以后这种差异逐渐普遍,被遗落的地方也慢慢获得了发展的动力。不过2004年我就离开家乡去千里之外的北京上学了,对家乡的回忆几乎停留在了1990年代。或许可以说,即使抛开《云落》的写作实践,从一般意义上说,“县城感”恐怕是绝大部分地方共享的人生体验,当然这里特指80后或部分90后以前出生的人们。“县城感”可能是一个带有些许穿越色彩的描述,并不一定就是特指县城,像我这样西部边疆省会城市成长起来的人,也会对张楚许多作品特别是《云落》有一种特别的感触。我想或许这也是为什么关于“县城”的各种艺术作品会引发巨大的流量,受到了大量的人的格外关注。这样来看,《云落》真如同中华大地一样广袤,即使是北上广这样的国际化超级都市,回许也能找到关于“县城感”的回忆,这应该是张楚小说受到广泛欢迎的原因之一。可以说,他抓住了理解当下现实的历史命脉。

《云落》写的不仅仅是云落,《云落》里的人物许多都是云落人,却又不像云落人,比如天青,比如罗小军。当然,“像云落人”的群体也是包罗万象,来素芸,蒋明芳,常献凯等,不过最像“云落县城”的当属万樱,她甚至可以看作是县城的人格化表征。不过正是在这样像与不像的纠缠之中,云落的故事才引人入胜,云落的形象反而更加清晰。这些人物都太有特点,以至于我会觉得真有这个人,即使张楚说来素芸和蒋明芳是他凭空编出来的,连原型都没有,我也很难说服自己。万樱作为小说主角,出场并不少,但或许连她自己都想不到自己有一天会成为主角。选择她作为主角,是张楚的偏爱,她这样默默无闻、其貌不扬、藉藉无名、做事不显山露水的人,确实没有做主角的天分,完全被虚构的来素芸某种程度都更有潜力做个主角。万樱不但样貌完全不出众,性格介于男女之间,还有一身的缺点,张楚对此毫不掩饰,同样不掩饰的是作家对她的喜欢。这种喜欢与沈从文对翠翠的喜欢可谓天差地别,张楚对这个人物的喜欢绝不是外在的,也不是文化层面的,而是有更复杂的面相。《云落》里不是没有貌美如花、风情万种的女人,如果全是万樱或者来素芸这样反而失真,我们每个人身边不可能美女如云,普通人占绝大多数,但并不意味着我们没有亲眼见到美女,较低比例的美女率恐怕也是一种“县城感”,因为我们对都市的印象往往与摩登女郎相伴随。

可能对张楚来说,现实主义从来不只是一种创作方法,而是一种职业操守。他对万樱的如实描绘,正是对县城以及当下中国社会真实呈现的基本伦理要求,他需要表达出对万樱(县城)的留恋,也需要传递出万樱(县城)自身的困顿与缺陷。相比之下,“县城”这个概念框住的其实是评论者,从来没有局限张楚的观察和思考。刚开始阅读的时候,我也产生了地母形象序列中的万樱这样的念头,但看完会想,万樱大概与地母不沾边吧,她的不惊慌是不是因为认知有限?她的情绪稳定会不会因为她完全意识不到事情的严重性?她真的帮助过什么人成就过什么事情吗?不仅仅是万樱,纵横商海如罗小军,泼辣爽直如来素芸,好勇斗狠如常云泽,这些属于各个领域的强悍之人了吧,似乎都没有什么好的结局,靠经验与智慧,靠性格、靠蛮力,都很难改变事情的走向。张楚营造出的现代人的有限性,应该也是这种“县城感”氛围聚拢的原因之一。县城在行政区域划分的阶梯上处在中间靠下的位置,哪里有那么多手眼通天的人物?即使精明如万永胜,也及时施展阳谋急流勇退。《云落》呈现的最近这几十年,是中国跨越式发展的几十年,对普通人来说一切事物都变幻莫测,很难尽在掌握,稳定感之中有一种不稳定感,县城感之下有一种“反县城”的暗流,这便是张楚描绘的庞杂的现实。有趣的是,这样庞杂的现实,是被作家用绵密的细节呈现出来的。一切都在变动不居,只有万樱稳定如初,这或许就是罗曼·罗兰定义的那种英雄主义了。

张楚的作品一直给我的是拒绝概念化的印象,有他鲜明的个人风格,他的作品差不多都不能轻易被定义,反而让人爱不释手。这种轻微的受虐快感,或许就是阅读的乐趣之一。关于《云落》以及县城和现实主义等相关问题,充满着丰富的讨论空间。

一幅生动的文人素描

写文人群体，特别是潦倒颓败的文人群体，是一件难事，但又不缺乏现象级的作品，或者说这种题材本身就能引起人们的关注，无论是《儒林外史》《围城》或是《废都》《风雅颂》等。狄青也出手了，不过篇幅较短，充分显示出了他睿智的一面，也将地方感和题材的分寸感很好地融合在了一起。

小说的开篇从一个吵杂的环境入手，叙述语言完美营造出了这种氛围，而且充满了生活中的欲望感和躁动感，很好地营造了整个故事的氛围基调。之后并没有急着进入故事，而是不慌不忙介绍了主人公“我”潦倒的基本现状以及两对特殊的人物关系：穷途末路的杂志、靠房租维系的生活并因此流露出的自满神态、与海马餐厅老板马一芝的身体关系，以及对王囡囡夸下海口又不想认真负责的性格。一个游手好闲、缺点满满的小文人形象呼之欲出，这时作者才缓缓展开故事主线。马城的一个文人小圈子浮出水面：除了杂志社的“我”，还有日报的张大川、晚报的侯默生、电视台新闻部的魏云梅以及早报的李琼妮，“圈子”的另一面是董镇文化站的尚有刚。因为占据了中心城市的重要文化部门岗位，因此文人小圈子里的每个人对尚有刚都是一种俯视、嘲弄的姿态，即使当面交谈也是口无遮拦、无所顾忌，没有漫画化的笔触，却处处有漫画化的效果。在尚有刚看来，这些都是帮过自己走上圆梦之路的尊贵朋友，但小圈子诸人显然并没有这种想法，对其帮助全然不是朋友间的鼓励鞭策，不过是手头不用白不用、用了有满足感的念头使然。因为传统媒体影响力的式微，收入受到了直接冲击，小圈子的聚会频次越来越低，花样越来越少，如果不是为了观看/嘲弄尚有刚，这一次恐怕还不会这么利索地齐聚。所以后来“我”为了推卸责任、缓解心理压力认为魏云梅责任更大，刨根究底是说不通的，因为虽然是后者发起的聚会，但每个人各怀心思，彼此一拍即合，说明有充分的动力。这些年各人都有各自的不如意,需要找一个仰视自己的人进行心理疗愈,说直白点,就是方鸿渐落魄时体会到的因为更低贱能给人带来安慰的狗的作用。

狄青讲故事不慌不忙,没有连续起主体情节的推进,而是插叙了“我”和马一芝关系的介绍。通过对人物夸夸其谈、自嘲自贬以及油腔滑调等生动描写,废都废文人的形象跃然纸上,特别是反衬到实际能力的明显欠缺、格外滑稽。在这些人内心深处,虽然表面上嘴碎话痨,但没有真正关心的事物,如同一具空虚的躯壳,行尸走肉般混迹于人世。所以在洪水爆发之前与当下,他们没有任何预见和解决办法。而且巧妙的是,作者没有用第三人称叙述,而是采用了“我”的第一人称视角,于是尚有刚在暴雨中遇难这个重要事件呈现出来的是一幅扭扭捏捏、遮遮掩掩、蒙混过关的架势,根本没想认真细致讲完这件事,很快就到了彼此推诿扯皮、倾泻责任的环节。这群人谈论身边的灾害和人命时,完全没有“生死亦大矣,岂不痛哉”那种慎重庄严与敬畏感,而是充塞着玩世不恭、玩弄心眼以及机械僵化的言行。

小说最精彩的部分正在于王囡囡向五人索要 30 万补偿款之后。这笔补偿款并不是王囡囡主动提出,而是五人出于内疚与怕事双重心理影响,主动向前者表示了意愿。内部协商时,魏云梅主动提出承担 8 万,却引起“我”的不满,并在心里盘算出这些年她的种种“灰色收入”。为了炫耀自己的担当大度,“我”在魏云梅表态后主动分派:自己和张大川一共承担 12 万,李琼妮和侯默生各自 5 万。但“我”的真实心思是自己只占个“仗义疏财”的名,多出来的钱让张大川支付,并明确了张大川这些年的“劣迹”及对其“肯定有钱”的推断。但是私聊时张大川一口回绝,表示钱不在自己手里,用主动蒙羞的方式寻求逃避。侯默生一直把不满挂在脸上,连平分下来的 5 万都不想承担。最后魏云梅又以孩子出国买了高价黄牛机票为由,表示先前承诺的 8 万无力承担,让“我”先垫付。更有甚者,如张大川和李琼妮都直接说出心中猜疑,认为“我”如此“积极”是因为想与王囡囡发生不正当关系。于是滑稽的一幕出现了,五个人勾心斗角、各自阴阳,最终"我"扛下了所有,成了大家耻笑的那种"天真汉"。可以说,这些人是假文化人,却是真混社会。方寸之间锱铢必较,毫无道义可言。

事到如此还没完结,狄青为小说设计了一个"反转之反转"的结局。因为女儿成绩优异,不再需要"我"的学区房,而她不蔓不枝、香远益清的外形印象配合当时的环境,又让"我"受到了一次从视觉出发的精神洗礼。王囡囡道明了索要 30 万的原因:10 万要给尚永刚写了多年的姜尚行迹考编一本书,20 万用来租展馆陈列主题收藏展览。在这些"文人"看来笑掉大牙的"瞎胡闹",却是尚永刚和王囡囡谨慎认真、有情有义的地方。董镇这两人看似笨拙,却将马城文人文雅之下的粗鄙、肤浅、浮躁、势力、自私衬托得淋漓尽致,如同照妖镜一般。或许正是突然"见了阳光",让"我"看到了自身的不堪。重新用一种不同的视角打量,"文化人"身份因虚伪而不存,粗浅鄙陋也因为见情见义而珍贵,人物关系发生了一次倒转。由此,"我"在一群虚伪的文化人的算计中被动认领的"天真汉"身份,在与王囡囡交谈后被主动接手了过来,"天真汉"也正是作为"文化人"的对立面被确认,其正面意义也实现了完成。

结尾看似又是一重反转,其实不是,只是作者的一个"看似如此"的小设计。真正由内而外转变并认同"天真汉"后,"我"又"恢复"了锱铢必较的面孔,以自己"无业"而无所畏惧的身份"要无赖",要求其余四人尽快归还自己替他们垫付的钱。其实不难理解,成为"天真汉"后的"我"真心认可尚荣刚和王囡囡的正当与正义,这时已经不单纯是欠钱的问题,而是对这件事有没有一个清晰的认知。毕竟此时已经完全不用担心王囡囡曝光此事,给钱已经是纯粹的内心赎罪。在"我"看来,包括自己在内,这几人确实是有愧于尚王二人,因此需要每个人通过给钱的方式表明立场、改变心态。最后跟马一芝的关系也变了,不再只是身体需要,而是通过入股掺钱的方式端正心态,实现性与情的统一。

可以说,这篇不长的小说生动刻画了一个人的转变,更通过寥寥数笔,描摹出了这种都市圈子文人的世俗百态。正是因为生活的过于平顺,都市圈子文人渐渐变得市侩、精细、自我,忘记了所从事行业原本的、说起来甚至有点不好意思的大目标、大理念。如果不是尚永刚这样不大不小的一枚钉子打入内心,恐怕难有改观。这样的作品,不但看起来好玩、新鲜,也能提醒我们时刻自省,对丰富城市文学的发展大有裨益。

留在黄家花园的文学

黄家花园最早出现于清末,最初为私人所有,景色自不待说。后来历经变迁,花园本身早已不是当时的样貌,同时这一概念已从特指花园的专属名词变为了指代附近一片区域的笼统称谓。不过由于地理位置优越以及交通便利,并且依托于天津当时的发展水平,这一片地方商铺、住宅林立,直至中华人民共和国成立后,都是人流如织的地方,包括商业、教育和医疗等在内的各种社会服务机构的发展都非常充分。不过除了这些能看到的市井繁华,这里还有很深厚的文化底蕴,多位作家都曾经居住于此,并在这里写作或者依据这里的经验进行写作,形成了一段微缩的文学史。

首先要说到的是梁斌,这位奠定革命话语的文学表达形式的重要作家,因为讲述革命历史的繁重任务影响到了健康,来到天津的重要原因之一是休养身体。机缘巧合把家安在了黄家花园这片区域,梁斌对这里非常满意,因为这里能够同时兼顾文学创作和休养身体这两个有些矛盾却都无法忽视的目的。他在《白杨之歌》一文中难掩畅快欢愉:“我自从搬进这几间房子,也颇适意,好处是清静,无论黑天白日,皆无车马之声。原因是这‘永康里’出口是一条偏僻的小马路,叫南海路。这南海路,不用说外地人,连天津人都不知道它,恬淡幽静,甚适人意。凡是来到我家的朋友们都说:‘你这地方好,可以说“结庐在人境,而无车马喧……采菊东篱下,悠然见南山……”对天津这个工业城市来讲,可以说是世外桃源了!’”梁斌就在这种“大隐隐于市”的状态下,连续作战,修改、创作了很多重要的篇章。曾经在北京居住过的梁斌来到天津后,感慨当时天津的公园建设不如北京，但是对黄家花园附近的公园等公共设施则流露出无法掩饰的赞许。虽然黄家花园已经不是原本的模样，但这一代的复兴公园、土山公园都让他流连忘返。他像看待家乡父老一样，满怀深情地看着天津的市民在公园里健身、休闲、娱乐，细致地描绘来到此地的老人儿童以及学英语的年轻人的动作和神态，甚至写下了对公园管理的建议思考。周边的这些邻居，对梁斌也是亲近如同家人一般，还会未经预约突然到访，梁斌则热情招呼他们到家中做客。这种邻里关系，放在当下商业小区的居住视角来看，实在太令人羡慕了。除了普通访客，这里也少不了梁斌在文联作协系统的老友，专门赶来与他讨论书稿，或者畅聊文学。黄家花园，因为梁斌的存在，增加了一处小小的文学沙龙，以文会友。正是在梁斌的这些创作与会客活动中，中国的革命历史叙事逐渐形成了自己的风格样式，变得日益坚固。

有时候历史的机缘会让后来人感叹妙不可言，进入“新时期”后，梁斌同辛一夫、冯骥才一起办过一场书画展，但历史早就让这位当红作家与当时还非常年轻的冯骥才成为某种时空伴随者。与梁斌一样热爱文学和书画的冯骥才，在经历了 1960 年代的坎坷后，在 1970 年代的门槛前看到了生活的曙光。经过多次搬家，他们一家怀着憧憬的心情来到了思治里，在这里一住就是十四年。他在回忆中这样描述这里的环境：“思治里是一条很深的胡同，两边两排连体楼，我住在右边一座连体楼的第七座，由于下边有一层地下室，我所住的三楼实际上是四楼，上边再无人家，只有天空、云彩和飞鸟。身居此屋，如在天上。……后胡同僻静人稀，鲜有小贩进来。下雨时，楼顶上的雨水通过墙面上歪歪斜斜的黑色铅管泄下去，使胡同总带着湿漉漉的气息，天天夜间这里都是野猫的交际所。”经历过特殊年代的冯骥才，还特别珍惜建筑本身给他带来的心理上的稳定和安全感：“我们新居的房子很厚重，高耸的瓦顶，宽阔的屋檐，粗壮的楼梯栏杆，让人住在里面感到牢固稳妥。只是后来才知道它外强中干，甚至险些使我丧命，这是后话了。”冯骥才说的“后话”是指唐山大地震中住房的坍塌，并因此住了一段时期的简易安置棚户，好在家人安全跑了出来。无论如何，思治里见证了冯骥才文学的起步，在这里他写出了《义和拳》《铺花的歧路》《啊！》《神灯前传》《高女人和她的矮丈夫》等一系列非常重要的作品，回看这些作品恰好是对“新时期文学的发生”这一文学史问题的梳理考察，或者形象一点说，文学以及社会思潮发生了那么重大的转变，正是这些十平方米的斗室中发出的微弱光芒汇聚起来的结果。一点也不夸张，冯骥才在这个拥挤的空间里思考的事情，远远超越了那个时代，他的心早已与天台上方的云彩飘荡在了一起。同时这个时间段的作家奔走于大江南北，甚至世界各地，思想纵横八方，笔触却一直都在这片生活的土地上。这美好生活的开启，都源于刚搬入思治里时，夫妻俩对居住空间和生活方式的积极改造，以及在黄家花园这个商业街区体会到的浓浓的烟火气息，这些烟火气息同时能满足人们当时所需的物质和精深需求的供给。

据井振武所言，黄家花园包含了一部分当代文学史这个有趣的现象，是河北“三驾马车”之一的作家何申曾经在《闲聊老乡肖克凡》中提到的。何申假设了一个时空场景，就是地震时，他与冯骥才的住所相距不足五十米，肖克凡则住在五六百米的范围，如果都在家，则方圆之内同时发生着三人的忙乱与慌张。此外，何申居所的前任主人似乎是作家李治邦。距离这里不远的锦州道，是还珠楼主曾经的居住地。这些作家各自成长经历、性格志趣不同、艺术追求不同，代表作品的风格调性不同，但有一些共同点，比如都对在这里的生活经历格外珍视，都对民俗、民间文化和城市文化感兴趣，都细致体察庞大而各异的市民群体，都认真对待每个鲜活生命的尊严，都热衷于描绘出个体旺盛的生命力和周围环境蓬勃热烈的活力。一方水土养一方人，这里能够成为文学的一小方沃土，能够滋养出如此的文学生态，与周围繁盛的市井生活、风俗人情是密不可分的。繁星般散布的这些文学活动与文人生活，是天津历史底蕴和城市魅力的重要组成部分，值得每个人仔细品味。

代后记：城市文学破局而立的新机遇

不可否认，当下从创作到评论和研究的广阔范围内，对农村的关注都远远大过对城市的关注。没有人否认在城市化进程中，农村付出的惨烈阵痛以及与之决难匹配的无端漠视，但是城市的复杂性、重要性受到遮蔽或者题材分布比例不均衡也不能不引起思考。农村的受重视程度更高，与革命史息息相关，当然说到底还是与整个现代国家转型有关，农村人口占据多数，当然也就是革命斗争的主要方向，也就是创作表现的主要目标。虽然在“一五计划”“三线建设”尤其是改革开放、1980年代中期中央工作重心转移后，城市建设进行了一波波的加强，但由于农村人口一直占据多数，理解农村就能更好理解社会和国家的思路没有根本性转变。

我个人的人生经历完全属于三座城市：十八年的乌鲁木齐、七年的北京、两年的武汉以及很快也到七年的天津。从城市的角度来说经历可谓丰富：跨越东中西部、南北方以及国家中心城市、沿海与内陆二线城市、西部省会城市，但如果考虑到农村经验，我是干干净净的“零”，认知只能完全凭借他人描述或研究，这就造成一个极为严重的问题，即辨识能力大打折扣，遇见什么书就倾向何种立场。好在我及时发现，尽可能有选择地换着读，力求较为全面地了解农村的历史与现状。我这样的人所占比例不好妄断，但绝对数量肯定不会少。相比之下我父母对乡村的了解就完胜我，我父亲有多年兵团农场的生活经验，母亲也曾作为知青下乡，虽然只有短短数月。后来他们都在1978年通过高考进入大学，有趣的是虽然作为那代大学生有强烈的精英性，并且对过往历史有自己的看法，但时常以乡村经验为荣。爸爸从小就嘲笑我"连爬树都不会"，还有一件事记忆犹新，读博时与妈妈及其单位同事去乌鲁木齐近郊的南山小渠子，车过农田妈妈问我一片绿叶是什么作物，我当然不知，妈妈很得意地说是土豆，当时我有被捉弄感，说埋在地里我哪知道是什么。他们对世界的认识是完整的，当然这并不是我停止认知的借口，但确实存在先天不足。还有一个体验是，即使是进城人群，城市认同也足以覆盖乡村认同。爸爸曾在2014年服从安排作为第一批工作组领队驻村南疆，坚持记日记后以《走进刀郎》出版，里面坦言虽然有童年回忆，但很难再次融入，叙述也颇有意味，即使有抒情也有古典式的节制，更多的是间离感强烈的知识分子视角，这种视角与关注、关怀村民的情感毫无冲突。抖音刷短视频也见过很多乡村，但也是很明显的风景化视角，城市立场鲜明，值得注意的是这些视频都不是以游客身份拍摄，恰恰是进城群体的回乡叙述，这让我想到前些年继"逃离北上广"后热议的另一话题"逃回北上广"。可想而知，相比我这样辗转不同层级城市的人，进城者面临的冲击和不适更为显著。这令关注并深入研究城市及其文学的人，日益具有紧迫感。同样是刷短视频，我有一次接连刷到对比强烈的视频，一个是蜗居的北漂带大家参观他38平米的复式住宅，另一个是房屋中介上传的四五百平米大平层介绍，甚至明星豪宅。可能有个判断不准确，农村的问题很棘手，但城市毫不逊色、更为复杂还处在变动中。无论是三亚的群体活动，还是北京三环及保福寺的飙车，无论是杨庆祥跨越东北到东莞的80后研究，还是黄平逐步践行的东北学研究，都表明城市研究的现实性和复杂性。

当然不可能将城市像标本一样隔离出来看待，就像一位以摹写乡村名世的作家注视城市，给人的感觉不是跨界而是熨帖，不是步子太大而是步步为营。《炸裂志》是作家在提炼出"神实主义"后的作品，能明显看出其中陡增的野性与蛮力，一个小村庄在领头人的带领下建立起了一座超级大都市，其中军队、农村、工业、市场等各方面的力量被无限召唤与放大，甚至在地方志的架构里兴致勃勃地写起了"特殊行业"。在这部小说里，城市化浪潮没有秘密、没有退路，一切都暴露在阳光下滚滚向前，何尝不是以一种陌生化视角炸出事物真相。每一个人都时刻保持着高昂的斗志，仿佛时间从来没有移动，但周围的景象却天翻地覆。其实我们所生活的城市何尝不是如此，强行变道飙车的路怒症，一言不合就当街全武斗的路人，层出不穷的售楼处被砸新闻，暴力执法的城管，屡遭侵犯的幼童，医闹，校园暴力，外事不决不问周瑜而问民粹主义烈火，更不用说“杠精、喷子、双标、舔狗”组成的网络暴力大军，快速发展累积了太多的戾气，正是文学所应该关注的焦点。这部小说结尾缔造了神话的炸裂是在一阵史无前例的黑雾霾后一切归零，无异于一部启示录。或许城市文学更令人期待的不是美妙的韶乐，恰恰是《炸裂志》这样的重金属，吵杂但属于这个时代的艺术。这就好像抖音神曲洗脑，流行乐人见人爱，民谣无比舒适，但要唱出时代和我们心中所想，又有谁呢？

如同当下城市建设尚需心力，城市文学同样饱藏潜质，与北京、上海、深圳这样成绩已然显露的城市相比，天津应该也有可以一比的地方。天津城市历史不长不短，行政区划变来变去，蓟州、静海、塘沽等地都是先后归属天津，天津的本土意识较强，但市区内互相区分不明显，对外地人存在复杂情绪单比很多地方淡一些，这既不像港口城市或近代开埠城市，也不像内陆或经济发达地区。位列世界十大港口的天津港，是全国玩车尤其是越野的人趋之若骛的地方，但茶馆的热度丝毫不逊电影院。是一座政治性很强的城市，同时也是自贸区。天津的文学发展也如此，艺术感足以倾倒任何人的孙犁，以及作品充满了思想粗砺感和阐释空间的梁斌，或许对天津的城市文学没有直接贡献，却是最初城市文学的实际组织者。新时期又一双子星，书写硬核工业城市的蒋子龙和描画传统城市精神的冯骥才，似乎呼应了梁斌和孙犁的路径。再向后，武歆倾力于革命大事件下的城市变迁，王松则总能看到软性的市民精神构造。在尹学芸处似乎又融合了，既有时代浪潮的宏大，也有个人情绪的暗流，既有大都市的喧嚣，也有县城的静谧。这种双形态可能正是这座城市的性格，甚至由此反观不断变动的政策规约下的城市定位。

说到天津港就想到一位歌手的MV，擎天柱牵引的集装箱从上海离港,驶向美国夏威夷,集装箱里有典出张大千的装裱书法“山高人为峰”,有红灯笼和茶艺,有中国传统服饰,还有代表凶猛且吉祥的中国元素狮虎同笼。唱词是英语,音乐属嘻哈和电音,跳着街舞,却表达着自己特立独行的态度,穿着印有中国字样的外衣,平等地同美国说唱歌手合作。世界十大港口七个在中国,全球贸易量和经济总量也占有较大比重,已然成为世界经济引擎。这种背景下我们的城市叙事,或许正如MV这样,一面输出一面交流。由此想到多年前的“美女作家”和“残酷青春”,他们的艺术性大多已被宣判无效,然而他们独特的城市表达是否也因此遭一并误杀?独特的、具有鲜明城市触感的文学形式能否被允许出现在城市文学序列中,或许也是城市文学能够繁荣的关键评判标准。如果没有强烈的城市元素以及城市思维和表达方式,那么写的恐怕只是“所在的地方”,在哪里并不重要。一如卢桢在其《新诗现代性透视》中所言:“城市抒写既是以诗歌深入城市建筑、制度乃至现代人的纷繁意绪、在诗行间充当历史见证者的诗学行为,同时,处于‘现代’核心位置的‘城市’……本身也会对诗歌文本的内部元素,如词汇、意象、节奏产生潜移默化的影响。”诚然,一些主题有自在性和普遍性,不过如果站在文学多元的角度看待,过分强调自在则无益,并且也不符合现实。我们也能够清晰地看到,由于发展程度和治理水平的差异,城市景观以及不同区域的生存状态有很大不同,由此带来的情绪和想法也有明显差异。如果不站在城市文学的立场,而是用一般性主题概括,或许会影响精准度。

电竞近年来在中国发展迅速,根据《2019年中国游戏产业报告》,当年电竞游戏市场收入接近千亿,用户规模达到4.4亿人。考虑到当前的网络建设,这些人基本集中在各级城市、尤其是二线以上城市。因为巨大的经济效益,许多城市开始将电竞等新兴文化产业纳入规划,甚至写入政府工作报告。上海作为中国电竞之都的地位已不可动摇,北京也提出建立国际网络游戏之都的目标,被网友质疑是与上海竞争。西安面临人口流失压力一方面着力建设大唐不夜城等主打传统文化的建设项目,一方面在曲江新区等地积极发展电竞产业,但不可否认北方城市确实落后于成都、广州、苏州、杭州等南方城市。中国传媒大学、上海体育学院等高校也逐渐推出电竞相关专业,培养行业人才。这股时代大势影响下的城市年轻一代,与前辈相比发生了很大变化,甚至在生理层面捕捉信息的能力都大大提高,电竞文改编的电视剧《全职高手》中的"肉眼识帧"虽是夸张,但有过电竞经历的人群对细节信息全面及时处理已有科学研究支撑,毕竟"拖屏""探草""丢失视野"以及对一些地形迷彩、隐身单位的辨识能力会提升自身生存概率。年轻的短视频用户也是如此,常常看到隐晦的次要信息。在我上中学时,曾经盛行一种言论:过去是没书读/没练习题做,现在是书/题太多无从选择。经过十余年,现在的城市居民大多已经习惯信息爆炸的世界,甚至能在海量信息中进行迅稳筛选。从博客到微博,从端游到手游,从视频到短视频,高速运转已经不只是工作状态,而是深入生活。固然城市里的作家也同万千人一样早已适应,但未尝不可通过陌生化更好地展现当下的城市中人的生存状态。此外,高强度的信息摄入也会带来很多负面影响,比如洗脑神曲会让人忘记基本的音乐技术和审美体验,还有比网络购物更极端的直播购物,在我看来快节奏带来的压迫感和无意识的被控制,严重损害了购物过程中的闲适感、惊喜纠结等情绪体验和独立思考的主体性,这些恰恰是文学赖以存在的精神价值。

冯仑介绍过他的立体城市的实施方案,为了推动城市信息化,合作开发了一款网游,挣来的虚拟货币能够在现实中使用;为了激发网友想象力,组织网络作家展开同题创作,并且计划包含都市言情、战争、灾难、科幻、惊悚等多版本,以此让民众在进入立体城市前提前熟悉其中的生活方式。如果一般的破壁还只是宣传科普,冯仑可谓实干家,把 IP 运营做到了城市规划和建设的层面。科幻现实主义引起了广泛热议,陈楸帆认为科幻可以"书写主流文学中没有书写的现实",杨庆祥也在《作为历史、现实和方法的科幻文学》一文中指出,克服中国本土科幻曾经出现过的社会性危机,不能局限在技术中心主义,需要"不停地与固化的秩序和意识形态进行思想的交锋,并不单与创造一种全新的生存方式和建构模式,"并创造新的语言生成新的思维方式,以实现自我他者化进而"将无差别的世界重新'历史化'和'传奇化'"。既然城市文学的发展是每个人都关切的议题，是大家共同为之奋斗的事业，那么何妨互信互通，携手共进。更何况，"破圈"已经不仅仅关系到城市文学乃至文学创作与研究自身的生存，更关系到我们每个人即将抵达的未来。